Paul Keller

Das letzte Märchen

Ein Märchenroman

Paul Keller: Das letzte Märchen. Ein Märchenroman

Erstdruck: Breslau, 1905.

Neuausgabe
Herausgegeben von Karl-Maria Guth
Berlin 2017

Umschlaggestaltung von Thomas Schultz-Overhage

Gesetzt aus der Minion Pro, 11 pt

ISBN 978-3-7437-0221-9

Druck: Libri Plureos GmbH, Friedensallee 273, 22763 Hamburg

Die Deutsche Nationalbibliothek verzeichnet diese Publikation in der Deutschen Nationalbibliografie; detaillierte bibliografische Daten sind im Internet über www.dnb.de abrufbar.

Verlag: Henricus - Edition Deutsche Klassik GmbH
Mörchinger Str. 33, 14169 Berlin, info@henricus-verlag.de

Inhalt

An die Verwunderten 4
Das merkwürdige Tintenfaß 6
Im Eichhörnchennest 14
Station Boberquelle 18
Im Erdlicht 20
Die Fahrt ins Märchenland 24
Marilkaporta 27
Herididasufoturanische Hoftypen 31
Unsere Redaktion 39
Im Märchenwalde 50
Die erste Nummer 60
Die Posaune 66
Der Letzte der Sieben 72
Die Liebe 77
Beim Walddoktor 79
Rübezahls Grab 87
Unsere goldene Jungfrau 95
Auf der Höhe journalistischer Macht 104
Frühling 115
Der verbotene Berg 124
Vulkanfeuer 132
Die schwarze Gondel 141
Der Regent 148
Kerkernacht 161
Meine Räuber-Romantik 175
Junger König 196
Des letzten Märchens Ende 205

An die Verwunderten

Jawohl, ich bin ein Bürger dieser Stadt! Ich arbeite und schiebe Kegel, ich zahle Steuern und räsoniere auf den Magistrat, ich bin amtlich bestallter Armenpfleger und agitiere mit den Mietern gegen die Hausbesitzer, ich würde sogar im Konsumverein sein, wenn das mein Schwager, der ein Kaufmann ist, erlaubte.

Ihr seht, die wichtigsten Merkmale treffen bei mir zu: ich bin wirklich ein Bürger dieser Stadt. Kein Wichtiger, kein Reicher, keiner von den vielen Sehrklugen, im ganzen einer der armen Schlucker, die ihre Pflicht tun müssen, die am Tage immer etwas zu klagen und zu schimpfen haben, aber die doch am Abend zu lachen anfangen.

Es ist schön in unserer Stadt, o ja! Ich glaube, wir haben das beste Straßenpflaster von allen Städten Preußens, und wir fabrizieren ein Bier, das sogar exportiert wird, wir haben einen Professor hier, über den man schon einmal im ganzen Lande geschimpft hat, und besitzen eine alte Glocke, über die ein leibhaftiger Dichter aus der Literaturgeschichte ein langes Gedicht gemacht hat. Ich könnte noch vieles anführen, aber es ist ohnehin bekannt, daß ich ein Lokalpatriot bin. Ich habe einmal, als ich acht Wochen lang verreist war, jeden Abend von sechs bis sieben Uhr Heimweh gehabt nach unserer Stadt. –

Ihr, meine Freunde, wißt, daß ich viele Geschichten erzählt habe. Sie alle spielten in unserem Leben; sie hatten alle den festen Boden unserer Straße unter sich, Fleisch von unserem Fleisch, Seele von unserer Seele. Schicksal von unserem Schicksal wollte ich geben.

Und nun bin ich in diesem Buch ein anderer, bin fort von Euch, fort aus unserer Stadt, fort aus unserem Leben.

Geflohen ... geflohen!

Ich will Euch ein großes Geheimnis anvertrauen, meine Freunde, eines, das Ihr mir heilig halten sollt.

Meine Seele kann sich wandeln: sie kann zur Kinderseele werden, zur Kinderseele, die jung und keusch ist, unwissend und fröhlich. Ihr kennt die Kinderseele nicht, Ihr kennt nur die andere ... die alte. Die Kinderseele habe ich nur, wenn ich fort bin auf weiter Reise, in unendlich fernen Ländern, nach denen kein hölzerner Wegzeiger weist.

Wißt Ihr, was ich manchmal im Frühling gern tun möchte? Einen Backofen im Sande bauen, oder ein kleines Grab graben auf der Wiese, oder einen Zweipfennig auf die Eisenbahnschienen legen und am Damme mit klopfendem Herzen lauern, wie ihn der Zug breitfährt. Merkt Ihr, daß ich das niemandem sagen kann? Sie würden lachen, und meine arme, kleine Seele würde sich totschämen und dann gar nicht mehr wiederkommen.

Sie kommt schon so selten; vor der Arbeit und der Schuld, vor der Liebe und dem Verrat, vor dem wirbelnden Leben und dem bleichen Tode, vor dem vielen Gelächter und vielen Geschrei im Lande ist sie scheu geworden.

Aber sie lebt noch. Manchmal, wenn ich im Sturmwind wandere, fürchte ich mich auch jetzt noch, umzublicken, weil ich glaube, daß ein prustender Riese hinter mir schreitet; manchmal sehe ich jetzt noch am Himmel weiße Berge mit leuchtenden Almen und einsamen Fußpfaden; manchmal, wenn ich auf dem grünen Rasen liege, weiß ich wieder, daß da unten die Welt ist, in der die reichen Zwerge wohnen.

Und es geschah zuweilen, wenn ich am Schreibtisch saß, daß mir ein Kinderlachen aus der eigenen Seele hineinschallte in den ernsten Text. Dann freute ich mich, aber ich fürchtete mich auch, fürchtete mich vor denen, die es mir nicht verzeihen würden, wenn ich so jung wäre. Und dann habe ich oft Jugend und unbesorgte Fröhlichkeit aus meiner Stube hinausgesperrt.

Jetzt ist mir die Furcht vergangen. An diesem Buche darf der Mann schreiben und das Kind.

Das letzte Märchen! Mein letzter Gang in die süße, heilige Herrlichkeit jener Wunderländer, nach denen sonst nur die reichsten Menschen dieser Erde reisen können – die Kinder, – eine Flucht zurück zur Harmlosigkeit, zur Gesundheit, zu einer Freude, auf die keine Qual folgt.

In dieses Buch will ich alles retten, was in mir noch jung, nein, was in mir noch Kind ist.

Wollt Ihr mich begleiten? Ihr meint, Ihr seid alt. Ich bin auch alt. Auch in diesem letzten Märchen wird mir die Kinderseele aus meinen alten Augen schauen, die Menschen studierten, Bücher lasen, die viel lachten und viel weinten. Meine Augen kann ich nicht mehr ändern.

Kommet mit! Nicht alle! Nur die, die in ihres Lebens heimlichsten Stunden in der Brust das alte Kinderherz noch manchmal ein paar Schläge tun fühlen, die manchmal eine Sehnsucht haben, in die Heimat zu gehen und alte Spielplätze wieder aufzusuchen, die nicht zu stolz und auch nicht zu arm sind, eine unbesorgte Märchenfahrt zu wagen, die in reifen Tagen unsere ersten Wunderländer im gewandelten Lichte noch einmal wiedersehen wollen.

Viel losgerissene goldene Fäden verflattern nutzlos in der Menschenseele. Sie wollen wir sammeln. Im letzten Märchen liegt der ersten Märchen Erfüllung. Sie wollen wir suchen.

Das merkwürdige Tintenfaß

Das Merkwürdige an meinem neuen Tintenfaß war, daß es die Form eines Fasses hatte. Sonst sehen Tintenfässer immer aus wie Salznäpfe, Eierschalen, Eulen, Flaschen, Schweine oder Totenköpfe. Mein Tintenfaß aber sah aus wie ein Faß, hatte eine richtige Auswölbung, zwei Reifen und einen allerliebsten Spund.

Ich hatte dieses originelle Tintenfaß sehr lieb und zeigte es mit einem gewissen Stolze jedem Besucher. Es kam allerdings auch vor, daß es mir Kummer bereitete, ja, es wurde mir zur beständigen Versuchung, und es gab Zeiten, wo ich fest überzeugt war, daß es viel vernünftiger sei, seine Feder in eine Eule zu tunken als in ein Faß.

Eulen haben nie etwas verlockendes, weder im Tierreich, noch im Menschenreich, noch als Tintenbehälter, aber Fässer erwecken das verderbliche Gefühl eines großen Durstes und verführen zur Unmäßigkeit und Verschwendung. Ich saß kaum an meinem Manuskript, so mahnte mich das kleine Fäßlein an ein anderes viel größeres Faß, das drüben im »Blauen Adler« stand, und nach meinem Gefühl einen schöneren Saft enthielt als Tinte. Da ich nun dem großen Faß viel öfter Gesellschaft leistete als dem kleinen, so ereignete es sich, daß ich um jene Zeit weder reich noch berühmt wurde.

Diesem Umstande ist es zuzuschreiben, daß ich Schulden hatte. Viel! Über fünfhundert Taler! Und ich wußte nicht, wovon ich sie bezahlen sollte. Nein, ich wußte es nicht!

So saß ich an einem Silvesterabend mit bedrücktem Herzen einsam in meiner Schriftstellerstube und betrachtete eine Anzahl Rechnungen, die als vorzeitige Neujahrsboten bei mir eingelaufen waren.

Der Silvesterabend ist ein sehr ernster Abend, an dem man nicht pokulieren, sondern lieber über die Vergänglichkeit der Zeit und anderer irdischer Dinge nachdenken sollte. Es gibt freilich Leute, die anderer Meinung sind. Das eine aber steht fest für alle: ein Silvesterabend mit Rechnungen hat etwas Schwermütiges. Ich fühlte mich aufs tiefste bedrückt, als ich meinen Namen so oft mit fetten, kalligraphischen Buchstaben vor mir sah und in seiner Nähe die Zahlen herumwimmelten wie freche, aufdringliche Ameisen. Es war ein häßlicher Anblick. Also packte ich die Blätter mit den Ameisen behutsam zusammen, schob sie beiseite, holte tief Atem und beschloß, ein Trauerspiel zu schreiben, nachdem sich zwölf andere Möglichkeiten, meine Finanzen zu verbessern, nach kurzer Prüfung als unmöglich erwiesen hatten. Ich hätte das Trauerspiel auch geschrieben und wäre jetzt wahrscheinlich schon ein sehr berühmter Dramatiker, wenn mir das Tintenfaß abermals einen Streich gespielt hätte.

Es verwandelte sich nämlich, während ich eifrig über die Exposition meines neuen Stückes nachdachte, vor meinen sehenden Augen in einen Mann.

Ich erschrak aufs heftigste. Ich bitte, was soll auch ein Mensch, vor dessen Nase sich am Silvesterabend ein Tintenfaß in einen Mann verwandelt, in der Eile anderes machen, als heftig erschrecken?

Übrigens ein sehr kleiner Mann! Die Wände des Tintenfasses hatten sich in einen kleinen, zierlichen Gehrock, der rote Spund in eine Uhrberlocke verwandelt. Unten zeigten sich zwei graziöse Beinchen, oben saß ein kleiner Kopf mit einem roten, frischen Gesichtchen.

Ich erholte mich ein wenig und sagte zu dem Fremdling:

»Gestatten Sie, ich bin über Sie sehr erstaunt!«

Er lachte.

»Das glaube ich, aber ich bin schon lange hier, schon so lange, als Sie das Tintenfaß haben, also fünf Wochen!«

»Freut mich«, sagte ich höflich, »wenn Sie sich nur inzwischen nicht gelangweilt haben. Womit kann ich Ihnen dienen?«

»Wenn Sie erlauben, werde ich mich erst ein bißchen setzen«, entgegnete er. »Ich habe fünf Wochen lang gestanden und bin jetzt etwas müde. Bitte keine Umstände, ich sehe da einen sehr bequemen Hocker.«

Und er setzte sich auf einen Bierkorken, der auf der Schreibtischplatte lag, räusperte sich und begann, nachdem er mir eine kleine Verneigung gemacht hatte, folgende Rede:

»Zunächst beehre ich mich, Ihnen meinen Namen zu sagen: von Stimpekrex, diplomatischer Agent im Dienst Sr. Majestät des Königs Herididasufoturu des Fünfundsiebzigsten, Reserveleutnant im Leibgarderegiment Sr. Maj., Mitglied der Kommission für Veredlung der Reichsmaulwurfszucht, Doktor verschiedener Rechte, Inhaber der großen Medaille vom Verbotenen Berge und Vorsitzender des Aufsichtsrats der Gesellschaft für Diamantpflasterung, eingetragene Genossenschaft mit beschränkter Haftpflicht.«

Ich sah den vielseitigen Mann ehrfürchtig an.

»Es freut mich ... Herr ... Herr Doktor ... oder Herr Legationsrat oder ...«

»Herr Leutnant, bitte, das ist mir der angenehmste von allen meinen Titeln.«

»Es freut mich außerordentlich, hochverehrter Herr Leutnant, in dieser armseligen Schriftstellerbude der Ehre eines so seltenen Besuches ...«

»O, keine Komplimente! Kommen wir lieber gleich zur Sache! Herididasufoturanien, das Land, das mein glorreicher Herr, Herididasufoturu der Fünfundsiebzigste regiert, ist der Größe nach das zweite unter den Zwergkönigreichen Europas und des Mittelmeeres, der Kulturstufe nach aber bei weitem das erste. Wir haben ausgezeichneten Post- und Eisenbahndienst, telegraphieren ohne Draht, waschen mit Chlor, fahren elektrisch und schießen mit Steilfeuergeschützen. Neuerdings hat sich die Regierung sogar entschlossen, eine Zeitung einzuführen.«

»Wie? Was? Bei solcher Kulturhöhe noch keine Zeitung?«

»Nein! Sie sind übrigens sehr im Irrtum, wenn Sie meinen, daß Zeitungen mit Kultur etwas zu schaffen haben. Doch gleichviel, der Reichsrat hat die Einführung einer Zeitung beschlossen, und ich bin von unserem Kanzler beauftragt, Ihnen die Stelle eines Chefredakteurs der neu zu gründenden Zeitung zu offerieren.«

Ich war sehr überrascht, und ich hege die Vermutung, daß die meisten meiner lieben Mitmenschen ebenfalls sehr überrascht sein würden, wenn ihnen unvermutet eine Chefredakteurstelle in Herididasufoturanien angeboten würde.

»Verzeihung, Herr Leutnant«, stammelte ich, »aber da müßte ich doch vorher genau die Bedingungen kennen.«

»Selbstverständlich! Wir schließen einen genauen Kontrakt ab, der übrigens nur für ein Jahr gilt. Ein herididasufoturanisches Staatsgesetz verbietet streng, irgend einen Ausländer – und das sind Sie, mein Herr – länger als ein Jahr innerhalb der Grenzen unseres Landes zu dulden. Auch den Angestellten von Siemens und Halske, den Schüler Marconis usw. usw. behielten wir nur ein Jahr. Die Herren sind nur Instrukteure; sind wir eingerichtet, dann übernehmen wir die entsprechenden Betriebe selbst. Überlegen Sie sich die Sache; alle Ihre Wünsche sollen nach Möglichkeit erfüllt werden, denn ich halte Sie, nachdem ich Sie fünf Wochen lang beobachtet habe, als für unsere Zwecke sehr geeignet.«

Ich verfiel in tiefes Nachdenken. Der Zauber der Erscheinung packte mich, das ferne Wunderland tauchte vor meiner Seele auf, die Sehnsucht kam, nach jenem rätselhaften Gestade zu wandern, und so sagte ich mit bebender Stimme:

»Ja, ich will die Stelle annehmen! Mir ist bange, ich verhehle es Ihnen nicht, aber ich komme mit dem besten Willen zu Ihnen, und ich habe die Hoffnung, es wird mir bei Ihnen gutgehen.«

Er sah mich freundlich an:

»Ich habe mich in Ihnen nicht getäuscht! Nur Leute mit jungem Herzen können wir brauchen, und junges Herz hat Mut und faßt schnell Vertrauen. Das Vertrauen wird Sie nicht täuschen! Um mich Ihnen gleich in einer Kleinigkeit freundlich zu erweisen, erbiete ich mich, Ihre Schulden zu bezahlen.«

Ich kam in Verlegenheit.

»Sie sind sehr gütig, Herr Leutnant, es ... es ist ja in der Tat peinlich für mich, ins Ausland zu reisen, ohne ... ohne meine Verbindlichkeiten zu regeln, aber ... aber es sind viel ... und dann, es ist mir peinlich ...«

»Ach, keine Idee! Ich gebe Ihnen einfach einen Vorschuß! Wollen Sie?«

Ich nickte verschämt mit dem Kopfe, und ein maßloses Vertrauen zu dem kleinen Herrn erfüllte meine Seele, denn es ist doch klar, daß ein Wesen, das so ganz von selbst Vorschuß anbietet, nur ein sehr edles Wesen sein kann.

»Bitte, hier sind zehntausend Mark«, sagte Herr von Stimpekrex, »mehr habe ich leider nicht deutsches Geld bei mir. Zu kurz werden Sie übrigens nicht kommen, denn wir zahlen Ihnen zehn oder, wenn

Ihnen das angenehmer ist, zwanzig Millionen Mark Honorar für das Jahr, bei gänzlich freier Station, Beleuchtung und Beheizung.«

Ich war ganz erschrocken, denn so etwas war mir in meinem Schriftstellerleben noch nicht vorgekommen. Meine Bestürzung war so groß, daß ich, als Herr von Stimpekrex mich wiederholt fragte, ob ich denn zehn oder zwanzig Millionen Gehalt haben wollte, mich in der Aufregung für zwanzig entschied.

Hierauf schlossen wir einen Kontrakt ab, wozu wir ein auf Grund des Bürgerlichen Gesetzbuches und des neuen Urhebergesetzes vom Rechtsausschuß des Schriftstellervereins ausgearbeitetes Formular benutzten. Der kleine Leutnant war mit allen meinen Vorschlägen einverstanden, nur bestand er darauf, daß als Paragraph 17 eingefügt werde:

»Der Herr Chefredakteur darf absolut nichts Alkoholisches genießen.«

Dieser Paragraph war mir peinlich, aber als mir Herr von Stimpekrex erklärte, in Herididasufoturanien seien alle Leute Abstinenzler, da ein Gesetz bei den schwersten Strafen den Genuß alkoholischer Getränke verbiete, beschloß ich, im Hinblick auf meine Rechnungen und die zwanzig Millionen dem Lande Herididasufoturu des Fünfundsiebzigsten das Opfer zu bringen.

Hierauf wurde der Kontrakt in zwei Exemplaren von mir und Herrn von Stimpekrex in seiner Eigenschaft als herididasufoturanischer Bevollmächtigter unterzeichnet.

Nun war ich ohne Sträuben bereit, sofort mit Herrn von Stimpekrex abzureisen. Ich habe einen Kontrakt, dachte ich, und dieser Gedanke nahm mir alle Bedenken. Nun ordnete ich vorher meine Angelegenheiten. Ich schrieb in aller Eile einen Brief an meine Stammtischfreunde im »Blauen Adler«, worin ich ihnen kurz meine plötzliche Abreise ins Ausland anzeigte, und teilte auf einem Zettel meiner Wirtin mit, daß in meiner Schublade drei Tausendmarkscheine lägen. Sie soll meine Rechnungen bezahlen, tausend Mark in den »Blauen Adler« schicken und den Rest für ihre zärtliche Fürsorge behalten. Auch bei der Polizei solle sie mich abmelden. »Verzogen nach Herididasufoturanien!«

Als ich fertig war, sagte Herr von Stimpekrex: »Und nun gestatten Sie freundlichst, daß ich Ihre Gestalt etwas reduziere. In dieser Länge können Sie in Heridasufoturanien nicht auftreten, so lang sind bei uns nur die Fabrikschlote. Übrigens keine Angst! Nach Ablauf Ihres Jahres stellen wir Sie in Ihrer ganzen Größe wieder her.«

Er gab mir einen kleinen, freundlichen Schlag auf den Kopf, den ich zu diesem Zweck auf die Schreibtischplatte legen mußte, und augenblicklich saß ich als winzig kleine Puppe in meinem Armsessel.

Ich war klein, lächerlich klein! Ich saß zwar noch auf meinem Armstuhl, aber unten baumelten keine Beine mehr herab, und oben ragte kein Körper mehr heraus, – es war sehr unheimlich.

Auch mein Anzug, meine Schuhe, selbst meine stimme waren ganz klein geworden.

Da war mir plötzlich sehr ängstlich zu Mute, und ich bereute bereits den Handel, der meine Leibeslänge also kläglich verkürzt hatte. Herr von Stimpekrex aber schlug entzückt die Hände zusammen und sagte:

»Sie sind ein schöner Mann, ein herrlicher Mann! Ich fürchte, unsere Damen werden ganz rasend in Sie verliebt sein.«

Diese Rede tröstete mich in meinem Gemüte, denn es ist wahr, daß alle kleinen Leute sehr eitel sind.

Der Leutnant sprang nun von der Schreibtischplatte auf das dicke Eisbärfell, das auf der Diele lag, hinab, und forderte mich auf, auch »hinabzukommen«. Ich kroch auf allen Vieren an den Rand des Stuhlsitzes und lugte hinunter. Es war ein Abgrund! Ein Schwindel faßte mich, und ich würde eher als Mensch von den Kölner Domtürmen als jetzt als Herididasufoturanier von diesem Stuhle gesprungen sein.

»Mein Herr«, sagte ich, »ich werde in alle Ewigkeit nicht da hinunterspringen, denn es würde mein Tod sein.«

»Nein, mein Herr«, entgegnete er lächelnd, »es wird Ihnen nicht das mindeste passieren.«

»Aber, mein Herr«, sagte ich wieder, »Sie müssen einsehen, daß es eine Tollkühnheit wäre. Besorgen Sie einen Luftballon, eine lange Leiter oder wenigstens einen Fallschirm, so will ich es wagen.«

Da hörte ich meine Wirtin draußen rumoren. Ein schrecklicher Gedanke fiel mich an. Wenn sie hereinkäme! Wenn es ihr einfiele, an den Schreibtisch zu treten und sich in meinen Stuhl zu setzen! Sie wog 213 Pfund! O, dann gute Nacht, du schöne Welt, ihr zwanzig Millionen und fernen Wunderländer, dann wurde ich winziges Männlein mit all meinen Hoffnungen und Talenten unter einem Flanellrock grausam zerquetscht, verschüttet, begraben.

»Kommen Sie herab, mein Herr!« rief der kleine Leutnant wieder. »Springen Sie dreist herab!«

Mir schwindelte noch immer, aber dann, als ich den Tritt der Wirtin wieder hörte und an den Flanell des Todes dachte, schloß ich die Augen und tat den tollkühnen Sprung.

O, es ging gut! Ich schlug mich gar nicht und lachte, als ich auf dem Eisbärfell saß.

Abermals hörten wir die Wirtin, und da zögerten wir keinen Augenblick mehr. Mit fabelhafter Geschicklichkeit kletterte Herr von Stimpekrex am Fenster hinauf, wirbelte es auf und zog mich mit hinaus aufs Fenstersims.

Kalt pfiff der Wind die Mauer entlang, und eine große Schneeflocke kam und deckte mir die kleine Hand zu.

Der »Blaue Adler« drüben war hell erleuchtet, und mein bester Freund trat gerade durch die Tür ins Haus. Er pfiff das wonnige Goethelied: »Nun sind wir versammelt zu löblichem Tun, drum Brüderchen *ergo bibamus*.« Ich wurde traurig und bekam Durst, als ich dieses Lied hörte. Aber Herr von Stimpekrex überließ mich nicht meinen sentimentalen Gefühlen. Auch er fing an zu pfeifen, leise und wunderbar, und ich ahnte wohl, daß es ein Zauberpfiff war.

Nach wenigen Minuten kamen zwei Krähen geflogen, die setzten sich neben uns aufs Fenstersims.

»Aufsitzen!« befahl der kleine Leutnant und zeigte auf die eine Krähe. Ich wandte ein, daß ich ein sehr schlechter Reiter sei und in gar keiner Unfallversicherung wäre; aber das ließ er nicht gelten.

»Riesengebirge! Station Boberquelle!« befahl er den Krähen, und zwei Minuten später sausten wir durch die Luft.

* *
*

Ein Krähenritt durch die Luft hat viel Sonderbares an sich. Ich kann sagen, daß ich weich und warm saß und keinerlei Erschütterungen verspürte, auch recht schnell fortkam. Nur der Gedanke, ich könne jeden Augenblick einige hundert Meter tief hinunterfallen, hatte viel Unangenehmes an sich. Auch entsteht durch die rasche Bewegung und den beständigen Flügelschlag der Krähe ein ziemlich heftiger Luftzug, so daß ich Personen, die leicht zu katarrhatischen Anfällen neigen, einen Krähenritt nicht empfehlen kann.

Mein Begleiter und ich sprachen wenig miteinander; auch die Krähen verhielten sich ziemlich schweigsam. Diese Tiere haben überhaupt, wie ich später erfuhr, nur einen sehr geringen Wortschatz. Was über die gewöhnlichen Phrasen, Essen, Trinken und Eierlegen betreffend, hinausgeht, sind fast nur Schimpfworte. Aber es gibt Menschen, bei denen es ähnlich ist.

Ein paar Sterne leuchteten, der Mond machte seine Reise durch die weißen Schneewolken. Er sah so weiß aus, als ob er fröre. Der Trubel der großen Stadt verklang hinter uns, die hellen Lichter erloschen, wir kamen übers freie Feld. Das lag in einem blauweißen, frostigen Licht. Auf den verschneiten, öden Wiesen bei den vermummten Weiden standen ein paar zitternde Rehe. Die Wälder stöhnten leise vor Frost, und auf den Bergen lastete eine eisige Kälte.

Da fing auch mich an zu frieren, denn ich war ohne Überzieher. Herr von Stimpekrex bedauerte sehr, nicht wenigstens eine Reisedecke mitgenommen zu haben.

Ich fühlte an meine Nase und stach mich daran wie an einer Nadel. So hart, spitz und klein war sie. Es mußte furchtbar sein, in eine so kleine Nase einen großen Schnupfen zu bekommen.

»Wenn wir wenigstens einen Schluck Kognak bei uns hätten!« seufzte ich.

Mein Begleiter sah mich vorwurfsvoll an, und der fatale Paragraph 17 fiel mir ein.

Und so ging es weiter durch die kalte Silvesternacht, immer unter den weißen Schneewolken hin, aus denen von Zeit zu Zeit vereinzelte Flocken wie tanzende, aufgewirbelte Papierfetzen über unseren Weg huschten.

Wenn man sehr friert, ist es gut, zu pfeifen, da macht man wenigstens den Gesichtsmuskeln Bewegung. Und die Musik macht auch etwas Courage.

Also pfiff ich. Es war eine freie Phantasie von Wagnerschem Kolorit. Allmählich aber ging die Phantasie in die Weise eines Liedes über: »Hier sind wir versammelt zu löblichem Tun, drum Brüderchen –«

»Wissen Sie was«, unterbrach mich Herr von Stimpekrex, »wir werden mal Station machen, um uns ein wenig zu wärmen. Es ist hier in der Nähe ein Eichhörnchennest, eine recht nette Herberge. Der Wirt schläft freilich um diese Zeit; aber wir werden ihn herausklopfen.«

Im Eichhörnchennest

Nein, der Wirt schlief nicht. Der würdige Herr saß einige Schritt von der Tür seines Hauses entfernt, dicht in seinen hellen Winterpelz gehüllt. Meinen Begleiter empfing er mit großem Respekt, indem er sich in einer Riesenverneigung von dem obersten Ast der Eiche auf den untersten stürzte. Als er nach Beendigung dieses Kompliments wieder oben angelangt war, sagte er sehr devot:

»Ich heiße Euer Gnaden nebst Hochdero Begleiter untertänigst willkommen, muß aber gehorsamst bemerken, daß leider – oder glücklicherweise – ich weiß wirklich nicht, was ich in diesem Falle zu sagen die Ehre habe –«

»Also was?« unterbrach ihn der Leutnant. »Daß schon Besuch drin ist im Neste, wollen Sie wohl sagen?«

Herr Eichhorn wiederholte seine Verneigung, wobei er sich jedoch diesmal nur bis in die mittlere Etage hinabstürzte, und sagte dann:

»Jawohl, Exzellenz, es sind zwei Damen bei mir abgestiegen: eine Fremde und das gnädige Fräulein Elkaguntascha.«

Bei dem letzten Namen bemächtigte sich des kleinen Leutnants eine fabelhafte Erregung. Ich sah, daß er zitterte und doch im Gesicht ganz rot war. Ich ahnte etwas.

»Fräulein Elkaguntascha hier – dort drin? – Hier? O, das ist ja – das ist ja wirklich – nämlich eine entfernte Bekannte, Verehrtester, – schon von den Eltern her – jawohl! – Haben Sie nicht zufällig einen Spiegel zur Hand, Herr Wirt?«

Er war ganz außer Rand und Band. Herr Eichhorn stürzte sich etwa fünfzig Meter in die Tiefe hinab und erschien bald mit einem Stückchen blanken Eises, in dem sich Herr von Stimpekrex eifrigst bespiegelte.

»Melden Sie uns den Damen, Herr Wirt! Fragen Sie, ob sie mir und diesem Kavalier die große Gunst erweisen würden, ein Viertelstündchen mit ihnen plaudern zu dürfen.«

Herr Eichhorn verschwand, und ich stieg indessen von der Krähe. Wartend standen wir auf dem Eichenaste. Das Nest lag wie eine ehrwürdige, poetische Hütte vor uns, von Schnee bedeckt, vom Mondlicht versilbert, liebreich umfaßt von den starken Armen des Eichbaumes.

Da erschien in der Tür ein weißes Figürchen.

»Aber mein bester, verehrtester Herr Ftimpekrepf! Wie hier? Daw ift ja grofartig!«

Eine allerliebste Dame! Nur daß sie das »S« nicht sprechen konnte. Herr von Stimpekrex seiltänzerte über den Eichenast, kniete vor der Dame nieder und küßte ihr mit Inbrunst die Hand. Ich folgte seinem Beispiel, hatte aber bei der ganzen Geschichte eine greuliche Angst, die Balance zu verlieren.

»Der Chefredakteur unserer neuen Zeitung, Professor Doktor Barragu«, stellte mich Herr von Stimpekrex vor.

Ich erlaubte mir die bescheidene Einwendung, daß ich nicht Barragu heiße und auch weder Doktor noch Professor sei; Herr von Stimpekrex aber belehrte mich, daß erstens Barragu die wörtliche Übersetzung meines Namens ins Heride Namens ins Herididasufoturanische sei, und daß ich zweitens auch der beiden Titel nicht entbehren könne, da in Heride Heidasufoturanien keiner als kluger Mann angesehen werde, der nicht mindestens Doktor sei.

»Ich freue mich wehr, Herr Profeffor, wie kennen fu lernen«, sagte das freundliche Fräulein. »Ich war nämlich ebenfalw aufwärtw und habe eine Dame engagiert, die unferen Prinfeffinnen daw Klavierfpielen und Engliwfprechen lernen woll.«

»Und jetzt sind Sie auf dem Heimwege?« fragte der Leutnant freudestrahlend.

»Jetft reifen wir nach Haufe!« nickte sie und lud uns endlich ein, in die Stube zu kommen.

Das Gemach war nicht sehr groß, aber behaglich warm. In dem Halbdunkel erkannte ich anfangs nicht viel, allmählich aber gewöhnten sich meine Augen an die Dämmerung, und ich sah eine Dame, die auf einem lang daliegenden Tannenzapfen saß. Das war sicher die Engländerin. Ich hatte mich lange mit der englischen Sprache nicht beschäftigt, nahm aber alle meine Kraft zusammen und sagte:

»Good evening, Lady, I am very pleased to see you. I am a human being, as well as you and, like you, engaged to Herididasufoturanien.«

»Wie spricht auch deutf!« rief Fräulein Elkaguntascha mir zu.

Die Fremde reichte mir die Hand.

»Ja, mein Herr, ich bin eine Deutsche. Sie können sich denken, daß ich mich ebenfalls aufrichtig freue, Sie kennen zu lernen.«

»It is better to speak English!« sagte ich mit einem Seitenblick auf die beiden anderen und setzte mich zu der Fremden, nachdem sie mich freundlich dazu eingeladen hatte. Es waren nur zwei Sitzgelegenheiten da: zwei Tannenzapfen, die hier die Stelle von Bänken vertraten; auf dem einen saßen bereits Herr von Stimpekrex und Fräulein Elkaguntafcha, die herididasufoturanisch sprachen.

Es war merkwürdig, wie ich mich vom ersten Augenblick an zu der Fremden hingezogen fühlte. Das war wohl, weil wir beide Menschenkinder waren, die einer merkwürdigen Zukunft entgegengingen.

Wir saßen nahe der Tür. Das Mondlicht drang herein und ließ mich die Züge meiner Nachbarin deutlich erkennen. Sie war sehr schön, und ihre Kleinheit fiel mir gar nicht auf, da ich alles mit Wichtelchenaugen sah. Der Nachtwind spielte leise mit ihren schwarzen Haaren und rötete das Gesichtchen, aus dem ein paar bange, dunkle Augen schauten.

Ich erzählte ihr, was ich an diesem Abend Wundersames erlebt hatte, und sie berichtete, daß ihr ganz Ähnliches passiert sei. Ein Klavierlicht neben ihr hätte sich plötzlich in die kleine Dame (Elkaguntascha) verwandelt, die ihr ein Engagement an den Hof von Herididasufoturanien als Sprach- und Klavierlehrerin angeboten hätte.

»Und denken Sie«, setzte sie verschämt hinzu, »zwei Millionen Mark soll ich für das eine Jahr Honorar erhalten.«

Ich schwieg. Zwei Millionen – ein Lumpengeld! Ja, es ist auffallend, wie schlecht die Klavierlehrerinnen gegenüber den Chefredakteuren besoldet werden.

»Ich nahm es an«, fuhr die Fremde fort, »nur um des Geldes willen. Wir sind arm, obwohl wir vom Adel sind. Papa ist tot, Mama ist oft kränklich, und dann habe ich noch zwei jüngere Schwestern und einen älteren Bruder, der Student ist und viel Geld kostet, obwohl er ganz fleißig und sparsam ist.«

Gerührt betrachtete ich das gute Kind.

»So opfern Sie sich für die Ihrigen«, sagte ich teilnehmend. »Denn es wird Ihnen wohl schwer geworden sein, die Heimat zu verlassen.«

Sie schlug das Gesichtchen nieder.

»Schwer! Ohne Abschied fortgegangen von der Mutter. Sie hätte mich sonst nimmermehr in eine so ungewisse, gefahrvolle Zukunft gehen lassen. Ich tat es, um ihnen allen später ein sonnigeres Leben bereiten zu können. Sie brauchen es doch alle so nötig.«

»Ich bewundere Sie, liebes Fräulein, ich bewundere Sie!«

»Sie müssen das nicht sagen, mein Herr; ich tue doch bloß meine Pflicht, und Sie haben ja ganz dasselbe gewagt.«

»Ja«, lachte ich, »aber aus ganz anderen Beweggründen. Weil ich ein leichtsinniger Mensch war, weil ich mir vor lauter Schulden keinen Rat wußte, weil ich ein Abenteuer erleben und Geld verdienen wollte für ein späteres genußreiches, ach, höchst selbstsüchtiges Leben.«

Sie sah mich freundlich an.

»Nur gute Menschen klagen sich selbst an«, sagte sie mild. »Und wenn Sie nicht, wie ich, Sehnsucht gehabt hätten dahinunter, tiefe, heiße Sehnsucht, würden Sie trotz allem nicht hingehen.«

Ich reichte ihr die Hand und war bewegt.

»Wir wollen Freunde sein, wenn es Ihnen recht ist, wir wollen als Fremdlinge dort unten in der geheimnisvollen Welt menschenbrüderlich zusammenhalten.«

Sie gab mir freudig ihre Rechte und nahm sie nicht bald wieder fort. Heimlich zog der Nachtwind um unser kleines, warmes Haus, der mächtige Eichbaum regte im Schlafen müde die gewaltigen Glieder, und draußen schien der Mond, und draußen ging die Zeit, nach der die Menschen rechnen.

Übers weiße Feld kam von fernher ein dumpfes Singen. Dort drüben in der blaudunstigen Ferne lag wohl ein schlafendes Menschendorf, ein schlafendes Menschenkirchlein, und auf dem Turm stand eine alte Frau, das vergangene, müde Jahr, die schlug mit zitternden Händen ihre letzte Stunde.

Zwölf Uhr. Neujahr!

»Auf eine glückliche Zukunft!«

»Ein glückliches, gesegnetes, neues Jahr!« sagte sie herzlich.

Meine Gedanken wanderten durch die Nacht zu den Freunden. Im »Adler« saßen sie jetzt, und einer hielt eine Rede aufs neue Jahr. Ich wußte, sie würden von mir sprechen, von meiner unerwarteten, geheimnisvollen Abreise, und die Augen aller würden auf einige Momente ernst werden und durch Lampendunst und Tabaksqualm mir mit ein paar träumenden Blicken nachirren, und alle würden mir Glück wünschen, wo immer ich auch sei.

Meine Nachbarin begann wieder zu sprechen.

»Jetzt werden meine Geschwister schlafen; aber die Mutter wird immer noch am Tische sitzen, und vor ihr wird mein Brief liegen.«

Ich tröstete sie. »Ein Jahr vergeht rasch, wenn die Uhr dort drüben wieder Neujahr schlägt, sind wir frei und reich, und all die Ihrigen sind glücklich.«

Station Boberquelle

Herr Eichhorn erschien und meldete, die Krähen schimpften und fluchten ganz greulich und wollten auf- und davonfliegen, wenn sie noch lange warten müßten. Er finde solche freche Redensarten ja schrecklich respektwidrig, habe sich aber für verpflichtet gehalten, die Sache zu melden.

Wir brachen sofort auf. An der Tür hielt Herr von Stimpekrex den Krähen eine donnernde Strafpredigt und kündigte ihnen den Dienst. Es treffe sich gut, sagte er, daß gerade der Quartalserste sei; am 1. April sollten die Krähen ihre Stellen als herididasufoturanische Staatskuriere verlieren, während Herr Eichhorn für eine Auszeichnung in Aussicht genommen sei.

Die Krähen nahmen die Kündigung für den 1. April nicht tragisch. Sie sind meist nur Not- und Winterarbeiter, während sie sich im Sommer auf die Vagabondage verlegen. Herr Eichhorn dagegen bezeigte eine geschäftige Dankbarkeit, verneigte sich in rasender Eile dreimal vom Gipfel der Eiche bis zur Erde und stand militärisch salutierend an der Tür seines Hauses, als wir abreisten.

Die Damen saßen auf silbergrauen Nebelkrähen, sehr hübschen Tieren von nicht gewöhnlicher Rasse. Unsere beiden Rapphengste hatten Mühe, mit ihnen Schritt zu halten, meist blieben wir um einige Krähenlängen zurück.

Herr von Stimpekrex hatte mit Fräulein Elkaguntascha die Spitze. Sie ventilierten im Anschluß an die Rebellion der Krähen die Dienstbotenfrage. So blieb ich mit der jungen Dame – Angelika hieß sie – allein.

Hoch über die verschneiten Fluren ging unser Weg, über weiße Berge und dunkle Täler. Ein altes Gemäuer tauchte auf, daraus erscholl die keifende Stimme einer Krähenfrau:

»Hör ich dich endlich kommen? Kommst du endlich heim, du Herumtreiber?«

»Nachtdienst!« schnarrte der also begrüßte Eheherr.

Seine Frau schien es nicht zu glauben; ich hörte noch lange, wie sie uns nachschimpfte.

Wie lange wir so flogen, weiß ich nicht. Manchmal kam mir ein Frostgefühl, manchmal schlich mir auch eine leise Bangigkeit ins Herz. Dann schaute ich meine liebliche Begleiterin an, und es ging wohlgemut weiter, immer weiter.

Endlich hielten die Krähen an, streckten breit die Flügel aus wie Fallschirme, und wir sanken langsam zur Tiefe. Mitten im Winterwalde landeten wir.

»Wir sind nun dicht an der Grenze«, sagte Herr von Stimpekrex zu Angelika und mir. »In wenigen Minuten betreten Sie herididasufoturanisches Gebiet. Einen Paß brauchen Sie nicht, da Sie durch uns rekognosziert werden; auch leben wir mit dem Deutschen Reich in bestem Einverständnis und tiefem Frieden.«

Ich erkundigte mich nach den Zollverhältnissen und erfuhr, daß außer Dynamitbomben und Alkohol jeder Reisende bei sich führen dürfe, was ihm beliebe.

Nun galt es für uns beide noch, Abschied zu nehmen von der Welt. Von unserer Welt! Von dem klaren, blauen Himmel und all seinem lieben Licht, von der freien Luft und all ihrem Duft und Klang, von Wald und Berg, von den Strömen und Auen und von den Menschen.

Die Winterluft streichelte uns noch einmal wie eine gute, herbe Mutter die Wangen mit rauhen Händen; der Mond lachte uns noch einmal ermutigend zu wie ein lustiger Onkel zwei Kindern, die sich fürchten; von einer fernen Straße klangen Schlittengeschell und ein abgerissenes, frohes Lachen.

»Lebe wohl, du liebe, herrliche Menschenerde!«

Herr von Stimpekrex reichte Fräulein Elkaguntascha den Arm, ich nahm Angelika an der Hand, hinterher marschierten schweigsam und verdrossen die Krähen. So ging es ein Weilchen in den Wald hinein. Ein grauer Stein stand senkrecht in einer Bergwand; er war kaum so groß wie eine Schiefertafel. Herr von Stimpekrex drückte auf eine Feder, der Stein drehte sich, ein Gang wurde sichtbar, der Stein schloß sich hinter uns, – die Welt lag draußen.

Als wir etwa dreihundert Meter von der Erdoberfläche entfernt waren, stand eine Grenztafel am Wege. »Deutsches Reich« stand auf der einen Seite, »Königreich Herididasufoturanien« auf der anderen. Herr von Stimpekrex blieb stehen und hielt eine kleine Begrüßungsansprache. Er sprach mehr herzlich als gut. Ein Händedruck am Schluß; wir waren im Ausland.

Wenn Deutsche ins Ausland kommen, dann sehen sie gleich immer etwas, was ihnen sehr imponiert. Mir ging es natürlich auch so. Während nämlich der reichsdeutsche Teil des unterirdischen Ganges völlig finster gewesen war, war der herididasufoturanische durch kleine, elektrische Bogenlampen sehr gut erhellt. Ich kann unserem Auswärtigen Amt den Vorwurf nicht ersparen, daß es an der Grenze von Herididasufoturanien nicht für eine dem Deutschen Reiche würdige Beleuchtung gesorgt hat, und ich werde die Sache energisch zur Sprache bringen, falls ich noch einmal in den Reichstag gewählt werden sollte.

Zwei herididasufoturanische Grenzjäger tauchten auf und forschten nach Dynamitbomben und Alkohol. Wir hatten nichts Steuerbares oder Verbotenes und konnten passieren. (In Parenthese bemerke ich, daß deutsche Grenzjäger da unten auch fehlen; ich muß unbedingt in den Reichstag.)

»Achtung, Herrschaften! Der Fahrstuhl!«

Wir bestiegen das elegant ausgestattete Coupé eines Fahrstuhls und sanken zur Tiefe. Wie tief es ging, weiß ich nicht; aber das weiß ich, daß dahinunter auch der riesigste Erdbohrer nimmer reichen wird, daß in jenes Gebiet auch der genialste Doktor-Ingenieur niemals dringen wird. Wenn überhaupt ein Mensch sich dahin durchgräbt, so wird es ein Kind mit seinem Blechlöffel sein.

Im Erdlicht

Erdlicht! Ihr Menschen würdet nichts sehen als Dunkelheit, eine schwarze, schwüle Nacht, durch die ferne, unheimliche Feuer aufbrennen, durch die graugelbe Dampfschwaden ziehen und bläuliche Strahlungen phosphoreszieren.

Wichtelchenaugen sind glücklicher.

Ich sah, daß es Tag war, nicht ganz so heller Tag wie auf der Erde; etwa wie das Licht eines bewölkten Sommermittags so war's.

Ich war nicht in einer Höhle, ich war in einem weiten, unübersehbaren Lande. Dort, wo sich der Blick verlor, baute sich ein blaues Gebirge auf, davor lag ein schimmernder See, aus dem strahlten tausend farbige Springbrunnen zur Höhe. Und um den See waren blaue, weiße, gelbe, rote Hügel, darüber rannen bunte Bäche. Durch langgestreckte Landzungen und kleine Inseln war der See in viele Becken geteilt.

»Der See der Gesundheit«, sagte mein Begleiter. Ich fragte ihn nicht nach seiner Bedeutung, ich sah zuviel Neues.

Da war ein Gebirge, das leuchtete wie die Schneefirnen, wenn sie im Abendglühen liegen, da war ein anderes, das schimmerte wie grünes Glas. Ein breiter Strom ging durchs Land, daran lagen viel tausend Zelte und Häuser, und über alles spannte sich eine riesige braune Himmelskugel.

Ich starrte hinauf und wußte nicht, was das sei.

»Ist denn das Erde?« fragte ich Herrn von Stimpekrex und wies hinauf.

»Gewiß«, sagte er stolz, »wir haben einen massiven Himmel.«

»Und Sonne, Mond und Sterne?«

»Haben wir nicht! Brauchen wir auch nicht! Wir haben ein Landesgesetz, das bestimmt ganz genau, welche Zeit als Tag und welche als Nacht anzusehen ist.«

»Aber es ist immer gleich hell?«

»Immer! Ist aber egal, Nacht und Tag müssen wir doch haben.«

»Wo kommt aber das Licht her?«

»Das sollten Sie sich eigentlich denken können! Den ganzen Tag trinkt die Erde Himmelslicht, sie trinkt es mit Millionen Poren, sie trinkt es durch jeden hohlen Blumenhalm, sie saugt es auf mit ihren blauen Augen, mit Meer und See; selbst in der Nacht, wenn Mond und Sterne scheinen, trinkt sie Licht, wie ein gesundes, vielhungriges Kindlein trinkt im Traum. Wo kommt all das Licht hin, das die Erde trinkt? Es ist hier unten bei uns.«

»O, das ist gut«, sagte ich; »das ist gut!«

»Ja«, fuhr mein Begleiter fort, »und was nun die Jahreszeiten anbelangt, so sind wir eigentlich in Verlegenheit. Es ist bei uns nämlich immer gleich warm. Da haben wir denn auch wieder ein Landesgesetz, das bestimmt, wenn Sommer und wenn Winter ist. Im allgemeinen richten wir uns nach dem benachbarten und befreundeten Deutschland. Jetzt haben wir auch Winter, das heißt also gesetzlichen Winter. Die Eisenbahnverwaltung läßt jetzt die Waggons heizen, und wenn jetzt jemand barfuß ginge oder Vanille-Eis äße, dann würde er sich strafbar machen. Sie werden das alles sehr praktisch und verständig finden.«

»Nein«, sagte ich, »ich kann nicht begreifen, wozu alle diese Maßnahmen sind, wenn es doch immer gleich warm ist.«

Der kleine Herr sah mich ärgerlich an.

»Was wollen Sie? Wir müssen doch Abwechselung haben; wir sind weder Wüsten- noch Nordpolbewohner; wir müssen absolut Abwechselung haben, schon der Geschäfte wegen, die eine Sommer- und Wintersaison brauchen. Ich rate Ihnen, Herr Doktor Barragu, stellen Sie sich nicht auf die Seite der Opposition. Das würde Ihnen furchtbar schaden!«

»Was heißt das?« fragte ich bestürzt.

»Verstehen Sie etwas von Politik?« fragte er zurück.

»Nein«, antwortete ich, »Dichter verstehen nie etwas von Politik.«

Der Gesandte atmete tief auf.

»Eigentlich müßten Sie ja als Chefredakteur der Zeitung wohl was von Politik verstehen; aber es ist immer noch besser, Sie machen die Zeitung ohne Verständnis als mit falschem Verständnis.«

* * *

»Wir woll'n unsern Lohn!«

»Wir haben gearbeit'!«

»Wir woll'n nu mal heim!«

»Mögen sie doch and're warten lassen!«

Das waren die Krähen, die immer noch bei uns waren. Herr van Stimpekrex hatte einen herididasufoturanischen Fluch auf den Lippen, unterdrückte ihn aber in Rücksicht auf die Damen und sagte nur:

»Bitte, kommen Sie mit nach dem Stationsgebäude, damit wir das scheußliche Pack los werden.«

In dem Stationsgebäude fiel mir nichts Besonderes auf; es war ganz nach preußischem Muster eingerichtet: einfach, praktisch und ungemütlich. Die Lampen brannten, und die Kellnerin schlief. Das war, weil gesetzliche Nacht war.

Herr von Stimpekrex bestellte bei dem schlaftrunkenen Mädchen vier Tassen Kaffee und verlangte außerdem Schreibzeug, sowie, daß der Stationsvorsteher erscheine. Hierauf schrieb er den Krähen vier Anweisungen über je 200 Gramm Regenwurmfleisch. Das war die Taxe. Eine Extragratifikation bekamen die Krähen nicht, und das wird in unserem Falle wohl auch der trinkgelderfreudigste Mensch begreiflich finden.

Die freche Gesellschaft erhob nach Empfang der Anweisungen einen furchtbaren Lärm vor dem Stationsgebäude, und besonders das schwarze Tier, auf dem ich geritten war, machte riesigen Skandal über unsere angebliche »schmähliche Knickrigkeit« und meinte, das weitere wird sich finden.

Wenn jemand wütend ist und gern drohen will, aber absolut nicht weiß, womit er drohen soll, dann sagt er immer: »Das weitere wird sich finden!« Es »findet sich« gewöhnlich dann rein gar nichts. Also nahm ich auch diese Krähendrohung sehr leicht, diesmal aber sehr zu meinem Schaden, wie sich im Verlauf dieser ernsthaften Geschichte zeigen wird.

Inzwischen erschien der Stationschef. Er kam mir sehr sonderbar vor, schwankte immer hin und her und hatte die Kokarde seiner roten Mütze nach hinten gerichtet. Auch redete er soviel vergnüglichen Unsinn, daß ich mich eines ganz bestimmten Verdachts nicht erwehren konnte.

Herr von Stimpekrex schrie das vergnügte Männlein gewaltig an, stellte sich als Gesandten des Königs vor, und bestellte einen Extrazug.

»Jhähä, – jawohl ja, – Extrazug, – Extragesandter – wupp – wupp – Wuppgesandter!«

Stimpekrex erbleichte, und vor meinen Augen tanzte in der Luft eine lustige Nummer 17.

»Mann«, zischelte der Leutnant den Beamten an, »was soll ich mir von Ihnen denken? Was soll dieser Herr denken?« Hier flog die Tür auf und die Frau des Stationschefs trat hastig ein. Sie war sehr erregt und fing gleich an zu bitten und zu jammern, Exzellenz solle nur das sonderbare Benehmen ihres Mannes entschuldigen und beileibe keine Meldung machen; der gute Mann habe furchtbar die Influenza und phantasiere schon seit Mitternacht.

»Dann soll er zu Bett gehen, und der Assistent soll kommen«, sagte Stimpekrex barsch.

Die Frau fing an zu zittern.

»Exzellenz, – der – – der Assistent – hat – hat auch die Influenza.«

Ich machte auf dem Absatz rechtsum kehrt, und Exzellenz sank auf einen Stuhl.

»Hat auch die Influenza!« wiederholte er tonlos.

»Ja, – jawoll ja, – hat auch – hat auch die Influenza«, sagte der Stationschef gemütlich.

Die Frau fing an zu weinen, Herr von Stimpekrex erhob sich.

»Das ist stark, – das ist infam, – sowas in unserem Lande, – das muß ich selbstverständlich – – was sagen Sie zu der Sache, Herr Doktor?«

Ich brachte meine Gesichtsmuskeln in Ordnung, drehte mich um, zuckte die Achseln und sagte:

»Ich finde es gar nicht so sonderbar, daß beide Beamte erkrankt sind. Es ist eben gesetzlicher Winter!«

Herr von Stimpekrex sah mich mißtrauisch an.

»Frau«, sagte er, »besorgen sie einen Zug, wir wollen machen, daß wir hier fortkommen.«

In verhältnismäßig ganz kurzer Zeit fuhr ein sehr komfortabler Extrazug vor. Die Damen bestiegen den ersten, wir den zweiten Wagen, die Frau Vorsteher flötete »Abfahren«, und der Zug setzte sich in Bewegung, während oben im ersten Stock des Gebäudes der erkrankte Stationschef die Hand schelmisch salutierend an die Nachtmütze legte und mit begeisterter Stimme schrie:

»Extrazug! Extragesandter! Extrasilvester!«

Die Fahrt ins Märchenland

O, Ihr alle seid schon einmal ins Land der Märchen gefahren. Mutterwort, Großmutterraunen hat Eure junge Seele hinübergetragen, sowie der Frühlingswind ein rotes Wölkchen in den leuchtenden Himmel trägt; – oder Euer Seelchen ist auf dem weißen Papierschifflein gefahren, das den blumigen Bach hinabglitt, hinuntergefahren zum heimlichen Schilfteich im Walde, wo die Nixen schwimmen; – oder Ihr seid mit zögerndem Kinderfuß die knarrende Holzstiege hinaufgegangen auf den Boden des Hauses, wo in der staubigen Rumpelkammer die Geister tanzen, wenn der Mond durch die Dachluke scheint; – oder die Furcht hat Euch mitgenommen zu Riesen und bösen Waldweibern, wenn der Wintersturm an das kleine Fenster stieß, hinter dem Ihr schlafen solltet. – Seid Ihr nicht alle einmal gekleidet gewesen, wie die Prinzen; waret Ihr nicht alle einmal stark und mutig wie die Drachentöter; habt Ihr nicht alle einmal eine junge Königstochter oder einen stolzen Königssohn geheiratet! Und wenn Ihr einmal den Weg nicht recht wußtet, dann lag im Winkel ein buntes, zerrissenes Märchenbuch, in dem brauchtet Ihr nur zu blättern, und der Weg war Euch klar wie einem erfahrenen Reisenden, der Fahrplan und Reisebuch studiert hat.

So seid Ihr ins Land der Märchen gefahren. Mich altes, sehr altes Kind trägt kein Großmutterwort und kein Papierschifflein mehr, ich mußte mich in einen – Extrazug setzen, um ins Land der Wunder zurückzugelangen.

Eine Beobachtung erschreckte mich. Als ich um mich schaute, sah ich, daß mein Gepäck da war! – Ich hatte nichts mitgenommen, rein gar nichts, als ich mich zu der großen Reise aus dem Fenster schwang. Aber jetzt war es da, war mir durch einen Zauber nachgekommen. Ein grauer, lederner Koffer, eine schwarze Schachtel, ein kleines, rotes Paketchen.

O, ich brauchte keines der drei Stücke zu öffnen; ich wußte genau, was darin war: in dem Koffer meine Erkenntnisse, in der schwarzen Schachtel meine Leiden, in dem roten, kleinen Paketchen mein Glück von droben.

Die fuhren mit mir im Extrazug.

* *
 *

Während der ganzen Fahrt hatte Herr von Stimpekrex nicht erlaubt, daß ich aus dem Fenster schaue. Es sei lächerlich, meinte er, während der Nacht zum Fenster hinauszusehen. So lag ich lang auf ein bequemes Polster ausgestreckt und dachte darüber nach, wie komisch das doch in Herididasufoturanien sei, nicht ins helle Land hinaussehen zu dürfen, nur weil sich ein anderer einbildete, es sei Nacht. Aber ich dachte auch daran, daß mir droben im Menschenlande so manch einer vorgeredet hatte, weiß sei schwarz. Ich war oft gesund, wenn mir die anderen einredeten, ich sei krank; ich habe manch eine Sache gescheit angefangen, bis mir ein anderer sagte, ich sei auf dem falschen Wege, und ich habe oft zu lachen aufgehört, nur weil ein anderer behauptete, es sei eine schwere Zeit.

Auf den zwei großen Saiten, die übers weite Land gespannt sind, spielt der Eisenbahnzug sein einförmiges Schlummerlied; es ist ein hartes, eiliges Lied und läßt zu keinem ruhigen Traume kommen. Kein Traumlied, selten auch nur einen Wandergesang spielt der Zug auf seinen zwei Saiten; eine traurige Melodie spielt er den Flüchtigen, ein wildes, erregendes Lied singt er dem rastlosen Jäger nach dem Glück.

Kein Traumlied – aber ich war müde, schlief ein und schlief lange. Als mich mein Begleiter weckte, sagte er, der Tag sei nun angebrochen, und wir seien nahe am Ziel. Er habe inzwischen unsere Ankunft in der Hauptstadt des Landes angemeldet.

Ein blutrotes Licht füllte unseren Wagen.

»Was ist das für ein Licht?« fragte ich bestürzt.

Mein Begleiter wies lächelnd nach dem Fenster, Ich schaute hinaus, schloß aber heftig erschrocken die Augen und preßte beide Hände vors Gesicht.

Erst allmählich fand ich den Mut, das Wunder anzuschauen.

Auf einem blauen Felsenberge lag die goldene Stadt. Purpurglanz war über sie ausgegossen. Aus einem Vulkan jenseits des Berges loderten rote Feuergarben, der Himmel brannte, leuchtete in flüssigem Feuergold und ließ tausend glitzernde Funken in die Luft niederfallen, die leise erlöschten, wie fallende Sterne und wirbelnde, rote Blüten.

Ich sah die silbernen Mauern und goldenen Tore der Stadt, jener Stadt, von der die Dichter in ihren reinsten, keuschesten Stunden ihre Lieder singen, ich sah die Kristallkuppeln über den Tempeln und Palästen, nach denen die Sehnsucht der besten Menschen seit Jahrtausenden wandert. Die Gärten blühten, und über ihren Kronen und dunklen Rosen zogen einsame große Vögel ihre stillen Kreise in der leuchtenden Luft. O, du Herrlichkeit der diamantenblinkenden Fenster, du süße Heimlichkeit der kleinen Türme und seltsamen Erker! Sieh, wie die schweren Wunderblumen sich von den Galerien ranken, und hör' das Lied, … jenes Lied! Süße Märchenstimmen singen und silberne Trompeten schallen darein.

Ich sah das, ich hörte das, und ich fiel auf die Knie und streckte die Hände aus:

»Du goldene Stadt, du Kinderheimat, du heiliges, ewiges Jerusalem meines Märchenglaubens sei mir gegrüßt!«

Tränen traten mir in die Augen, der rote Himmel schien darin, und durch diese verklärten Tränen schaute ich in mein gelobtes Land.

Das bange, selige Herz hörte auf die Musik, die vom Berge tönte, und ich wußte auf einmal, es war ein Heimatlied, ein lange vergessenes, ein Lied, das ich hörte, noch ehe ich reden konnte, das Lied, das das Lächeln auf mein Gesicht zauberte, über das die Mutter an meiner

Wiege staunte, das Lied, von dem ich mit meinen feinsten Sinnen einen einzelnen, weltfernen Ton, einen seltsamen Akkord aus großer, großer Weite manchmal vernahm, wenn ich als einsamer Mann auf der Welt dort oben träumte.

Oh, – ich war schon einmal hier, durch diese goldenen Tore bin ich schon einmal gegangen, in jenen Palästen habe ich schon einmal gewohnt.

Ich weiß nicht mehr, wann das war, ich weiß nur, daß ich bitterlich weinen mußte, weinen, daß ich so lange fortsein, mich so weit verirren konnte, weinen mußte, weil mir das Herz sonst gestorben wäre vor Glück.

Ich wandte mich nach meinem Begleiter um und hob die Hände zu ihm auf:

»Ich flehe Euch alle an, die Ihr hier in dieser goldenen Stadt wohnt, laßt mich keine Zeitung schreiben, laßt mich als der letzte, ärmste Eurer Kinder mit bunten Kieseln spielen auf Euren Straßen.«

Er sah mich traurig an und schüttelte den Kopf. Dann wies er auf mein Gepäck und sagte: »Du bist zu alt!«

Da sank ich mit dem Gesicht auf meinen grauen, ledernen Koffer und rührte mich nicht mehr.

Marilkaporta

Ich habe vergessen, wie wir angekommen sind, auch, wie es war, als wir ausstiegen, und was ich etwa mit den beiden Frauen gesprochen habe. Es war über mich gekommen wie ein Rausch von schwerem Wein, der das Herz überfüllt, und bei aller Seligkeit den Tod nahe sein läßt.

Aber ich weiß, wie wir auf dem steilen Bergweg nach der goldenen Stadt hinaufgekommen sind. Als ich die goldene Stadt zuerst sah, sah ich sie durch Tränen. Tränen machen die Augen jung; so sah ich die Stadt zuerst wie ein Kind. Aber dann sah mir die Kinderseele wieder aus meinen alten Augen. – –

Die Frauen saßen auf reichverzierten Tragstühlen, die von je vier Männern getragen wurden. Mein Begleiter und ich ritten auf weißen Füchsen. Diener gingen neben den Tieren her und führten sie am Zaume. Viel Leute kamen den Berg herab; sie waren alle in Festtagskleidern. Die Frauen trugen weiße Kleider und rote Schleier mit Silbersteinen. Die Männer hatten lange Seidenröcke an und trugen Zwergmützen von braunem Sammet, daran waren goldene Münzen. Ein Festzug kam mit flatternden Fahnen, und vorweg ging ein Schalmeienchor. Schöne Mädchen hielten uns blühende Girlanden über den Weg. Am Eingang des Waldes stand ein Greis, der ging mit uns und gab uns tausend Schritte weit das Ehrengeleit. Dann kam ein starker Mann, der ging abermals tausend Schritte weit mit uns, bis er von einem schönen Jüngling abgewechselt wurde, der uns auch tausend Schritte weit begleitete. Zum guten Ende kam ein Kind, das führte uns ans goldene Tor der Stadt.

Ich verstand das wohl: Immer jünger mußt du werden, wenn du nach der heiligen Stadt kommen willst.

Das Tor war geschlossen, und das Kind, das sich an seinen goldenen Pfosten gelehnt hatte, schaute uns an mit seinen großen, träumenden Augen. Da erschrak ich tief im Herzen und meinte, das müsse wohl meine kleine, weiße, rosengekränzte Kinderseele sein, die mich ans goldne Tor der Märchenstadt geführt hatte. Ich eilte hin und hob das Kind an meine Brust und küßte es in heißer, heiliger Liebe.

Da sprang das Tor auf. Ein alter Mann, der einen Talar trug, kam unter dem Torbogen auf mich zu und sah mir aufmerksam und forschend in die Augen. Dann wurde sein Gesicht freundlich, er erhob die rechte Hand und sagte: »Sei gegrüßt und tritt ein!«

Ich senkte die Augen und trat ein. Die Straßen, durch die wir zogen, waren schmal, krumm und winklig. Die ganze Stadt war voll geheimnisvoller Ecken und verschwiegener Gäßchen. Manchmal trat ein alter Mann gespenstisch aus einem Winkel, manchmal saß ein schönes Mädchen träumend an einem Brunnenrand.

An der Straße lagen viel vornehme, schweigende Paläste und dazwischen kleinere Häuser, die nicht vornehm waren, die desto lauter, lustiger, beweglicher schienen, je kleiner sie waren. Es gab viel hohe, bunte Giebel, viel Söller und kleine Treppchen, viel wunderliches Holzgeschnitz und seltsame Zierat, viel Dachluken und bunte Simse, auch viel altes, graues Mauerwerk mit grünem Efeu. Ich liebe das alles.

Auf dem Marktplatz war eine große Menge Volkes versammelt.

Als wir ankamen, bildete sich eine Gasse, und es entstand eine tiefe Stille. Ich fühlte, wie sich die Augen aller auf uns richteten.

Über die breite Treppe eines prächtigen Hauses kam in feierlichem Zuge der Rat der Stadt.

Ein herrlich liebes Kind mit einem Rosenkranz im Haar trat auf uns zu. Ich stieg ab und trat neben Angelika. Das Kind trug einen blauen Kelch in der Hand und sprach zu uns:

»Über unseren Häuptern habt Ihr gewohnt,
Über unserem Himmel liegt Eure Heimat.
Das Licht der Sonne lag auf Euren Haaren,
Und Eure Augen schauten in die Sterne.

Groß wie die Bäume unserer Wälder waret Ihr,
Und Eure Häuser sind wie unsre Berge.
Sturm und Stille wohnt in Euren Seelen,
Und in Euren Herzen tragt ihr Eis und Feuer.

All unsre Märchen künden Eure Größe,
All unsre Sagen schildern Eure Güter.
Und unsre Lieder singen Eure Schönheit,
Und unsere Sehnsucht strebt nach Eurem Lichte.

Da Ihr nun niederstiegt in unsre Lande,
Seid uns gegrüßt, seid uns gegrüßt in Freuden!
Seid in Frieden gegrüßt, und gebt uns Frieden!
Seid uns in Treue willkommen, und bleibt uns treu!

Heilig ist dieser Kelch, sein Trank ist heilig.
Heilig auch der, der dieses Kelches genaß.
Nimmer wird ihm bei uns ein Leid widerfahren.
Nehmt unsren heiligen Kelch und trinket daraus!«

Das Kind reichte uns den Kelch, und wir tranken daraus. Da scholl aus tausend Kehlen ein fröhlicher Heilruf. Ich wandte mich um und rief über den Platz hin:

»Bürger von Marilkaporta! Mir fehlen in diesem feierlichen Augenblick die Worte, um Euch gebührend zu danken. Das eine sage ich: wir zwei sind glückselig, daß wir bei Euch sein dürfen und das andere: wir zwei werden Euch treu sein bis zur letzten Stunde!«

Und abermals erscholl tausendstimmiger Heilruf. Darauf trat der Oberste aus dem Rat der Stadt auf uns zu. Er trug ein prächtiges Buch in der Hand und forderte uns freundlich auf, unsere Namen dahineinzuschreiben. Als er die Blätter wandte, sah ich viel bekannte Namen in diesem goldenen Buch von Marilkaporta.

Dichter und Künstler, die junge Seelen hatten, waren in dem Buch verewigt, Handwerker mit grober Schrift, Kindernamen mit steifen Buchstaben und vielen Fehlern; aber auch ernste Gelehrte und kluge Staatsmänner standen darin. Zur guten Vakanzzeit einer Träumerstunde waren auch sie einmal nach Marilkaporta gewandert.

Ich staunte über die vielen Namen, da lächelte das Oberhaupt der Stadt und sprach:

»Das ist nur ein ganz kleiner Teil von unserem goldenen Buch! Wenn Sie das Ganze sähen, würden Sie meinen, es sei ein Adreßbuch der Welt. Nur die Geizigen, die keine Zeit haben, sind nicht darin, die Nüchternen, die den Weg nicht wissen, und die Lieblosen, die unser Priester am Tore zurückweist.«

Mir war beklommen zu Mut, und ich fragte mit leiser Stimme:

»Verzeiht eine Frage, Magnifizenz, war auch ich schon einmal hier?«

Er sah mich freundlich an und nickte mit dem Kopfe. Dann blätterte er in dem Buche viele Seiten zurück.

Da sah ich meinen Namen, von Kinderhand geschrieben, groß, breit und ungeschickt hingemalt, so wie ich ihn an Großvaters Scheunentor geübt hatte. Ich konnte damals den U-Bogen nicht schreiben, und auch hier stand der U-Bogen verkehrt.

Und gleich neben meinem Namen stand das kleine Mariechen eingeschrieben, Müllers kleines, süßes Mariechen, das von den Schilfnixen in den Fluß gezogen wurde, als wir am Ufer spielten und ach, nicht wiederkam.

Es wurde Tag in meiner Seele, und eine lange Vergessenheit wich. Mit Müllers Mariechen war ich zuerst im Märchenlande gewesen!

Die Augen wurden mir heiß im Andenken an meinen kleinen, blonden Schatz; ich legte die Hand auf das Buch und strich leise über meinen und ihren Kindernamen. Wie eine Liebkosung war das oder auch, wie man einen heiligen, geweihten Gegenstand berührt, um sich einen Segen zu holen.

Als wir weiterzogen, war ich wie von einem Traum befangen und blickte kaum um mich. Aber dann sah ich ein seltsames Licht, das mich aufschauen ließ.

Eine Brücke spannte sich über einen breiten Strom. Eine goldene Mauer faßte sie auf der rechten Seite ein, eine graue Steinmauer auf der linken. Rechts hielt ein lachender Engel mit ausgebreiteten Armen die Brückenwacht, links stand eine schwarze Frauengestalt mit verschleiertem Kopf. Das Wasser, das in leuchtenden Wogen und sprudelnden Katarakten gegen die goldene Mauer geflossen kam, war lichtgrün und silberglänzend; die Flut, die unter der grauen Mauer herausströmte, war trüb und träge, von blumigen Höhen kam der Strom herab, zwischen kahlen, starren Ufern floß er jenseits der Brücke weiter und mündete nach wenigen Schritten in ein dunkles, düsteres Felsentor.

Ich erschrak, als ich diese Brücke sah, denn ich wußte, es war die Brücke des Lebens und des Todes.

Gerade an der Brücke kam uns ein Menschenzug entgegen. Ein strahlender Jüngling mit einem Federhut auf dem Kopf und einer goldenen Kette um den Hals ritt auf einem schönen weißen Tier. Lächelnd erwiderte er unseren Gruß, lachend wandte er sein Gesicht nach dem lichtgrünen Wasser.

Ich sah dem Jüngling, der stark schien wie ein Held und fröhlich war wie ein Kind, ein paar Augenblicke nach.

»Es ist der Prinz Juvento«, sagte ein Mann, der neben mir stand, »der Erbprinz aus unserem Nachbarlande.«

Herididasufoturanische Hoftypen

Herr von Stimpekrex hatte mich in seinem verschwenderisch ausgestatteten Heim gastlich aufgenommen, und ich hatte mich ein paar Stunden ausgeruht. Aber meine große Aufregung legte sich nicht, und über all meinem Staunen fühlte ich mich schwach und elend. Einen armen Kerl macht eine glänzende Umgebung immer traurig und noch viel ärmer, als er schon ist.

Der Freund erbarmte sich meines Zustandes. Er brachte ein Leinentuch, tauchte es ins Wasser und legte es mir auf die Stirn. Dabei sprach er:

»Staunen ist ungesund! Dieses Tuch ist ein Wundertuch. Eine alte Waldhexe hat es gesponnen. Sie war ihr ganzes Leben lang als Dienstmagd in vornehmen Häusern, bei Königen, Grafen, Gelehrten und Künstlern. Das Staunen machte sie krank. Als sie aber älter wurde, verlernte sie das Staunen; sie verkroch sich in einm öden Wald, fing an zu lachen, laut und grimmig zu lachen, jahrelang zu lachen, und als sie sich endlich ausgelacht hatte, spann sie dieses Tuch. Wer es ins Wasser taucht und es sich auf die Stirn legt, der wird vom Staunen kuriert.«

Ich dachte über diese kleine Geschichte nach, während das kühle Tuch um meine Schläfe lag, und es wurde mir leicht und fröhlich dabei. Die Hexe hatte gut gesponnen.

Die Kur war für mich notwendig, denn bald darauf führte mich Herr von Stimpekrex nach dem Königspalast, da ich bei der Neujahrs-Gratulationscour Sr. Majestät vorgestellt werden sollte. Und es ereignete sich, daß ich über der Wunderpracht, die sich vor mir auftat, nicht närrisch wurde. Ja, als mir Herr von Stimpekrex erklärte, selbst die Wände seien aus massivem, 14-karätigem Gold, machte ich ein ungläubiges Gesicht, und erst als er mir mitteilte, gleich links unten neben dem Eingang sei der Goldstempel, glaubte ich es.

In dem großen Warteraum, in dem wir standen, waren nur Herren zugegen; die Damen hatten eine besondere Anticamera. Herren in allen Lebensaltern und in sehr bunten Gewandungen, obwohl eigentliche Uniformen selten waren, vorherrschend war der lange, bis an die Waden reichende, von einem Gürtel um die Hüften zusammengehaltene Staatsrock aus Sammet. Ich trug auch einen solchen Rock, und zwar von blauer Farbe. Alle Gelehrten von Beruf in Herididasufoturanien tragen sich blau, und ein Zeitungsredakteur ist dort unten auch ein Gelehrter von Beruf. Herr von Stimpekrex gab mir leise einige Erklärungen:

»Passen Sie auf die Farben auf, die Farben sind wichtig: Hofleute grün, Gelehrte blau, Geistliche braun, Juristen rot, Künstler weiß, Ärzte schwarz, Parlamentarier scheckig.«

»Warum sind die Ärzte schwarz?« fragte ich.

»Strafbestimmung aus alter Zeit! Früher mußten sie auch noch einen Totenkopf als Kokarde tragen. Das ist aber durch einen Gnadenakt neuerdings aufgehoben. Die Kerls hatten mal bei einer Epidemie eine falsche Diagnose gestellt, da ist eine ganze Provinz ausgestorben. Sehen Sie, da kommt schon einer auf uns zu, der ist mein Onkel.«

Ein Schwarzer schob sich an uns heran. Ein kleines Männlein mit einem verrunzelten, verschobenen, verschrobenen, zerstobenen Gesicht, in dem eine sanftrote Nase glänzte.

»Dr. Schnugu«, stellte er sich vor, »Waldarzt!«

»Hofarzt«, verbesserte Stimpekrex.

»Waldarzt«, wiederholte Dr. Schnugu grimmig. »Ich freue mich, Ihre Bekanntschaft zu machen, mein Herr, denn ich hoffe, daß Sie das Volk über gesundheitliche Fragen aufklären werden.«

»Jawohl«, fiel Stimpekrex höhnisch ein, »er wird einen Leitartikel gegen die Ärzte schreiben.«

Dr. Schnugus Gesicht verschob und verschrob sich noch mehr, und seine Nase glimmte auf.

»Mein lieber Neffe«, sagte er, »gegen die Reserveleutnants etwas zu schreiben, ist allerdings nicht erst nötig. Hab die Ehre! Mein Herr, ich werde Sie zu sprechen suchen, wenn dieser – dieser unreife Mensch nicht bei Ihnen ist.«

Und er stampfte von dannen. Stimpekrex lachte ihm nach.

»Mein lieber Onkel! Wir müssen ihn besuchen, wir müssen ihn bestimmt besuchen, denn ich sage Ihnen, er ist ein Unikum.«

Ein steinaltes Männlein trat vor mich und legte mir die Hand auf den Arm. Ganz gebückt stützte es sich auf einen Stock mit silbernem Knauf und versuchte, die roten, blöden Äuglein zu mir aufzuheben.

»Ähähä, ähähä!« begann das Männlein mit meckriger Stimme, »der Fremde! Der fremde junge Herr von droben! Kenne die Menschen, – o ja, kenne sie! Da muß ich Ihnen was erzählen. Also wir waren doch damals droben – Erz hacken, – ja, wir sieben, – und als wir heimkamen, – ich spürte es ja gleich, daß jemand aus meinem Becherlein getrunken hatte, – ja, und die anderen schrien, daß eine Dälle in ihrem Bettchen wäre. Ähähä, zum Lachen! Eine Dälle! In meinem Bettchen war eine sehr große Dälle. Da lag sie selbst! O, Gott, ein schönes Mädchen! Ein liebes Mädchen! Gerade in meinem Bettchen! Das paßte ihr. Na, also schlief ich bei den anderen und –«

Hier benutzte ich ein Gedränge, um von dem Alten, den ich für blödsinnig hielt, loszukommen. Herr von Stimpekrex lachte.

»Also sie kneifen auch schon aus? Schon beim ersten Male? Und ich hab' die Geschichte schon hundertmal anhören müssen, wirklich, schon hundertmal.«

»Erbarmen Sie sich«, sagte ich, »und erklären Sie mir wenigstens, was eine Dälle ist.«

»Eine Dälle ist eine Grube die man in ein Federbett gedrückt hat. Und der Alte ist das siebente Zwerglein, in dessen Bettchen vor uralter Zeit das Schneewittchen geschlafen hat.«

»Aaaah! Sie hat aus seinem Becherlein getrunken und in seinem Bettchen geschlafen?«

»So ist es! Aus seinem ganzen langen Leben hat er sich nur dieses eine Abenteuer gemerkt, alles andere hat er vergessen. Aber vom Schneewittchen erzählt er jedem zehnmal, hundertmal, kurz, solange, bis der andere ausreißt.«

»Er ist wohl sehr alt?«

»O, Genaues weiß man nicht; aber sein Miliönchen hat er auf dem Rücken.«

»Was heißt das: sein Miliönchen?«

»Nun, eine Million Jahre! So alt ist er mindestens.«

»Doch nicht eine Million Erdenjahre?«

»Sicher! Allerdings nach dem Julianischen Kalender gerechnet.«

Ich bekam einen sanften Ohnmachtsanfall. Mein Freund sah mich ernst an.

»Ja, wir sind nicht wie die Menschen, die schnell wachsen und aufblühen, aber noch schneller welken als die Bäume des Waldes, wir entwickeln uns langsam, aber wir dauern lange. Auch ich werde am nächsten 17. August schon 2467 und bin doch noch ein blutjunger Mann.«

Wir standen in einer Fensternische. Ich sehnte mich nach dem Tuch der Hexe. Ein paar Fliegen spielten hinter uns am grünen Fensterglas.

»Denke dir«, summte die eine, »Schnurr ist gestorben.«

»Laß ihn gestorben sein«, brummte die andere, »er war ja schon 5½ Tag alt.«

»Haben Sie gehört?« fragte Stimpekrex lächelnd. »Gegen diese Fliegen haben Sie Ihr Miliönchen auf dem Rücken. Und es sind doch auch Lebewesen.«

Ein Gescheckter trat an mich heran, ein großer, kräftiger Mann mit einem stattlichen Vollbart.

»Gestatten, daß ich mich vorstelle: Dr. Nein! M.d.R.«

»Dr. Barragu, Chefredakteur!«

»Geben Sie mir die Hand, Verehrtester! Ich freue mich, daß Sie da sind! Das hat Brust gekostet! Seit 279 Jahren habe ich in jeder Session des Reichsrats die Einführung einer Zeitung beantragt und bin 278 mal mit meinem Antrag durchgefallen. Das letztemal ist's geglückt. Hat aber Brust gekostet, Verehrtester! Ich allein habe einmal fünf Tage und sechs Nächte lang ohne Unterbrechung geredet.«

Ein Schauer überrieselte mich. Dr. Nein rieb sich die Hände.

»Es ist nämlich bei uns die famose Bestimmung getroffen, daß niemand den Sitzungssaal verlassen darf, solange die betreffende Sitzung dauert. Na, Sie können sich denken, was bei meiner Dauerrede passiert ist. Die Hälfte der Abgeordneten schlief, die andere Hälfte war ohnmächtig, der Präsident lag im Starrkrampf, und sämtliche Stenographen waren scheintot. Ich aber redete, redete ohne Ende. Zuletzt war nur noch ein einziger außer mir bei Besinnung, leider gerade der Finanzminister, mein wütendster Gegner. Der saß da, riß die Augen auf, aß Kaffeebohnen und stach sich von Zeit zu Zeit mit einer Nadel in die rückwärtigen Oberschenkel. Es war ein grausiger Kampf: ich als Redner, er als Zuhörer. Aber ich sage Ihnen, das Anstrengendere ist auf die Dauer doch das Zuhören. Nach fünf Tagen und sechs Nächten fiel auch dieser letzte mit Gedröhne bewußtlos unter den Tisch, und ich hatte gesiegt. Da sich niemand mehr zum Wort meldete, beantragte ich sofortige Abstimmung, weckte meine Parteigenossen, die um die Rednertribüne verstreut lagen, dazu noch so viel andere, als wir brauchen konnten; wir brachten mühsam den Vize-Präsidenten auf die Beine und stimmten ab. Mein Antrag wurde angenommen, glänzend angenommen. Die Einführung der Zeitung war beschlossen! Hat aber Brust gekostet, Verehrtester!«

»Es muß eine anstrengende Sitzung gewesen sein«, sagte ich teilnahmsvoll.

»O, ich sage Ihnen! Hinterher hat sich herausgestellt, daß acht Mann akut verrückt geworden sind, elf haben das Nervenfieber bekommen, und der Präsident ist heute noch nicht aufgewacht. Der arme Mann leidet an chronischer Schlafsucht. Mich selber hat's auch arg mitgenommen; ich habe gleich am selben Tage noch eine lebensgefährliche Brechruhr bekommen. Der Finanzminister, mein Zuhörer, übrigens auch! Wir haben dann zusammen eine gemeinschaftliche Erholungsreise gemacht und sind ja jetzt beide gottlob wiederhergestellt.«

»Lieber Freund, Se. Hoheit Prinz Hamrigula wünscht Sie kennen zu lernen.«

Stimpekrex war es, der also an mich herantrat. Dr. Neins Gesicht färbte sich bräunlich-grün.

»Herr, Herr«, rief er, »gehen Sie nicht, lassen Sie's drauf ankommen, gehen Sie nicht! Dieser Prinz Hamrigula ist der gemeinste Schuft, der schauerlichste Volksverderber, der elendeste Kronräuber, der jemals unter der Erde gelebt hat. Er will Sie ausnützen, kapern, er weiß, daß die Presse –«

Stimpekrex hatte mich bereits fortgezogen. In einer Fensternische stand Prinz Hamrigula. Er war jung, konnte nach meiner jetzigen Schätzung kaum 2000 Jahre alt sein, hatte aber jene kalten, berechnenden Augen, die bei Jünglingen immer fatal wirken.

Ein Lächeln stahl sich um seine große Nase, während er mir in jener herablassenden Weise gewisser »vornehmer« Leute entgegentrat, die mich immer mehr als Nichtswürdigkeit denn als Liebenswürdigkeit berührt hat.

Er schielte, war überhaupt häßlich und machte einen unangenehmen Eindruck auf mich. Einen Märchenprinzen hatte ich mir anders vorgestellt. Ich konnte ein Unbehagen nicht unterdrücken, obwohl ich ausgesprochen häßlichen Personen gegenüber immer sehr vorsichtig mit mir selbst bin. Mein Schönheitssinn hat mir bei der Beurteilung von Leuten so oft die bösesten Streiche gespielt, daß ich sehr mißtrauisch gegen mich selber bin. Ich gab mir alle Mühe, sympathische Züge an dem häßlichen Prinzen zu entdecken, konstatierte, daß er einen festen, energischen Mund, eine wohlgebildete Stirn und lebhafte Augen habe, daß er offenbar ein kluger, willensstarker Mann sei und konnte doch meines Mißbehagens nicht Herr werden.

Der Prinz erzählte mir in auffallend freundlichem Tone, daß er ein sehr naher Verwandter des regierenden Königs sei, aber viel zu leiden habe, da er von anderen Agnaten stark befehdet werde. Ich werde auch eine recht schwierige Stellung haben, könne mich aber ganz auf ihn verlassen, da ich ihm sehr sympathisch sei und er wohl sagen dürfe, daß er viel Einfluß habe.

»Ja, sehen Sie, und gerade in meinem Bettchen! O, ein reizendes Kind! Und die anderen schrien, daß sie eine Dälle in ihrem Bettchen hätten – ähähähä, eine Dälle! Zum Lachen!«

Das Zwerglein!

Mit einer Verwünschung ergriff Prinz Hamrigula vor dem redseligen Alten die Flucht. Ich aber war dem rettenden Greise dankbar und ließ mir geduldig die Geschichte von dem vergifteten Kamm auseinandersetzen.

Indes erregte eine neue Persönlichkeit meine Aufmerksamkeit. Ein Mann stand in meiner Nähe, auf dessen fabelhaft dünnen und gebogenen Beinchen ein dicker, ballonähnlicher Leib ängstlich hin- und herjonglierte. Die ganze Erscheinung hatte etwas peinlich Unästhetisches. Dazu dienerte das schnurrige Männlein, so oft ich es nur mit einem Blick streifte, und bei jeder solchen Verneigung ergriff mich eine Angst, die Bauchkugel werde von ihrem unsicheren Gestell herabfallen.

»Alter Herr, können Sie mir nicht sagen, wer dieses Männlein ist, das immerfort dienert?«

Der Jahresmillionär hob die blöden Augen und dachte einige Augenblicke nach; dann verfiel er wieder in sein blödes Lächeln und sagte:

»Ja, freilich, den Händler mit dem vergifteten Kamm hatte natürlich auch die Königin geschickt.«

Die Geduld ging mir aus; mit ein paar Worten des Abschieds wollte ich den Greis verlassen, da schoß plötzlich das dienernde Männlein auf mich zu, machte eine auffällig tiefe Verneigung vor mir und sagte:

»Euer Gnaden wollen huldvollst meine große Aufdringlichkeit verzeihen, wenn ich –«

»Mein Herr, ich glaube bestimmt, daß Sie mich verkennen«, unterbrach ich den überhöflichen Mann; »ich bin nichts weiter als der Chefredakteur der neu zu gründenden Zeitung.«

»Und ich, Ew. Gnaden, ich bin der Theaterdirektor Krimskramski. Werden Ew. Gnaden die Güte haben, die Theaterreferate selbst zu schreiben oder –«

»Erlauben Sie!«

Ein dicker, aufgeblasener Mann schob das artige Direktorlein brutal beiseite und wandte sich hochmütig an mich.

»Hab gehört, Sie sind der neue Zeitungsmensch!«

»Chefredakteur Professor Doktor Barragu«, sagte ich mit scharfer Betonung. Der andere nickte und wickelte die schwere Uhrkette um seinen plebejisch fetten Daumen.

»Jawohl, wollte mal fragen, wieviel Skonto Sie für Reklamen bei Barzahlung geben.«

»Zunächst bitte: wer sind Sie?«

Ich sah, daß ihn die Frage in dieser Form ärgerte. Aber er beherrschte sich, warf sich in die Brust, spielte an einer Brillantnadel und sagte in einem Tonfall, in dem sich bequem eine Gottheit hätte offenbaren können:

»Kommerzienrat Knallkulurando, Zement und künstliche Düngung!«

»Mein Herr, es tut mir leid, aber ich habe für Mist in meiner Zeitung vorläufig absolut keinen Raum.«

Ein Gelächter ertönte, und ich sah, daß ein Heer von Gescheckten auf mich eindrang. Sie hatten mich umzingelt, und es drohte mir eine regelrechte Belagerung.

In diesem Augenblick erscholl eine Trompetenfanfare, Kanonendonner dröhnte darein, und augenblicklich ordnete sich die ganze Gesellschaft zu einem langen Zuge. Der König war in den Thronsaal getreten.

Wenn ich einen Hofbericht über die Gratulationscour bei Herididasufoturu LXXV. liefern sollte, würde er mangelhaft ausfallen. So manch einen Herzog, Minister, Würdenträger habe ich nicht »bemerkt«, obschon er laut Rangliste unbedingt zu »bemerken« war; so manch eine Schönheit hat mich nicht »geblendet«, obwohl das Auge eines Hofberichterstatters ganz zweifellos die Pflicht hat, sich pro Fest wenigstens einigemal »blenden« zu lassen; so manch eine traumhafte Toilette hat weder meinen »Neid noch meine Bewunderung« erregt – woraus ich den Schluß ziehe, daß ich für solche Dinge ein verlorener Mann bin. Aber es gab unendlich viel Schönes.

Der König – der König war schön! Ein alter, feingliederiger Mann mit den milden Augen vornehmer Greise, an deren abendlich sanfter Wärme zwar keine Früchte mehr reifen, aber auch keine Wetter sich mehr entzünden, die mit ihrer ruhigen herbstlichen Strahlenschönheit die Werke eines langen Fruchttages beleuchten und verklären.

Unter der goldenen Königskrone trug er die silberne Lockenkrone eines Mannes, der in Ehren alt wurde, und diese weißseidenen Haare bildeten eine vollendet schöne Unterlage für das schimmernde Machtmetall.

Zur Rechten des Königs saß eine wunderliebliche Jungfrau: die Prinzessin Goldina! Blondlockig, blauäugig, schön, wie nur je eine Märchenprinzessin schön gewesen ist. Sie war des Königs Enkelkind, das Ebenbild seiner einzigen, früh dahingerafften Tochter.

Neben ihr stand, hochaufgerichtet in männlicher Jugendschönheit, Juvento, der Erbprinz aus dem Nachbarlande. Sein Vater war der Bruder des Königs. Früher waren beide Länder vereinigt gewesen. Erst unter die beiden Brüder waren sie geteilt worden. Nun war Juvento an den Hof seines königlichen Oheims gekommen und sollte ein ganzes Jahr in Marilkaporta bleiben. Ich ahnte, was die Sehnsucht der Völker und wohl auch der Höfe war: eine Verbindung dieser beiden schönen, jungen Leute, und damit wieder die Verbindung der getrennten Reiche.

Links vom König stand Hamrigula. Er hielt meist den Blick ergebungsvoll auf den Herrscher gerichtet; zuweilen aber hingen seine lodernden, dunkeln Augen auf einen Augenblick an der lieblichen Goldina oder musterten kalt und forschend die Gestalt des Erbprinzen.

Daran mußte ich denken, als wir heimgingen, so lebhaft denken, daß ich selbst der wenigen, gütigen Worte vergaß, die der greise König an mich gerichtet hatte.

Unsere Redaktion

Ein Ministerrat, dem der König selbst präsidierte, und zu dem ich zugezogen wurde, beschäftigte sich mit der Feststellung der Grundlinien des neuen Zeitungsunternehmens. So ernst wurde die Sache genommen!

Bei uns zu Hause geht ja so etwas leichter. Wenn sich in Deutschland ein »frischaufstrebender« Verleger, der 2.000 Mark Kapital besitzt, und ein Literat, der über einen entsprechenden geistigen Reichtum verfügt, begegnen, dann gibt es vier Wochen später eine neue Zeitung.

In dem Ministerrat gingen die Meinungen sehr auseinander. Der Kanzler meinte, wenn jedes Vierteljahr eine Nummer erschiene, so wäre das völlig genügend. Die Leute müßten sich erst an die Neuerung gewöhnen, und das Zeitunglesen sei eine der zeitraubendsten und unnützesten Beschäftigungen. Die Redaktion solle gemeinsam vom Staatsministerium mit einer Anzahl vom König zu ernennenden Parlamentariern, Gelehrten und anderen Männern der Öffentlichkeit geführt werden; ich solle eine beratende Stimme haben. Abonnent dürfe jeder werden, der eine Staatsprüfung bestanden, das 750. Lebensjahr zurückgelegt habe und mindestens in der zweiten Steuerstufe sei.

Daraufhin um meine Meinung befragt, gab ich meine Dimission.

Der König nahm die Dimission nicht an, schloß vielmehr die Sitzung und gab mir auf, in einem schriftlichen Gutachten meine Vorschläge niederzulegen, die er, wenn irgend möglich, genehmigen werde.

Daraufhin gab das Kabinett seine Dimission, die ebenfalls nicht angenommen wurde.

Meine Vorschläge waren dann in der Hauptsache folgende:

- Die Redaktion besteht aus Dr. Barragu als Chef, Herrn von Stimpekrex als Vertreter der Regierungsparteien, Dr. Nein als Vertreter der Opposition, und einem noch zu findenden Lokalredakteur.
- Die Zeitung erscheint wöchentlich einmal in einer von der Redaktion zu bestimmenden Stärke.
- Eine Zensur existiert nicht.
- Abonnent kann jeder werden, der bezahlen kann.
- Das ganze Unternehmen geht auf Rechnung der Staatskasse.

Der König setzte an Stelle des wöchentlichen Erscheinens das einmonatliche; alle anderen Punkte genehmigte er. Darauf gab das Kabinett abermals seine Dimission, die wiederum abgelehnt wurde. Ich versprach den Herren, die zweimalige für sie höchst ehrenvolle Ablehnung ihrer Dimission bald in der ersten Nummer gebührend hervorzuheben, worauf ich von ihnen zu einem diplomatischen Abendbrot eingeladen wurde, bei dem wir uns alle königlich amüsierten.

Druckereien gab es mehrere in Marilkaporta. Auch Bibliotheken waren da. Die Heridiasufoturianer folgen dem smarten amerikanischen Brauche, alles von fremden Völkern nachzudrucken, was sie durch ihren Beifall auszeichnen, ohne indes erst dem Autor oder Verleger mit irgendwelchen Verhandlungen oder gar Honorarangeboten beschwerlich zu fallen. So fand ich in Marilkaporta die interessantesten Bücher der Weltliteratur, angefangen von der Iliade der Griechen und den Veden der Inder bis zu den »Schluchten des Balkan« von Karl

May. Auch die eigene umfangreiche Literatur blieb mir nicht lange verschlossen, da ich die Landessprache bald beherrschte.

Die Sprachenfrage interessierte mich natürlich sehr, zumal ich mich nach meiner Schätzung unter österreichischem Staatsgebiet befinden mußte. Ich hörte, daß außer der Landessprache in den Schulen das Deutsche, Polnische und Tschechische obligatorisch sei, während das Wendische leider nur als fakultatives Fach auftrat.

Noch vor der Herausgabe der ersten Nummer erhielt ich etliche hundert Briefe, in denen (meist in Versen) die Erwartung ausgesprochen wurde, daß ich als guter Sohn meines Vaterlandes die Zeitung deutsch drucken würde; gegen tausend polnisch gesinnte Herididasufoturianer drohten mir mit dem Boykott, falls ich mich nicht der polnischen Sprache bedienen sollte, und ein tschechisches Komitee sandte mir einfach per Post einen Knüppel ins Haus.

Das war schlimm für einen Mann, der für Rassen- und Sprachenkämpfe nie etwas anderes übrig hatte als schmerzliches Bedauern. Eine fremde Sprache hat mir nie eine Abneigung eingeflößt, höchstens vorübergehend dann, wenn ich mich mit ihren unregelmäßigen Verben abquälte.

Aber das Märchenland ist glücklich. Es hat eine Sprache, die alle verstehen, in der alle Substantiva nach dem Muster des Wortes »Bruder« dekliniert werden und in der das Eigenschaftswort »ehrlich« das einzige ist, das sich nicht steigern läßt. Diese Sprache ist so kinderleicht und einfach, daß man sie in wenigen Tagen lernen kann. Mancher begreift sie in einer Stunde; ja, ich glaube, die Begnadetsten werden damit geboren.

Kurz und gut, ich druckte die Zeitung heridasufoturanisch, und ich habe damit bei Deutschen, Polen, Tschechen und Wenden die besten Erfahrungen gemacht. –

Bald in den ersten Tagen fand ich den »Lokalredakteur«. Schnaff hieß der Edle. Dr. Nein hatte ihn mir empfohlen. Herr Schnaff reichte mir mit seiner Bewerbung einen »Lebenslauf« von dem Umfang eines zweibändigen Romans ein, aus dem ich hier einige dürftige Angaben mache.

Herr Schnaff hatte in seiner Jugend nacheinander an sämtlichen vier Fakultäten studiert, hatte darauf eine Stelle als Straßenkehrer angenommen, war dann als Zirkusathlet aufgetreten und darauf mit einer gräflichen Familie als Reisebegleiter ins Ausland gegangen. Wegen einer gänzlich unglücklichen Liebe zu einer Komtesse hatte er allein nach der Heimat zurückkehren müssen und daselbst einen ehrenvollen Ruf an den königlichen Steinbruch von Marilkaporta erhalten, wo er sich in seinen Mußestunden zum Wunderdoktor ausbildete, wegen einiger »Kunstfehler« wanderte er ins Gefängnis, wo er sehr in sich gegangen sein muß, denn er etablierte sich nach seiner Entlassung als Wanderprediger. Darauf spekulierte er in Bergkristallen, was ihm nichts einbrachte, war dann siebzehn Jahre lang Röhrenputzer am Gesundheitssee und darauf Hauslehrer bei einem Bankier. Als ihm die Pädagogik nicht mehr behagte, wandte er sich wieder den freien Künsten zu und erzielte als Feuerfresser und Degenschlucker bedeutende Erfolge. Einer Magenverstimmung wegen gab er auch diese Tätigkeit wieder auf und sang nun sechs Jahre lang ersten Tenor bei einer Begräbnis-Genossenschaftskapelle. Nach dem sechsten Jahre wurde er melancholisch. Er erfand nun eine Bartpomade, von der er sich redlich zu ernähren beabsichtigte. Nach kurzer Zeit fand er indes den Verkehr mit seinen Kunden, die meist sehr energisch ihr Geld von ihm zurückverlangten, zu aufregend und rettete sich mit Verlust der linken Ohrmuschel und der rechten Backenzähne auf ein kleines Theater, wo er tragische Rollen spielte. Da sich aber das Publikum als für seine Kunst unreif erwies, trat er bei einem Schornsteinfeger in Dienst, fiel bereits am zweiten Tage vom Dache, war dann lange Zeit Ehrenbürger eines Hospitals und darauf Staatsrentner. Zu seinem Bedauern ging er auch dieser Würden wieder verlustig, da er genaß, und nachdem er einige Zeit als Hilfsheizer an einem Vulkan fungiert hatte, glaubte er seinen wahren Beruf erkannt zu haben und gründete in Marilkaporta ein Auskunftsbureau, das er »Die Lupe« nannte und das über Vermögen, Befähigung und Ruf der Herididasufoturianer, namentlich im negativen Sinne, die detailliertesten Auskünfte erteilte.

»Sie werden diesem Manne eine gewisse Vielseitigkeit nicht absprechen können« sagte Dr. Nein.

Da ich ihm recht geben mußte, engagierte ich Herrn Schnaff.

Unserer nunmehr vollzähligen Redaktion wurde vom Staate ein prächtiger Redaktionspalast zur Verfügung gestellt. Ich allein hatte darin sechs Zimmer zu meinem Gebrauch, außerdem eine Wandelhalle für die lebhafte und eine Wandelhalle für die sentimentale Anregung; die »lebhafte« Halle mit den kostbarsten, farbenfrohesten Gemälden, mit reizenden lauschigen Winkeln, mit Tischlein deck dich und vielen anderen Genüssen, mit denen ich meinen irdischen Kollegen nicht unnötig den Mund wässerig machen will, die »melancholische« eine fensterlose Halle mit rotleuchtenden Pechfackeln, mit einem Sargduft von Firnis und Oleanderbäumen und einem künstlich erzeugten, beständig über den Boden hinstreichenden, kalten Grabeshauch.

Unser Beratungssaal war so groß, daß der Landtag eines Kleinstaates bequem darin Platz gehabt hätte, samt allem Publikum und allen Presseleuten. Für uns vier Männlein war der Saal zu groß und viel zu prächtig, und es geschah meist, wenn wir eine Sitzung darin abhielten, daß uns dann allen vieren rein gar nichts einfiel. Ich glaube überhaupt, daß die großen, prächtigen Beratungssäle oft eine gedankenfeindliche Tendenz haben. Die Musen haben einen Hang zu proletarischem Liebesleben; sie gebären ihre kräftigsten Kindlein gern in kalten Dachkammern.

Drei Tage nacheinander hielten wir Sitzungen ab, auf deren Tagesordnung als einziger Punkt die Beratung des Namens stand, den die neue Zeitung führen sollte, vor dem Redaktionspalast stand immer ein militärischer Doppelposten, der die Bajonette aufpflanzte, »wenn die Herren Beratung hatten«. Es ist peinlich, in so großartig gesicherter Arbeitsruhe nichts zustande zu bringen. Gingen wir nach der Sitzung, wenn wir absolut keinen passenden Namen gefunden hatten, nach Hause, präsentierte die Wache, und ließ uns das Volk, das sich vor dem Palaste gesammelt hatte, in achtungsvollem Schweigen passieren, dann war mir immer ganz jämmerlich zumute.

So rasch als möglich bog ich in eine stille Nebengasse ein, jedesmal zum großen Verdruß Herrn Schnaffs, der sich durch die militärischen und zivilen Ehrenbezeugungen sehr gehoben fühlte.

Am zweiten Beratungstage stießen wir auf dieser Flucht auf eine seltsame Behausung. Mitten in der Stadtmauer lag ein großer Felsenwürfel, in den eine Tür führte. Der graue Stein war von Efeu übersponnen, rechts und links standen Pinien, oben auf dem Würfel sprang ein Springbrunnen. Über der Tür war eine kleine, durchgehende Öffnung, in der saß eine gelbäugige Eule.

»Was ist das?« fragte ich. »Ist das ein Haus?«

»Ich weiß nicht genau«, sagte Herr von Stimpekrex und wurde rot. »Aber es ist schon möglich.«

»Natürlich, natürlich wird es ein Haus sein«, meinte Dr. Nein, wobei mir seine Aufregung auffiel.

»Ach«, machte Herr Schnaff möglichst unbefangen, »ich hab mal gehört, es sei so eine Art Erfrischungshaus. Es heißt ›Die kühle Eule‹. Wissen Sie, weil es kühl darin ist, und weil eine Eule über der Tür ist.«

»Gehen wir hinein«, entschied ich. Die Herren zögerten, aber ich klopfte an die Tür, die bald von einem häßlichen, verwachsenen Zwerge geöffnet wurde.

Wir kamen in einen Raum, in dem einige Tische und Bänke waren, etwa nach dem Muster unserer Dorfwirtshäuser.

Der Zwerg, der ein sehr durchtriebenes Gesicht hatte, begrüßte meine drei Gefährten mit Namen, was diesen ersichtlich unangenehm war, und sagte dann:

»Weiß schon, was die Herren wollen, weiß schon! Grüne Limonade!«

Und er öffnete eine Falltür im Fußboden und huschte hinab.

Ein peinliches Schweigen griff Platz. Am aufgeregtesten war Stimpekrex. Er hüstelte und sagte:

»Ach ja, ich erinnere mich jetzt, daß ich schon einmal hier war. Daher kennt mich der Kerl. Aber es ist lange her.«

»Ja«, sagte Schnaff, »ja, ich erinnere mich jetzt für meinen Teil auch.«

»Ach was«, schnauzte Dr. Nein, »natürlich war ich schon hier; ich wollte es bloß nicht jedem auf die Nase binden.«

Pause. Um etwas zu sagen, fragte ich:

»Wie heißt denn das schnurrige Männlein?«

»Lillebolle«, knurrte Dr. Nein. »Ein durchtriebener Schuft! Und ein verrückter Kerl! Oben auf seinem Dache hat er einen Teich mit einem Springbrunnen angelegt.«

Da erschien schon der Wirt und stellte uns je einen Humpen auf den Tisch.

»Grüne Limonade«, grinste er und verschwand wieder in seiner Höhle.

»Also auf Ihr Wohl, meine Herren!«

Keiner tat mir Bescheid. Alle sahen mich gespannt und ängstlich an, während ich trank ... trank ... mit Wonne trank und bei mir im stillen konstatierte, daß noch nie vorher ein kostbarerer Tropfen »Rüdesheimer« über meine Lippen geflossen sei.

»Wie – wie finden Sie diese Limonade?« stammelte Herr von Stimpekrex.

»Ja, wie schmeckt Ihnen diese ›grüne‹ Limonade?« fragte eifrigst Herr Schnaff.

»Meine Herren«, sagte ich, »ich beteure Ihnen feierlich, daß mir in meinem ganzen Leben noch keine Limonade so gut geschmeckt hat, wie diese ›grüne‹.«

Da wurden sie fröhlich und tranken auch. Nur Herr von Stimpekrex blieb ein bißchen ängstlich und meinte nach einiger Zeit:

»Es würde sich immerhin empfehlen, die Sache als Redaktionsgeheimnis zu betrachten.«

»Meine Herren«, sagte ich, »es ist selbstverständlich, daß wir uns hier in geheimer, ja höchst geheimer Sitzung befinden, aus der nicht ein Jota verlauten darf.«

Darauf mußte Lillebolle neue Humpen bringen.

* * *

Auch am dritten Sitzungstage konnten wir uns über den Namen der neuen Zeitung nicht einigen und gingen daher in gedrückter Stimmung an der salutierenden Wache und der angesammelten Volksmenge vorbei, die nachträglich an unser tiefsinniges Aussehen allerlei Kombinationen geknüpft hat.

Ganz zufällig kamen wir wieder an der »Kühlen Eule« vorbei. Es schaute zwar keiner mit einem Blicke hinüber, aber die Schritte aller nahmen ein gemäßigteres Tempo an, als wir uns dem Felsenhäuschen näherten. Da blieb ich stehen und sagte:

»Meine Herren, ich glaube, die große Pracht unseres Beratungssaales verwirrt unseren Geist, und die immerhin beträchtliche Wärme lähmt unsere Phantasie. Dort in der ›Kühlen Eule‹ finden wir das, was wir brauchen: Frische und wohltuende Einfachheit. Wenn Sie noch nicht zu ermüdet sind, schlage ich Ihnen vor, unsere abgebrochene Sitzung in der ›Kühlen Eule‹ fortzusetzen.«

Ich hatte die Genugtuung, daß sich alle Herren meiner Redaktion opferwillig mit dieser Fortsetzung unserer Beratungen einverstanden erklärten.

Lillebolle, der unschöne, aber allzeit dienstbereite Zwerg erschien und stellte mächtige Humpen grüner Limonade vor uns hin. Nachdem wir uns alle etwas betrunken hatten, begannen wir die Beratung, Lillebolle zog sich allemal schleunigst nach seiner Höhle zurück, störte also nicht.

»Meine Herren«, sagte Dr. Nein, »ein passender Name für unsere Zeitung wird uns wahrscheinlich in dem nächsten Säkulum nicht einfallen, also schlage ich vor, wir heißen die Zeitung: ›Die Zeitung‹«.

Wir begriffen diese Worte nicht gleich. Schnaff kam zuerst hinter ihren Sinn.

»Ach, die Zeitung soll ›Die Zeitung‹ heißen?«

»Jawohl!« sagte Dr. Nein. »Denn erstens, es kann niemand behaupten, daß der Name ›Zeitung‹ für eine Zeitung nicht passe; zweitens, es ist ein leichtfaßlicher und leichtbehaltbarer Name; drittens, er enthält kein bestimmtes Programm, was immer unbequem und unkünstlerisch ist; viertens, er ist diesem ersten aller derartigen Unternehmen wie auf den Leib geschrieben, da es die Urzeitung, die Zeitung aller Zeitungen sein wird; fünftens, etwas Besseres wissen wir nicht.«

Die Wucht dieser Gründe, namentlich aber des letzten, bestimmte uns, Dr. Neins Vorschlag einstimmig anzunehmen, worauf wir unsere Humpen leerten, um mit einer neuen Blume »Die Zeitung« leben zu lassen. Darauf traten wir gleich in die Beratung der ersten Nummer ein. Ich als Chef der Redaktion hatte vor, zuerst das Wort zu ergreifen, sah aber bald ein, daß das durchaus nicht in der Absicht der übrigen Redakteure lag. Herr Schnaff begann zuerst zu reden.

Er meinte, die erste Nummer müsse phänomenal gestaltet werden. Sie müsse wertvoller sein, als alle elf anderen Nummern zusammen genommen. Denn von der ersten Nummer hänge der Abonnentenfang ab. Es sei mit den Zeitungen so wie mit den Schaubuden auf den Jahrmärkten: lediglich auf das Portal komme es an. Was in der Bude selbst sei, könne dem Besitzer ganz gleichgültig sein, denn das liege doch jenseits der Kasse.

»Prospekt, meine Herren, Prospekt! Das ist die ganze Hauptsache!«

Nach dieser Rede hieß Dr. Nein Herrn Schnaff einen »Schmiersack« und verband sich mit uns anderen beiden zu der soliden, wenn auch rückständigen Geschäftspraxis, in der ersten Nummer keineswegs mehr zu versprechen, als wir in den folgenden halten könnten. Herr Schnaff faltete ob solcher Geschäftsignoranz betrübt die Hände über seinem dünnen Bauche, ergriff aber gleich wieder das Wort.

Zunächst müsse ein fulminanter Bericht über die Neujahrs-Gratulationscour bei Hofe steigen, sagte er. Das mache einen sehr anständigen, patriotischen Eindruck und sei das Interessanteste für arm und reich. Er sei erbötig, diesen Bericht selbst zu schreiben. Er sei zwar nicht bei dem Feste gewesen, aber eben darum sehr unbefangen, und er habe sich seinerzeit in der gräflichen Familie gewisse Formen allerfeinsten Tones angewöhnt, die er nun verwerten wolle. Sodann schlage er eine politische Rundschau vor, die am besten auch er selbst –

Bei dieser Stelle goß Dr. Nein Herrn Schnaff einen Humpen Limonade ins Gesicht.

»Halten Sie das Maul, Sie Esel! Wollen Sie ewig reden?« schrie der jähzornige Mann, zitternd vor Wut.

Herr Schnaff nieste.

»Oder ist in Ihrem verbrannten Hilfsheizergehirn, in Ihrem verunglückten Schornsteinfegerschädel je eine blasse Ahnung von Politik gewesen?«

Herr Schnaff nieste sehr heftig.

»Meint so ein invalider Spitalgreis, wir werden uns solchen Blödsinn anhören? In einer ernsten Sitzung? Wir werden ihn über Politik reden lassen?«

Herr Schnaff machte einen Versuch zu reden, schnappte aber nur erfolglos mit dem Munde, denn er hatte sich verschluckt.

»Hat die Welt je schon so einen Frechling gesehen, hat die Welt – hat die Welt – ooh, meine Herren, wenn ich jetzt im Parlament wäre, würde ich sehr grob werden – sehr grob!«

Mit feuerrotem Gesicht setzte sich Dr. Nein. Schnaff hatte sich inzwischen so weit erholt, daß er wieder reden konnte.

»Mir ist – Limo – Limonade in die Na – Nase gekommen. Es ist gar nicht schön von Ihnen – Herr Kolle – denn die politische Rundschau würde ich – uoohaahziehuuah –«

»Die politische Rundschau muß ein Politiker schreiben«, sagte Herr von Stimpekrex. »Als politischer Redakteur bin ich eingetreten, und ich würde natürlich nicht dulden, daß mir jemand in mein Ressort pfusche. Die politische Rundschau muß ein Mann schreiben, der das Vertrauen des Hofes hat.«

Dr. Nein fuhr auf.

»Nein, der das Vertrauen des Volkes hat!«

»Wir wollen keine Philisterpolitik!«

»Wir brauchen kein Höflingsgegirr!«

»Die Weisheit sitzt auf keiner schmierigen Kannegießerbank!«

»Aber sie fährt auch nicht spazieren auf den Schleppen der Hofdamen.«

»Mein Herr, ich zweifle an Ihrer Königstreue!«

»Mein Herr, ich zweifle an Ihrer Liebe zum Volk!«

»Uoahziehuuh!«

»Gestatten Sie!«

Ich hatte mich erhoben. Alle sahen mich erstaunt an.

»Meine Herren, es hat keinen Zweck, über solche Dinge zu streiten. Die entscheidet allein der Chef, und der Chef bin ich!«

»Uuaahziehuuh! Burr! Schschsch! Pff! Kff! Psch!«

»Was Sie sagen!«

»Der Chef sind Sie?«

»Jawohl! Und ich ersuche Sie sehr, meine Herren, das doch ja nie zu vergessen. Wir wollen uns bemühen, unsere Beratungen ohne alle Aufregung und alle Apostrophe zu halten; auch bitte ich Sie freundlichst, sich stets bei mir zum Worte zu melden, ehe Sie bei unseren Konferenzen zu reden anfangen.«

Eine kleine Pause entstand. Herr von Stimpekrex war blaß geworden.

»Und was würden Sie tun, Herr Chefredakteur, wenn ich mich diesen Anordnungen nicht fügte?«

»Dann würde das Ihre Entlassung aus der Redaktion bedeuten, verehrter Herr Leutnant.«

Er sah mich an und ich blickte ihm freundlich, aber fest in die Augen.

»Und wenn ich nicht ginge? Wenn es mir auch nicht nahegelegt würde, zu gehen? Was dann?«

»Dann ginge ich!«

»Aah – dann gingen Sie? Zurück auf die Erde?«

»Ohne das Geld – ja! In der nächsten Stunde! Ohne Zaudern und ohne Bedauern!«

»Sie dürfen versichert sein, daß ich mich Ihnen gern und willig fügen werde!«

»Ich auch!« rief Dr. Nein. »Das ist selbstverständlich! Ordnung muß sein! Ich kann bloß nicht leiden, wenn hier ein solcher – ein solcher Ton einreißt!«

Schnaff putzte sich energisch die Nase.

»Also könnte ich ja jetzt – – ja jetzt fortfahren! Die politische Rundschau –«

»Er hat ja gar nicht das Wort!«

»Nein, das Kamel hat es nicht!«

»Er schimpft, Herr Chef, er apostrophiert nicht!«

»Aber er hat doch nicht ohne das Wort zu reden zum Schockdonnerwetter, er hat doch das Maul zu halten, wenn er –«

»Silentium!«

»Ich bin kein Kamel! Die politische Rundschau –«

»Donnerschlag, er spricht schon wieder –«

»Aber meine Herren –«

»So mög er doch die Klappe zumachen –«

»Die politische –«

»Das ist ja gegen allen Anstand –«

»Aber meine Herren, meine Herren!«

»Die politi – uo – aah – zieh –«

Schrrrrr!

Schreien, Gekreisch! Wir fahren auf, die Humpen fliegen um, die Stühle, der Tisch, wir fliehen – Ein Wasserbad, ein Wolkenbruch, eine Überschwemmung, eine eiskalte Sündflut rauscht auf uns herab. Es regnet, regnet, regnet!

Wir triefen, wir zittern vor Frost, schreien, rufen, blicken entsetzt um uns. Wasser! Wasser! Wasser!

Was ist? Was geschieht? Was ist los?

In jeder Ecke klebt einer, kauert sich zusammen, und der Regen rauscht, das Wasser rinnt, die Füße stehen in tiefen Lachen.

Was ist denn? Ist die Hölle los? Ein teuflisches Gekreisch tönt von der Tür her. Die Eule! Und es regnet weiter, regnet immer weiter.

Dr. Nein fuchtelt wie rasend mit den Armen, Schnaff hat einen Erstickungsanfall, Stimpekrex jammert.

»Wo ist die Tür? Die Tür? –«

Da läßt mit einem Schlage der Regen nach. Nur einzelne große Tropfen fallen noch hernieder. – –

Wir atmeten auf, der Teufelsspuk war vorbei. Schnaff fand zuerst die Sprache wieder.

»Ich werde – werde gewiß – einen furchtbaren Schnupf –«

Das andere verlor sich in einem Krampfhusten.

Wir drei anderen standen betreten und stumm da. Das Wasser lief uns in Strömen vom Körper.

»Was war das?« fragte ich endlich, »das war ja furchtbar!«

Stimpekrex zuckte die Schultern und betrachtete betrübt seine verdorbene Toilette.

»Man soll nicht in Lokalen unter seinem Stande verkehren«, sagte er. »Der Teich auf dem Dache wird defekt sein.«

Dr. Nein stürzte nach der Versenkung.

»Lillebolle, du elender Kerl, komm herauf, wir ersaufen hier oben!«

Keine Antwort.

»Lillebolle, wenn du nicht antwortest, schlag ich deine Fuchshöhle kurz und klein.«

Schweigen.

»Lillebolle, dein Teich ist kaputt! Lillebolle, so sag wenigstens, ob du etwa da unten schon ersoffen bist.«

Da tönte die Stimme des Zwerges aus der Tiefe.

»Wenn meine Gäste bei der grünen Limonade zu viel Lärm machen, zieh ich eine Schleuse. Jetzt ist die Schleuse zu, aber nun merkt's Euch!«

Da setzte sich Dr. Nein platt auf die Versenkung.

»Eine Schleuse! O, du kühle Eule!«

»Wenn ich bloß wüßte, wie ich in meinem Anzug nach Hause kommen soll.«

»Mir ist es wieder in die Na – Na – Pff! Krrr!«

Betrübt standen alle im Kreise. Da erfüllte ich meine Pflicht als Chef.

»Meine Herren, ich schließe die Sitzung!«

Im Märchenwalde

Ich verzichtete darauf, eine neue Redaktionssitzung anzuberaumen. Ich beauftragte Herrn von Stimpekrex schriftlich, eine politische Umschau binnen vier Tagen auszuarbeiten und mir einzureichen; Dr. Nein würde alsdann den Auftrag von mir erhalten, über dieselben Dinge zu schreiben. Beide Artikel würden veröffentlicht werden. Der Leser möge sich dann aus Meinung und Gegenmeinung die eigne Meinung bilden.

Beide Redakteure protestierten heftig gegen eine solch unerhörte Praxis. Sie meinten auf eine eigne Meinung der Leser zu rechnen, sei eine wilde Spekulation. Ich beachtete aber diese Proteste nicht. Herrn von Stimpekrex antwortete ich nur, daß er nunmehr seinen Artikel schon binnen drei Tagen zu liefern hätte; Herrn Dr. Nein, in dessen Brief eine Injurie enthalten war, schrieb ich, er möchte freiwillig tausend Mark Geldstrafe in die »Hilfskasse für unbemittelte Schriftsteller« legen, wenn er nicht sehr unliebsame Erfahrungen machen wolle. Tausend Mark waren eine sehr bescheidene Summe, denn ein Mehrfaches davon erhalten in Herididasufoturanien die Parlamentarier an täglichen Diäten.

Am nächsten Tage schickte mir Dr. Nein eine offene Karte, auf der er schrieb, er habe die tausend Mark zwar bezahlt, aber es sei eine »Schweinerei« usw.

Wenn ich nun auch einsah, daß ein Mann, der jahrhundertelang Parlamentarier war, notwendig in seinem Stil verwildern mußte, so fand ich es doch für unerläßlich, meine Selbstherrlichkeit wie einen ehernen Felsen zu befestigen, und gab also Herrn Dr. Nein die Weisung, zu den ersten tausend Mark noch weitere fünftausend hinzuzulegen. Darauf schrieb er, die Korrespondenz mit mir sei ihm auf die Dauer zu teuer, weswegen er vorläufig seine Proteste einstelle.

Schnaff beauftragte ich, für einige Spalten »Lokales« zu sorgen; ich selbst übernahm den belletristischen Teil.

Es war an einem Nachmittag, als ich nachdenklich die Straßen von Marilkaporta entlang schlenderte. Ich hatte Sorgen. Nicht, daß es mir meine Mitredakteure schwer machten – ich hoffte, mit ihnen schon fertig zu werden –, aber ich wußte nicht, wie ich die literarischen Aufgaben, die mir selbst zufielen, am besten lösen solle. Ich sollte Erzählungen, vielleicht gar einen Roman schreiben über Wesen, die mir fremd waren, über ein Land, das ich so wenig kannte.

Jenseits der Tore der Stadt kam ich in einen herrlichen Wald. Riesige Bäume mit wildverworrenem Geäst spannten ein Dach über mich. In ihren Zweigen wohnten seltsame Vögel; in ihren hohlen Stämmen hausten Tiere, die ich nicht kannte. Herzförmige Blätter wuchsen aus der Erde; ganz frei standen sie, und mitten aus den grünen Herzen sproßten rote Blüten. Große, rätseläugige Blumen träumten zwischen verwittertem Gestein, und die Bäche und Quellen waren alle buntfarbig. Es war ein Wald der Furcht und Freude: viel Schauriges, viele Geheimnisse, viel Herrlichkeit, verträumte Weiher und versteckte Einsiedeleien, zerfallene Hexenhäuslein und graue Burgtrümmer, Felsenhöhlen und schmale, wilde Räubersteige, leise surrende Mühlen und rotleuchtende Waldschmiedefeuer. Dort, wo die Nebel im Tal zwischen den Bäumen aufstiegen, kochten die Waldweiber ihr Mahl. Unter den großen Pilzen saßen kleine Elfenkinder, auf einer Wiese hütete ein Knabe eine Herde weißer, rotäugiger Mäuse. Den Schlangenkönig sah ich thronen auf einem rubinroten Stein. Ganz kleine Wasserkobolde badeten in den Bächen; sie ritten auf den Fischen und fürchteten sich vor den Fröschen; sie segelten auf abgefallenen, großen Laubblättern und bewarfen sich mit Sandkörnchen. Und im Märchenwalde fand ich auch die, die ich vom deutschen Walde her kenne: die Sehnsucht und die Stille. Die Sehnsucht, die am Baume lehnt und die kein Wunder um sich sieht, kein Glück, keine Schönheit, die blind ist für alle Nähe und nur immer zur Ferne schaut, immer zur Ferne …

Die Stille, die heilige Stille, die Gnadenreiche, die Freundliche, die Wundertäterin, dort im armen, grünen Winkel sitzt sie auf der Moosbank unter dem windbrüchigen Wegweiser.

O, ich kenne dich wohl, heilige Stille! Ich bin zu dir geflohen, wenn ich am ärmsten, verlassensten war, wenn ich krank war, wenn ich schuldig war, wenn ich ganz müde war. Vor dir hab' ich gekniet, mein Haupt in deinem Schoße geborgen, du Mütterliche, du Heilerin, und wenn ich aufstand, sah ich dir ins Auge und lächelte.

Laß mich auch jetzt bei dir sitzen am alten Wegweiser im Märchenwald, schlag' deinen grünen Mantel über mich, leg' deine weichen Hände auf meine lautmüden Sinne, laß mich auf ein paar Augenblicke alles vergessen!

Nichts wissen! Wie ein gesunder, satter Säugling glücklich sein, der nichts weiß, der nichts wünscht, den nichts reut, der bloß ist.

An dieser Urquelle unseres Seins, unserer ersten Kindheit Kraft schöpfen.

Heilige, gnadenreiche Stille! –

Aber du närrischer, alter Wegweiser im Märchenwald, du bist ein schlechter Gesell! Du zeigst fort von hier. Du zeigst in die Ferne. Was stehst du da und schielst in die Weite?

O, ich weiß ja: Wegweiser hat die Sehnsucht aufgerichtet.

Drohe mir nicht mit deinem lahmen Arm! Ich kenne dich schon, ich kenne mich. Ich weiß, die Stille ist aufgestanden hinter mir und davongegangen, und nun lehnt wieder die Sehnsucht an dir, die dich gezimmert hat, und blickt auf mich mit ihren heißen Augen.

Ich weiß das, denn ich höre wieder. Ich höre längst das feine Silbergeläut, das vom Berge herabkommt, und ich möchte wissen, was es bedeutet. –

So war es, dann zerriß der Zauber, denn es kamen andere. Aber es war ein glücklicher Tag, es kam eine neue Schönheit.

Ein glänzender Wagen fuhr die grüne Straße entlang, sechs weiße Hirsche zogen ihn. Neben dem Wagen ritt auf einem braunen Hirsch der Prinz Juvento. In dem Wagen saßen die Prinzessin Goldina und Angelika.

»Da – der Mensch!«

»Der Doktor!«

Der Wagen hielt. Ich nahm meine blaue Mütze vom Kopf und verneigte mich tief.

»Ist der Dichter ausgezogen, um die Poesie zu suchen?«

»Ja, und er ist ihr begegnet!«

»Sie sind ein sehr artiger Herr! Wollen Sie mir aus dem Wagen helfen? Ich möchte gern ein Stück spazieren gehen, und sie sollen mir dabei erzählen, was Sie alles in das neue Blatt schreiben werden; ich bin so neugierig darauf.«

Ich reichte dem lieblichen Königskinde die Hand, und sie hüpfte aus dem Wagen, nach ihr kam Angelika. Die war in ein weißes, duftiges Gewand gehüllt, und als ich ihr die Hand reichte, war es mir, als sei vom Berge herunter zu mir das Glück gekommen.

Auch der Erbprinz begrüßte mich. Es gefielen mir an ihm wieder seine lachenden, herzlichen Augen. Die Dienerschaft zog mit dem Gefährt und dem Reittier langsam voraus.

»Zu Dr. Schnugu!« las der Erbprinz von dem Wegweiser ab. »Wer ist das? Es ist ein sehr kurioser Name.«

»Und auch ein sehr kurioser Mann. Er ist Waldarzt; aber wenn bei Hofe jemand etwas fehlt, dann muß er bestimmt kommen, denn er ist einer der klügsten Männer im ganzen Reich.«

»Wir wollen ihn besuchen«, lachte der Erbprinz.

»O nein«, sagte die Prinzessin ernsthaft. »Wer ihn besucht, ohne krank zu sein, den jagt er fort.«

»Aber doch nicht uns?«

»Ich fürchte, auch uns.«

»Das ist köstlich! Ich besuche ihn bestimmt! Natürlich ein andermal! He, Professor, Sie müssen mich begleiten!«

»Ich kenne ihn schon! Er erwartet von mir, daß ich das Volk in der Zeitung über gesundheitliche Fragen aufklären werde.«

»Da haben wir's! Wir wollen Rücksprache mit ihm über die Zeitungsartikel nehmen. Also kann er uns doch dann nicht hinauswerfen.«

Wir gingen den grünen Waldweg entlang. Ich fragte Angelika, wie es ihr gehe. Sie sagte, daß sie gehalten werde wie eine Schwester der Prinzessin. Aber sie war blaß.

»Haben Sie Heimweh?« fragte ich leise.

Es zuckte leicht um ihren Mund.

Die Prinzessin hatte die Frage aufgefangen und sah überrascht auf Angelika. Da schüttelte diese lächelnd den Kopf.

»O nein, – das heißt, manchmal ein wenig, – in der ersten Zeit, – es ist mir alles so fremd, – aber jetzt gar nicht, – aber jetzt gar nicht –«

Goldina schlang den Arm um sie.

»Nicht traurig sein, Herzchen! Wir werden jetzt öfter den Herrn Professor bitten, uns zu besuchen. Dann können Sie mit ihm sprechen, von Ihrem Land und von den Menschen. Da wird's besser sein, nicht wahr?«

Ich küßte dem guten Königskinde dankbar die Hand.

»Und nun wollen wir lustig sein! Sehr, sehr lustig! O, aber was ist das?« –

Eine Horde wild und verwegen aussehender Burschen sprang plötzlich aus dem Walde, mit Knüppeln, Dolchen, Lanzen und Flinten bewaffnet.

»Halt! Still stehen! Das Geld her, oder –«

Räuber! Wir waren angefallen. Ein Schreck durchzuckte mich jäh. Unwillkürlich legte ich den Arm schützend um Angelika. Der Erbprinz sprang vor Goldina und zog seinen Degen; ich war leider ohne alle Waffe. Ein furchtbar aussehender, verwilderter Kerl, einäugig und rothaarig, trat aus der Gruppe.

»Geld her, sag' ich! Nicht gefackelt oder –«

»Zurück, Kerl! Keinen Schritt –«

»Oho, feines Püppchen –«

Der Erbprinz erhob seinen Degen, der Kerl seine Keule. Die Rotte drängte heran, Angelika weinte.

Da geschah etwas Unerhörtes. Die Prinzessin sprang plötzlich vor den Räuber und brach in ein schallendes Gelächter aus.

»Aber Brumbu, dummer Kerl, kennst du mich nicht? Siehst du nicht, daß wir von Hofe sind? Wie kannst du dich unterstehen, uns anzufallen?«

Der Kerl erbleichte, ließ seine Keule sinken und fiel auf die Knie.

»Brumbu, du bist ja ein schlechter Patron!«

»Verzeiht, verzeiht, gnädigste Prinzessin«, stammelte der Räuber, »ich hab es nicht gewußt, ich habe bloß die anderen drei gesehen, die ich nicht kannte.«

»Schäm dich, Brumbu! – Du hast keine guten Augen mehr, wie kannst du solche Bockstreiche machen? Siehst du nicht, wie sich das liebe Kind da vor dir fürchtet? Diesmal mag dir's noch so hingehen. Andermal pass' besser auf! Da hast du was, und packe dich jetzt!«

Sie gab dem Räuber eine leichte Ohrfeige, der ihr dafür den Saum des Kleides küßte, alsdann seine Keule unter den Arm quetschte und mit seinen ebenso erschrockenen Gefährten gesenkten Hauptes von dannen schlich.

Ich war maßlos überrascht.

»Was war das?« fragte ich fassungslos. »Waren denn das wirkliche Räuber?«

»Gewiß«, antwortete Goldina, »sogar unsere gefährlichsten, Brumbu, der Schrecken der Wälder, mit seiner Schar. Aber sehen Sie, jemand von Hofe anzufallen, dazu hat er keine Konzession.«

»Hat er, – hat er denn überhaupt eine Konzession, Leute anzufallen?«

»Aber gewiß! Er ist konzessionierter Staatsräuber. Bloß armen Leuten und dem Hof darf er nichts tun. Das geht über seine Befugnisse.«

»Und die anderen Leute?«

»Die raubt er aus, wenn sie sich's gefallen lassen. Aber meist lassen sie sich's nicht gefallen. Er ist oft schrecklich zerschunden. Er hat ein schweres Brot, der arme Mann.«

»Aber die Polizei! Die Gesetze!«

»O, wenn er sich erwischen läßt, wird er eingesperrt. Sonst würde ja alles nur Spielerei und gar keine Ordnung sein. Man läßt ihn aber immer wieder ausbrechen.«

»Läßt ihn ausbrechen? Aber wozu denn – wozu denn das alles?«

Sie sah mich erstaunt an.

»Ja, wir müssen doch Räuber haben! Einen Wald ohne Räuber, so etwas können wir uns gar nicht denken. Das wäre entsetzlich langweilig! Das werden Sie einsehen!«

»O ja, ich sah es ein, und als ich ernstlich darüber nachdachte, fand ich, wie so vieles andere in Heridasufoturanien, auch diese Einrichtung nicht kindisch.

Naives Volk braucht Räuber in seinen Wäldern, und es ist besser, daß es manchmal ausgeplündert werde, als daß es sich langweile.

»O Prinzessin, es ist so vieles anders in Ihrem Lande als bei uns, daß ich ganz verzage, den Leuten etwas bieten zu können, was sie interessiert.«

»Das dürfen Sie nicht glauben! Wenn Sie wissen wollen, was unser Volk interessiert, dann brauchen Sie nur zum Geschichtenerzähler zu gehen, zu unserem Köhler. – O, es ist noch zeitig, wir wollen alle zum Köhler gehen, er wohnt gar nicht weit.«

Wir schlugen nach einiger Zeit einen Seitenpfad ein. Der Erbprinz ging mit Goldina voraus, ich folgte mit Angelika, wir plauderten miteinander, und mitten im Märchenwald war mir das seligste Wunder die Nähe eines menschlichen Herzens.

Ein Weiler tauchte auf. Wir hatten schon lange die weißgraue Rauchlinie über die Baumkronen emporsteigen sehen. Eine Menge wunderlichsten Volks hockte um das schwelende Feuer. Waldweiblein mit ihren Kindern, Erdmänner und Waldkobolde, Nymphen und Hexen, Arbeiter in groben Kitteln, auch feines Volk aus der Stadt. Der Köhler saß auf einem Holzstoß, ließ die Beine, die von langen Bändern umwunden waren, herabbaumeln und rauchte aus einer Stummelpfeife.

Er erzählte. Wir suchten uns leise und unauffällig einen Platz unter der Zuhörerschar. Die Damen setzten sich auf zwei Baumstümpfe, der Erbprinz und ich legten uns zu ihren Füßen ins Gras.

Der Köhler erzählte von einem fernen, wilden Gebirge auf dem Boden des Meeres. Ein Bergvölklein haust dort. Es hat kleine Flossen an den Füßen und kann ebensogut schwimmen, als laufen und klettern. Das kristallhelle Meer umgibt wie klare, stille Luft ihre Hütten. Manchmal aber, wenn droben der Sturm haust, wird auch das Wasser am Meeresgrund unruhig, dann stürzen die Häuser ein, das Meervölklein flüchtet sich auf die Tange und wird grausig hin- und hergeschüttelt, und von den Wasserpflanzen regnen die Bernsteinstücke wie in anderen Ländern im Herbst von den Bäumen die reifen Äpfel.

»Das ist langweilig!« sagte ein Waldweiblein und gähnte.

»Was anderes!« schrie ein grober Waldschrat. Die ganze Menge stimmte ihm bei.

»Was anderes! Was anderes!«

Der Köhler spuckte von seinem Holzstoß herunter und machte ein unzufriedenes Gesicht. Aber es war doch, als ob es in seinen klugen Augen schalkhaft blitze.

»Also was anderes! – Ich bin auf meinen weiten Reisen auch einmal in die wunderbare Stadt Vineta gekommen, die Stadt, die untergegangen ist und nun auf dem Grund des Meeres steht. Von weitem schon hörte ich ihre silbernen Glocken.«

»Nichts von Vineta!«

»Nein, gar nichts von Vineta! Das ist langweilig!«

»So will ich Euch erzählen, wie ich in meinem feuerfesten Anzug in den Krater des Vulkans gekrochen bin bis zu den Feuerteufeln.«

»Die Feuerteufel sind schrecklich langweilig!«

»O, sie sind zum einschlafen langweilig!«

»Von den Menschen sollst du erzählen!«

»Von den Menschen! Von den Menschen! Jawohl! Jawohl, von den Menschen!«

Alle waren ganz aufgeregt, am meisten die Weiber. Der Köhler hatte ein weises, stilles Lächeln im Gesicht.

»Von den Menschen!« sagte er langsam. »Wohl von dem, was Euch am allerfernsten, was Euch am allerfremdesten ist. Ich war dreimal bei den Menschen, denn der König hat es mir erlaubt. Hört also zu! Es wurde einmal ein Mensch geboren, der war schon bei der Geburt größer, als ich jetzt bin.«

Ein Schrei der Überraschung. Namentlich die Weiber quiekten, schlugen mit den Armen, schüttelten sich vor Lachen, konnten sich gar nicht fassen und behaupteten, sowas sei ganz unmöglich.

»Jawohl! Dieser Mensch hatte, als er noch nicht ein Jahr alt war, eine Spielklapper, die größer und dicker war, als dieses Holzscheit, und als er zwei Jahre alt war, konnte er ganz allein laufen.«

»Er lügt! Er lügt! Wahrhaftig, er lügt greulich!«

»Aber er lügt schön! Laßt ihn, es ist eben so eine Fabel!«

»Weiter, Köhler, weiter!«

»Als der Mensch sechs Jahre alt war, war er dreimal so groß als ich und lernte lesen und schreiben.«

Die ganze Gesellschaft platzte wieder in Lachen aus, aber ein alter Mann, dem vor Lachen die Tränen über die Wangen liefen, winkte Schweigen.

»Natürlich mußte er viel essen. Er aß eine Menge Knödel, die dreimal so groß sind als unsere Köpfe, und verschlang soviel Suppe, als ein starker Mann bei uns in zwei Kannen fortschleppen kann.«

Der Waldschrat tat einen Luftsprung, die Weiblein quietschten vor Gelächter, die Knaben schlugen Räder, und dem alten Manne tropfte vor Erschütterung die Nase.

»Er hatte einen Dachshund, der war so groß wie unsere Stiere und so lang wie unsere Krokodile, er hatte einen Rachen wie unsere Flußpferde, Ohren so groß wie unsere Fensterläden und einen Schwanz wie unsere Glockenseile. Mit diesem Ungeheuer spielte der Menschenknabe, und wenn er ihn satt hatte, ergriff er ihn mit einer Hand und sperrte ihn in ein großes Hundehaus.«

»Mit einer Hand – mit einer Hand – oh, mit einer Hand!«

»Er schwindelt – aber er schwindelt herrlich!«

»Ich muß mich – ich muß mich drücken«, sagte der alte Mann und schlich beiseite.

»Er lernte Bücher aus, von denen war manches so groß wie unsere Kleiderschränke, er schleppte diese Bücher auf seinem Rücken die Straße entlang nach der Schule, und auf dem Heimwege suchte er sich einen Knüppel, der so hoch war wie unsere Schiffsmasten, und prügelte seine Kameraden damit.«

»Oh, oh, sie waren tot!«

»Sie waren erschlagen!«

»Ach nein! Sie prügelten ihn wieder. Auch mit solchen Baumstämmen! Und wenn er dann nach Hause kam, mußte er eine Schüssel leeressen, die so groß und tief war wie ein kleiner Teich.«

Ein Waldweiblein unterbrach schreiend den Erzähler.

Ihr Junge hatte die Maulsperre bekommen. Sie erhob ein großes Geschrei über solch gefährliche Geschichten und verschwand mit ihrem sperrmäuligen Sprößling eiligst in der Richtung auf Dr. Schnugu zu.

»Weiter, Köhler, weiter!«

»Mit zwanzig Jahren hatte der Mensch eine Liebste!«

Ein wieherndes Gelächter ließ den Wald erbeben. Die Weiber sprangen auf, fielen einander um den Hals, lachten, schrien, tanzten, während der Waldschrat rücklings von seiner Sitzgelegenheit gepurzelt war und die Beine hilflos in die Luft streckte.

Diese maßlose Heiterkeit durchbrach eine kreischende Weiberstimme:

»Köhler! Köhler! Komm nach Hause! Deine Frau hat einen kleinen Sohn bekommen!«

Mit einem Satz war der Köhler von seinem Holzstoß herunter, durchbrach die Reihen der Weiber, trat in der Eile dem liegenden Waldschrat auf die Nase und stürzte davon. Die ganze Gesellschaft aber lachte, schrie, tobte und tanzte durcheinander.

Ein freudiges Ereignis in Herididasufoturanien, das interessierte auch mich lebhaft. Ich machte mich mit einer Frau bekannt, die abseits der erregten Gruppe stand.

»Sie haben auch Kinder, liebe Frau?«

»Aber gewiß! Drei! Die zwei dort gehören mir; die kleinste ist erst 120 Jahre, da kann man sie noch nicht gut mitnehmen. Sie ist zu Hause.«

»Die Kinder entwickeln sich sehr langsam?«

Sie lachte.

»Ja, was heißt langsam! Mit zwei Jahren laufen und mit zwanzig Jahren eine Liebste haben, so etwas gibt's bei uns nicht. Nein, so etwas gibt es wirklich nicht!«

Sie lachte so herzlich, daß ihr die Augen übergingen.

»Wollen Sie mir erzählen, wie sich die Kinder entwickeln, gute Frau? Ich habe das noch nicht erlebt, denn ich bin fremd hier.«

»Ja, wie's halt so geht! Es geht rasch genug. Die ersten drei, vier Jahre schlafen sie ja, dann kommen fünf, sechs Schreijahre, dann kommt wieder eine ruhigere Zeit. Mit fünfzehn Jahren ungefähr setzen die Zähne ein, da gibt's nichts zu lachen. Aber was ist das! Mit fünfundzwanzig Jahren konnte meine Kleine schon allein sitzen, und mit sechsunddreißig ist sie gelaufen. Jungens sind ja etwas tapsiger und entwickeln sich langsamer. Aber mein Ältester hat doch schon mit fünfundvierzig Jahren und sieben Wochen das erstemal »Mama« gesagt. Mit fünfzig Jahren war ich immer über das Gröbste weg. Ich habe Glück mit meinen Kindern. Und es war auch gut. Denn der Älteste war kaum siebenundfünfzig, da kam schon der zweite. Aber es ist halt doch eine Freude und ein Segen, lieber Herr!«

Ich dankte der Frau und dachte bei mir:

»Du lieber Gott, einer echten Mutterliebe ist auch ein fünfzigjähriges Opferleben noch eine Freude und ein Segen. Das ist bei uns nicht viel anders!«

Die erste Nummer

Herr von Stimpekrex hatte pünktlich nach drei Tagen seine »politische Umschau« an mich eingereicht. Ich hatte darauf Herrn Dr. Nein von den Punkten, die Herr Stimpekrex berührt hatte, benachrichtigt und erhielt von diesem binnen 24 Stunden eine Arbeit, die in allen ihren Ausführungen der ersten diametral gegenüberstand. Als Probe führe ich einige Sätze beider Arbeiten an.

Herr von Stimpekrex schrieb:

»In Amfulgaroktigu hat am letzten Sonntag eine Volksversammlung stattgefunden. Als Redner trat der berühmte Herr Frischberle auf. Frischberle, der noch vor 150 Jahren Schlosser war und dem man sein Autodidaktentum auf Schritt und Tritt anmerkt, hatte die Kühnheit, über die ›Abschaffung unseres Winters‹ zu sprechen. Abschaffung des Winters!!! Es ist ein trauriges Zeichen der Zeit, daß an den ehrwürdigsten Traditionen schamlos gerüttelt wird, daß ein Mann, wie Frischberle, mit Schlagworten und hohlen Phrasen es wagen darf, die Gemüter des leichtgläubigen Volkes aufzuregen, Institutionen anzugreifen, unter deren segensvollem Einfluß unsere Väter seit Jahrmillionen glücklich gewesen sind. Eine trostlose Zeit würde kommen, wenn in öder Schablonisierung die völlige Gleichgestaltung unserer Zeitrechnung jemals Gesetz werden sollte, ein goldener Schatz von Poesie würde mit dem Winter versinken, eine schwere Benachteiligung tausender und abertausender fleißiger Bürger würde die Folge sein, wir würden uns in Gegensatz stellen zu allen gebildeten Nationen. Zu unserer Freude können wir berichten, daß der gesunde Volksverstand sich durch den prahlerischen Feuerwerksglanz des Frischberleschen Redeschwalls durchaus nicht blenden ließ. Wenn auch seine Parteigänger vergeblich versuchten, ihm eine lärmende, aufdringliche Huldigung zu bereiten (die Vanille-Eisverkäufer und die Badehosenschneider lärmten am lautesten), so wurden sie doch total niedergestimmt. Diese nicht mißzuverstehenden Gegendemonstrationen am Schluß der Rede dürften Herrn Frischberle gezeigt haben, ein wie klägliches Fiasko er erleiden würde, falls er es wagen sollte, auf seiner Agitationsreise auch die Hauptstadt zu berühren.«

Dr. Nein schrieb:

»Einen glänzenden Verlauf nahm die große Sonntagsvolksversammlung in Amfulgaroktigu. Herr Frischberle war der Hauptredner. Sein hervorragender Ruf als Redner, nicht minder aber das zeitgemäßeste aller Themen, das auf der Tagesordnung stand, hatten Scharen von Volk in Amfulgaroktigu versammelt. Herr Frischberle, der von der Pike auf gedient hat, hat sich durch eigene Kraft und Arbeit zu einem geistigen Niveau emporgerungen, das die meisten der konzessionierten Weisheitspächter und abgestempelten Semesterphilosophen tief unter sich läßt. Mit Wucht und Glanz, immer auf dem sicheren Grunde objektiver Beweisführung, sprach er über ›Die Abschaffung des gesetzlichen Winters‹. Es ist ein trauriges Zeichen der Zeit, daß solche Kämpfe jetzt noch notwendig sind, daß der gesunde Volksverstand in Jahrhunderttausenden noch nicht Zeit und Spielraum gefunden hat, eine solch hirnverbrannte Einrichtung abzuschaffen. Unsere unglücklichen Väter haben unter ihrem tyrannischen Zwang gelitten, wir wollen ihn abwerfen. Wir werden uns von einer lächerlichen Bevormundung befreien, wir werden unseren armen Kindern das Recht verschaffen, barfuß zu laufen, wenn sie Lust haben, wir wollen allen muffigen Mantelzeug zum Tort dem freien Hemdsärmel zum Siege verhelfen, wir werden mit der Abschaffung einer so verrotteten Tradition die Achtung aller gebildeten Völker erringen. Wie tief die Sehnsucht nach der Befreiung vom Winter ist, ging aus dem überwältigenden, brausenden, nie endenwollenden, minutenlangen, sich immer wiederholenden Beifall hervor, der der Rede folgte, und in dessen Wogen die ohnmächtige Opposition, die eine Handvoll anwesender Kohlenhändler und Kürschnermeister zu machen wagte, hilflos ertrank. Wenn Herr Frischberle – wie wir hoffen – nach Marilkaporta kommt, sind ihm ein herzlicher Empfang und ein glänzender Erfolg sicher.«

Der einzige Punkt, in dem die beiden politischen Gegner sich begegneten, betraf den Erbprinzen. Während Herr von Stimpekrex in höfisch gewandten Worten seine Freude über den Besuch aus dem befreundeten Nachbarland aussprach, brachte Dr. Nein zwar zuerst ein paar knurrige Sätze, aus denen hervorgehen sollte, daß Prinzenbesuche absolut kein Interesse für ihn hätten, verriet aber sein Interesse nur allzusehr, hatte auch einige zwar grobkörnige, aber doch sehr ehrliche Freundlichkeiten für den sympathischen Königssohn übrig und ließ zum Schluß ziemlich unverblümt durchblicken, daß er es sehr gern sehen würde, wenn der Erbprinz sich um die Hand der holden Goldina bewerben würde. Den letzten Passus strich ich natürlich, was den Verfasser sehr erboste, da die Stelle gegen den Prinzen Hamrigula gerichtet sein sollte.

Schnaff brachte mir einen Berg lokaler Notizen, aus denen ich eine bescheidene Auswahl traf.

Einige Musterblüten darunter waren folgende:

1. Das Gerücht von einer bevorstehenden Verlobung des Erbprinzen Juvento mit der Prinzessin Goldina wird als verfrüht bezeichnet.

»Herr Schnaff«, fragte ich, »wer hat das Gerücht aufgebracht, und wer bezeichnet es als verfrüht?«

Es stellte sich heraus, daß beides Herr Schnaff getan hatte. Ich strich die Notiz.

2. Der Vorsteher der Station Boberquelle ist am 10. d. Mts. wegen Trunkenheit verhaftet worden. Die Leitung der Station wurde probeweise dem ersten Assistenten übertragen, der aber am 12. d. Mts. aus demselben Grunde verhaftet wurde. Nette Zustände!

Ich zeigte Herrn von Stimpekrex die Notiz, der mir indes versicherte, daß er bei der Verhaftung die Hand gänzlich aus dem Spiele hätte. Das arme Vorsteherlein tat mir leid, ich gedachte an die »grüne Limonade« in der »Kühlen Eule« und strich die Notiz, da ich im stillen hoffte, mich für den Inhaftierten verwenden zu können. Insonderheit aber ermahnte ich Herrn Schnaff, in Zukunft bei solchen Gelegenheiten hämische Bemerkungen wie »Nette Zustände!« lieber zu unterlassen.

3. Unser Himmel ist leider undicht geworden. Es hat sich herausgestellt, daß es unterhalb der Oderquelle einregnet. Da sich die schadhafte Stelle gerade über einer Weißbleicherei befindet und die Oder sehr schmutziges Wasser hat, hat der Bleicher um schleunige Abhilfe gebeten. Ein Regiment Pioniere und eine Anzahl Schieferdecker sind am 13. nach der Oderquelle abgegangen.

Gegen diese Notiz konnte ich nichts einwenden, obwohl mich als geborener Schlesier der Passus vom schmutzigen Oderwasser sehr kränkte.

4. Der Mann, der am 14. in bewußtlosem Zustande und übel zugerichtet an der Landstraße gefunden wurde, ist nicht – wie vermutet – Räubern in die Hände gefallen. Er kam von einem Erbschaftsregulierungstermin und ist unterwegs ohnmächtig geworden. Seine Verwandten sollten verhaftet werden, liegen aber zum großen Teil selbst schwer danieder.

5. Am 20. d. M. findet im Königlichen Schauspielhaus eine große Galavorstellung statt. Die Direktion bittet uns, mitzuteilen, daß der Herr Chefredakteur der neuen Zeitung, Professor Dr. Barragu, über diese Vorstellung höchstselbst eine Kritik in seinem Blatte veröffentlichen wird. Die Preise sind deshalb um das doppelte erhöht.

Ich machte ein paar wütende Striche durch diesen Artikel und fuhr Herrn Schnaff grimmig an. Der machte ein betrübtes Gesicht und sagte, der Direktor hätte sich so auf die Einnahme gefreut und ihm auch eine gute Provision versprochen. Das Zugmittel sei nun verloren, wenn ich die Besprechung nicht schreiben wolle. Ich sagte, daß ich das zwar tun würde, aber eine Notiz in die Zeitung auf keinen Fall zugäbe. Am anderen Tage las ich die konfiszierte Notiz als Anschlag an den Straßenecken. Herr Schnaff, den ich darob zu mir zitieren wollte, ließ mir sagen, er sei unpäßlich.

Ein altes, weißhaariges Professorlein suchte mich heim. Er hielt ein sehr schadhaftes, zerlesenes Buch in der Hand.

»Lieber Herr«, sagte er, »ich wollte Sie sehr bitten, mir zu helfen, ein großes Unrecht wieder gut zu machen. Als ich noch jung war, hab ich einmal in einer öffentlichen, großen Versammlung über dieses Buch gesprochen. Sehen Sie, und ich kannte es nicht. Ich hatte es kaum dreimal gelesen. Nicht wahr, wer kann nach wenigen Stunden ein Werk gerecht beurteilen, das ein anderer jahrelang in seinem Herzen getragen hat, darein er seine geheimnisvolle Seele gelegt hat, das er in seinen besten Stunden, mit seinem treusten Fleiß, mit seinen besten Talenten geschrieben hat? Ich habe leichtsinnig das Buch verurteilt, das Werk vernichtet, den Mann, der es geschrieben, geschädigt und in seinem empfindlichsten Herzpunkt verletzt. Ich möchte das gutmachen. Ich kenne das Buch jetzt wenigstens, ich kenne es auswendig. Und ich habe mir Mühe gegeben, es so gut zu erfassen, wie man das Werk eines anderen erfassen kann. Es ist manches mangelhaft an dem Buch, aber vieles ist schön. Das Schöne habe ich damals unterschlagen. Ich hatte noch keine Gewalt über meinen Geschmack. Das war's! Sehen Sie, und das möchte ich gutmachen, soweit es noch geht. Eine Lüge läßt sich ja zwar nie ganz widerrufen, sowie man das Gift, das man in einen Strom geschüttet hat, nicht tropfenweise wieder herausfischen kann; aber wenn Sie mir eine Besprechung des Buches in der neuen Zeitung gestatteten, wäre ich glücklich.«

Ich sah das reuige Professorlein gerührt an.

»Verehrter Herr«, sagte ich, »bei uns droben werden Bücher besprochen, die der Referent kaum durchblättert, ja, die er manchmal gar nicht gesehen hat.«

»Oh, das ist verbrecherisch!« rief mein Gast. Ich zuckte die Achseln.

»Es sind wenig Schriftsteller bei uns, die ihr Buch jahrelang im Herzen tragen, die mit Fleiß, Treue und Beruf daran schaffen. Und dann – es sind zu viel, zu viel! Was Ihnen ein Verbrechen dünkt, ist oft nichts als Notwehr.«

Der Mann tröstete sich ein wenig und war glücklich, als ich seine Besprechung annahm.

Am nächsten Tage wagte sich Herr Schnaff zu mir und suchte meinen Zorn wegen des Zettelanschlags dadurch zu besänftigen, daß er mir eine »neue, eine ganz brillante Idee« brachte: einen Briefkasten mit zur Hälfte sehr witzigen und zur anderen Hälfte sehr gelehrten Antworten. Angefragt habe zwar niemand etwas, aber man könne das geschickt fingieren. Ich sagte Herrn Schnaff, ich sei unpäßlich, und schob ihn nebst seinem Briefkasten hinaus. Am selben Tag besuchten mich noch auf der Redaktion: siebzehn Theaterleute, vierzehn Lyriker, fünf Romandichter, zehn Großkaufleute, zwei Sprachforscher, ein Zauberkünstler nebst Frau Gemahlin, zwei Musikdirigenten, einundzwanzig Politiker, zwölf Autographensammler, neun Kuriositätenliebhaber, die namhafte Summen für die 1., 100., 111., 333., 999., 1000., 1001. und 7777. Zeitungsnummer, die gedruckt werden sollte, setzten, dann ein ungezähltes Heer von Stellungsuchenden und Bittstellern.

Ich war daher am Abend beträchtlich müde, obwohl ich für die Zeitung nicht ein Wort geschrieben hatte.

* * *

Ich floh aus der Stadt hinaus auf einen stillen Wiesenpfad, den ich kannte. Ein Holunderstrauch stand am Wege, unter den setzte ich mich. Auf einem entfernten Wege sah ich den Prinzen Juvento der Stadt zugehen.

Müde schloß ich die Augen.

»Siehst du, das ist der Knicker!«

»Der schäbige Kerl, der uns kein Trinkgeld gegeben hat.«

Zwei Krähen! Zwei von den Krähen, mit denen ich gekommen war. Eine große Freude erfaßte mich. Wesen von droben, Wesen aus meiner Heimat!

»Kommt einmal her, o bitte, so kommt einmal her!«

Aber sie rissen die Schnäbel weit auf, streckten mir die Zungen entgegen und flogen fort. Ich sah noch, daß sie beide Briefe um die Hälse trugen.

Traurig sah ich ihnen nach. Sie flogen der Gegend zu, wo die Station Boberquelle lag. Ein paar Stunden, und sie waren droben, droben, wo die Berge sich weiß zum blauen Himmel dehnen, droben, wo die freie Luft weht, droben, wo die Menschen wohnen.

O, mit ihnen fliegen zu können! Nur auf eine Stunde! Nur einmal die Sonne leuchten sehen, oder in des Mondes liebes Freundesantlitz blicken, einmal die Hände in den Schnee stecken, einmal der Riesenberge freundliche Kuppen schauen, einmal hinschleichen an ein kleines Menschenhaus!

Die Krähen entschwanden am Horizonte wie kleine schwarze Punkte, die in weißer Milch zerrinnen, und ich setzte mich wieder unter den alten Fliederbaum. Eine heiße Reue faßte mich an. Was, tat ich diesen Vögeln ein Leid – diesen Erdenvögeln?! Was, verscherzte ich mir die Freundschaft derer, die allein mir nachkommen konnten in meine Einsamkeit?!

Das Heimweh überkam mich mit all seiner totschmerzlichen Fieberqual.

Und als ein Windhauch kam und mit leise gleitenden Harfnerfingern durch die Zweige des Baumes am Wiesenrand fuhr, hörte ich ein Lied:

> Trafst in der Fremde du
> Einen Feind,
> Einen Feind aus der Heimat,
> Einen, der dir wehe tat,
> Aber dort wehe tat,
> Wo du zu Hause, –
> Den Freund, den dir die Fremde gab.
> Wirst du verlassen,
> An die Brust wirst du sinken dem Feind,
> Dem Feind aus der Heimat,
> Und mit seligen Tränen ihm sagen:
> O, du mein Bruder!

Mitten heraus aus meiner großen Sehnsucht, aus meiner aufflammenden, heißen Menschenliebe erstand mir die Idee zu meinem Menschenroman, und bald am Anfang wollte ich das schildern, was ich in diesem immergleichen Lichte am schmerzlichsten vermißte, – die Nacht.

Die Posaune

Die erste Nummer meiner Zeitschrift sollte am 25. des Monats ausgegeben werden und wurde in den Tagen zuvor in der Reichsdruckerei hergestellt. Die erste Seite zierte das prächtig gelungene Bild des alten Königs.

Ich war mit dem Ausfall der Zeitung ganz zufrieden. In einem Einleitungsartikel hatte ich die ungeheure Bedeutung des Zeitungswesens dargelegt und mit freudigem Stolze darauf hingewiesen, daß Herididasufoturanien durch die Gnade seines Königs und die Weisheit seiner Volksvertretung zu allererst unter all den Zwergkönigreichen der Wohltat einer Zeitung teilhaft werde, daß das Land auch hierin, wie in mancher anderen Kulturtat, allen Völkern unter der Erde rühmlich vorangegangen sei.

Da traf mich ein harter Schlag.

Am 24. des Monats, als die Zeitungen in Riesenpaketen zum Versand nach allen Himmelsrichtungen schon bereit waren, kam Prinz Hamrigula zu mir.

»Verehrter Herr Professor«, sagte er freundlich, »ich komme, Ihnen einen Dienst zu leisten, das heißt, Sie vor einem Reinfall zu schützen.«

Ich sah ihn erstaunt an. Er fuhr fort:

»Ich habe durch Ihre Freundlichkeit bereits eine Nummer der neuen Zeitung zu lesen bekommen und muß Ihnen sagen, daß Sie die Nummer leider in der jetzigen Fassung nicht ausgeben können.«

»Aber wieso nicht?«

Er lächelte und zog aus der Tasche seines grünen Sammetrocks ein Zeitungsblatt.

»Da, – man ist Ihnen, nein, man ist uns zuvorgekommen. In Hakulatotuland, unsrem freundlichen Nachbarland, ist heute morgen dieses Blatt ausgegeben worden. Wir sind also nicht die ersten; die Nachbarn sind uns nach all den Jahrmillionen um einen Tag zuvorgekommen.«

Ich starrte das fremde Zeitungsblatt an. »Die Posaune« hieß es und hatte ein schreiend grelles Titelblatt, auf dem eine Mordtat dargestellt war.

Die Posaune

Einzige privilegierte Staatszeitung von Hakulatotuland.

Ein Konkurrenzblatt!

»Das ist – das ist infam«, würgte ich heraus; »ich kann ja nichts dagegen einwenden, daß sich das Nachbarland auch seine Zeitung gründet, aber schon heute – heute – vor uns! Was soll ich nun mit meinem Einleitungsartikel machen?«

»Vielleicht lesen Sie den Einleitungsartikel dieses Blattes.«

Ich überflog ihn.

»In Herididasufoturanien«, hieß es unter anderem, »ist beschlossen worden, eine Zeitung zu gründen, nachdem dieserhalb der Abgeordnete Dr. Nein die Hälfte des Parlaments zu Krüppeln geredet hat. Die Herididasufoturanier sind bedächtige Leute; sie überstürzen sich in nichts, denn obwohl der aus Deutschland importierte Chefredakteur sich schon wochenlang im Lande aufhält, ist von einer Zeitung weder etwas zu hören, noch zu sehen. Der Herr sitzt mit seinem Stabe in der ›Kühlen Eule‹ und trinkt ›grüne Limonade‹. Inzwischen bezahlt ihm der Staat aus den Taschen der Steuerzahler für diese anstrengende und segensreiche Tätigkeit ein Sündengeld. Wir Hakulatotuländer bauschen eine Sache, wie die Herausgabe einer neuen Zeitung, zwar zu keiner Staatsaktion auf, wir vergeuden auch keine Parlamentssitzungen damit, aber etwas tun wir doch: wir bringen die Zeitung wirklich heraus. Mit diesem Blatte, das wir »Die Posaune« nennen, weil es laut und vernehmbar die Wahrheit künden wird, weil es all unseren Gegnern unsere Meinung ins Ohr dröhnen wird, geben wir die erste Zeitung unter der Erde heraus und beweisen damit wieder, daß in allen Dingen fortschrittlicher Kultur Hakulatotuland glorreich an der Spitze marschiert.«

»Das ist eine Herausforderung sondergleichen«, sagte ich und ließ das Zeitungsblatt sinken. Prinz Hamrigula lächelte wieder.

»Es dürfte Ihnen auffallen, daß »Die Posaune« genau einen Tag vor Ihrem Blatte erschienen ist. Man ist drüben genau unterrichtet gewesen. Sehr genau! Das werden Sie erst einsehen, wenn Sie die ganze Zeitung gelesen haben werden. Ich vermute, daß »Die Posaune« ihren eifrigsten Mitarbeiter in – Marilkaporta hat«,

»Aber wer? – Wie?«

Der Prinz zuckte die Achseln.

»Das Blatt enthält intime Dinge aus dem hiesigen Leben, namentlich dem Hofleben, Dinge, die nur ein ganz Eingeweihter wissen kann. Um eine Kleinigkeit herauszugreifen, woher weiß man drüben, daß Sie zuweilen in der ›kühlen Eule‹ ›grüne Limonade‹ trinken?«

Ich wurde rot und stammelte irgend eine dumme Ausrede. Der Prinz legte mir die Hand auf die Schulter und lachte herzlich.

»Aber, lieber Freund, es ist wirklich ganz egal, ob Sie grüne Limonade trinken oder nicht. Das tun viele. Und daß es Rüdesheimer Wein ist, weiß jeder. Ich bin der letzte, der das einem verargt, der letzte auch, der für das rückständige Antialkoholgesetz eintritt. Ich habe z.B. heute die Freilassung des verhafteten Stationsvorstehers durchgesetzt, weil ich es durchaus für kein Verbrechen ansehe, wenn sich ein sonst treuer Beamter einmal ein bißchen animiert. Was mich interessiert, ist nur das eine: Wie kommt man in Hakulatotuland auf solche Dinge? Der Herren aus Ihrer Redaktion sind Sie ganz sicher?«

Schnaff fiel mir ein, aber ich unterdrückte den Verdacht.

»Ich glaube nicht, daß in der Redaktion ein Verräter ist«, sagte ich.

»Das glaube ich auch nicht«, rief der Prinz eifrig. »Ich kenne die Herren ja auch ziemlich genau. Herr Schnaff ist ein harmloser

Schwadroneur, Herr von Stimpekrex ist treu wie Gold, und Herr Dr. Nein ist über jeden Verdacht erhaben.«

Ich sah den Prinzen überrascht an. Er lachte.

»Es wundert Sie wohl, daß ich so von Herrn Dr. Nein spreche? O, ich halte den Mann für eine Perle, für eine goldtreue, ganz unersetzliche Kraft. Ich weiß genau, daß er mein wütendster Feind ist, aber ich trage es ihm nicht nach. Ich bin wohl meinem ganzen Wesen nach einer, der Gegnerschaft erwecken muß. Und eine Gegnerschaft, die aus ehrlicher, wenn auch irregehender Vaterlandsliebe entspringt, muß man achten, nicht wahr?«

»Das sind verehrungswürdige Anschauungen, mein Prinz.«

Ein bitterer Zug ging um Hamrigulas Lippen.

»O, man kommt nicht weit mit solchen Ansichten. Im Grunde genommen sind sie töricht. Wenigstens für den Kampf. Sehen Sie, man wirft mir vor, ich strebe nach der Krone. Ich darf das nicht zugeben, und doch – es ist wahr! Schauen Sie mich nicht so erschrocken an. Ich weiß, daß Sie kein Elender sind, der verraten wird, was ich ihm im Vertrauen sage. Der König hat keine direkte Nachkommenschaft außer Goldina, seiner Enkelin. Er hat nach den Gesetzen des Landes das Recht, aus seiner männlichen Verwandtschaft seinen Nachfolger zu wählen, und er wird den wählen, den Goldina heiratet. Ich aber – ich – doch das will ich nicht sagen. Etwas anderes will ich Ihnen sagen. Wir sind ihrer vier: Prinz Matturga, Prinz Helgin, Prinz Juvento und ich. Prinz Matturga ist ein begabter Mann, das heißt: er war es. Er hat in einem liederlichen ausschweifenden Leben nicht nur sein Vermögen, sondern auch seine Gesundheit und seine Talente vergeudet. Soll einem Manne ein ganzes Volk anvertraut sein, der nicht Charakter genug hat, seinen eigenen leiblichen und geistigen Besitz zusammenzuhalten? Weiter: Prinz Helgin. Er ist solide, aber er ist ein Schwachkopf. Seine größte Freude ist, seltene Westenknöpfe zu sammeln oder mit weißen Ziegenböcken, die an der Brust einen schwarzen Fleck haben müssen, spazieren zu fahren. Er schneidet gern Hampelmänner aus und hat alle Taschen voll Süßigkeiten. Nun ist ein dummer König zwar immer noch besser als ein liederlicher, weil er sich leiten läßt, was der andere nicht tut, aber – mein Freund, Sie werden, Sie müssen mir recht geben – wer sein Vaterland liebt, liefert es einem Idioten nicht aus. Wer sein Vaterland liebt und in Gefahr sieht, in die Hände eines Liederjans oder eines Schwachkopfs zu fallen, der schiebt beide zur Seite und setzt sich an die Stelle. Es wäre dann noch Prinz Juvento. Ich will ihn nicht charakterisieren, nein, ich will es nicht; ich werde es Ihnen selbst überlassen, sich mit der Zeit ein Urteil zu bilden. Eines will ich sagen: Es ist ein Unglück, wenn beide Länder, Hakulatotuland und Herididasufoturanien unter ein Zepter kommen. Es ist wahr: sie haben früher immer zusammengehört. Erst der vorige König hat das Land unter seine zwei Söhne geteilt, unsern Herrn und den Vater Juventos. Die Teilung war ein Segen, denn vereinigt ist das Land zu groß. Kurz, ich habe wichtige Gründe, meine Ansprüche auch dem Prinzen Juvento gegenüber aufrecht zu erhalten. Ich will mich nicht loben. Ich habe viele Fehler, Fehler, die mir manchen guten Mann, wie z.B. Dr. Nein, zum Feinde gemacht haben. Ich leugne auch nicht, daß ich ehrgeizig bin. Aber über alles geht mir das Wohl des Vaterlandes, und ich würde mich freuen, wenn Sie während der kurzen Zeit, da sie bei uns sind, nicht mein Feind wären, denn ich habe genug studiert, auch von Ihren Verhältnissen droben, daß ich weiß, eine wie große Macht die Presse ist.«

Als der Prinz geendet hatte, als ich ihn so mit roten Wangen und blitzenden Augen vor mir stehen sah, faßte mich eine tiefe Beschämung, daß ich diesen Mann je verdächtigt hatte.

»Hoheit«, sagte ich, »ich bin Ihnen dankbar für Ihr Vertrauen, und ich werde es würdigen.«

Er drückte mir die Hand.

»Ich wußte, daß ich ohne Scheu mit Ihnen sprechen durfte. Glauben Sie: Prinzen sind reicher als Könige, die Krone bringt neue Lasten, aber kein neues Glück. Aber unter unseren Verhältnissen wäre jede Rücksichtnahme Schwäche, ja Hochverrat.«

Ehe er ging, legte er mir die Nummer der »Posaune« auf den Tisch.

»Behalten Sie das, Sie müsssen's ja studieren. Dies Konkurrenzblatt wird Ihnen übrigens keine Schwierigkeiten machen; es ist Schund, ganz auserlesener Schund.«

»Wie stellt sich aber die Regierung des befreundeten Staates zu den Angriffen?« fragte ich noch.

Er sah mich lächelnd an.

»O, die Entschuldigung war ja so schnell da wie das Blatt, ich glaube sogar schneller. Man habe ein Privatunternehmen konzessioniert, heißt es, habe allerdings einen solchen Ton nicht vermutet, bedaure ihn sehr und bedaure noch mehr, gar keine gesetzliche Handhabe zu besitzen, solchem Unfug, für den man die Regierung nicht verantwortlich machen könne, zu steuern. Sie sehen, es gibt unter Umständen für eine Regierung gar kein bequemeres Ding, als absolute Preßfreiheit.«

Als ich allein war, las ich die Nummer der »Posaune«. Der Prinz hatte recht, es war ein Schundblatt niedrigster Sorte. Es unterlag für mich nicht dem mindesten Zweifel, daß auch dieses Blatt ein Mensch redigiert hatte, denn ein so abgefeimtes Preßbanditentum konnte nur von einer menschlichen Seite kommen. Der politische Teil des Blattes enthielt fast nur Ausfälligkeiten gegen Heridıdasufoturanien, insonderheit der Prinz Hamrigula war aufs schärfste angegriffen. Ziemlich unverblümt wurde dagegen die Thronkandidatur des Prinzen Juvento betrieben, und der Prinzessin Goldina wurden die plumpesten Komplimente gemacht. Ein Schauerroman ordinärster Sorte bildete den »unterhaltenden« Teil. Das Anfangskapitel begann mit einem Ehebruch, setzte sich lieblich mit einem Kindesmord fort und bereitete am Schluß spannend einen Giftmord vor. Mir graute.

* * *

»Chef! Mensch! Ich zerplatze!«

Dr. Nein war es, der mit einer Nummer der »Posaune« zu mir hereinstürzte. Ich sagte ihm, daß ich das ganze Malheur schon kenne. Er schäumte.

»Ich bin sonst gegen den Krieg. Eine Roheit ist er, eine Gemeinheit! Aber dafür müßte es Hiebe setzen, Hiebe, sag' ich, – Hiebe, – oh, – oh, – kolossale Hiebe!«

Er sank erschöpft auf einen Stuhl.

Ich erzählte ihm vom Besuch des Prinzen Hamrigula, und was der mir alles gesagt hatte. Er hörte aufmerksam zu, dann sagte er:

»Es stimmt, ich kann ihn nicht leiden. Sie ja auch nicht! Aber ich bin nicht so borniert, zu leugnen, daß er sich da sehr anständig benommen hat.«

Die Tür sprang auf. Schnaff stürzte herein.

»Eine lokale Notiz! Eine kolossale interessante lokale Notiz: Von dem eben erschienenen Blatte »Die Posaune« sind bis jetzt – also während zwei Stunden – in Marilkaporta über zwanzigtausend Exemplare verkauft worden.«

Dr. Nein gab Herrn Schnaff einen Rippenstoß, daß er samt seiner lokalen Notiz in einen Winkel flog, und dann machten wir uns auf den Weg nach unserer »Expedition«, um die Zeitungspakete wieder aufpacken zu lassen und Ordre zu geben, die erste Seite unserer ersten Nummer mit dem Einleitungskapitel – einstampfen zu lassen.

Der Letzte der Sieben

Tag und Nacht hatten wir gearbeitet, am 26. konnten in der Morgenfrühe die ersten Exemplare unserer »Zeitung« ausgegeben werden.

Mit Dr. Nein hatte ich mich verfeindet, weil ich auf die Angriffe der »Posaune« mit keinem Worte eingegangen war, während er mir doch binnen weniger Stunden drei verschiedene gepfefferte »Gegenartikel« geschrieben hatte. Er war, um mich schließlich zu gewinnen, immer sanfter geworden, aber auch der dritte Artikel war noch ein Monstrum von Grobheit.

Es ging mir nach der Herausgabe der »Zeitung« so wie einem jungen Autor, der sein erstes Büchlein in die Welt geschickt hat. Lange, bange Tage, Tage quälender Unruhe und besorgter Liebe, wie einer Mutter Sorge ist's, deren erstes Kind in die Fremde zog, und die nun von Stunde zu Stunde auf gute Nachricht harrt.

Ach, das echte Glück, der echte Stern glänzte mir nicht. Wohl wurden Tausende und Abertausende der »Zeitung« gekauft, aber nur, weil es etwas Neues war. Das Interesse der großen Masse hatte ich nicht erweckt. Das merkte ich bald. Das Interesse gehörte der »Posaune«.

Wir hielten eine Redaktionssitzung. Es ging recht gedrückt zu. Schnaff behauptete zwar, es sei leicht, die »Posaune« in der zweiten Nummer zu überdröhnen, er wisse eine Menge der aufregendsten Abenteuer; er fand aber keine Gefolgschaft. Für platten Ungeschmack sei er nicht, sagte Dr. Nein, nur einen kräftigen Stil wolle er, einen sehr kräftigen, wirksamen Stil. Es sei nie leichter, geistreich zu sein und sich Gehör zu schaffen, als wenn man grob werde. Das empfehle er. Stimpekrex sagte, er würde unter die Linie des guten Geschmacks nicht hinabsteigen.

So stritten sich die drei, und ich schwieg.

Den Erbprinzen Juvento traf ich einmal. Er war heiter und freundlich wie immer und sagte mir viele liebe Dinge über meine »Zeitung«, namentlich über den Anfang meines Romans. Ich konnte meine Bitterkeit nicht ganz verbergen. Da sah er mich forschend an. Dann fragte er, ob ich wohl mit ihm zu Dr. Schnugu gehen wolle. Ich sagte, ich hätte nicht Zeit. Da nahm er mit kühler Höflichkeit Abschied.

Den ganzen Tag brachte ich die herrliche, sonnige Jünglingsgestalt nicht aus dem Gedächtnis. Ich gab mir alle Mühe, jeden Verdacht gegen ihn zu unterdrücken. Aber immer wieder fiel mir ein, daß ich ihn auf dem Felde gesehen, als die landesverwiesenen Krähen mit den Briefen ausflogen, das plumpe Lob fiel mir ein, das ihm in der »Posaune« gespendet war, die überaus hämischen Angriffe auf seinen Rivalen Hamrigula.

Warum fand er auch nicht ein paar bedauernde Worte für den rohen Ton des Blattes aus seinem Heimatlande?

Ich war ein Tor. Der Prinz Juvento war schön und heiter, deshalb liebte ich ihn, Prinz Hamrigula war häßlich und hatte ein unglückliches Wesen, deswegen war er mir unsympathisch.

Unzufrieden ging ich am nächsten Tage wieder die Straßen entlang. Da traf ich Schnaff. Er machte ein sehr vergnügtes Gesicht, legte es aber bald in ernste Falten.

»Eine feine lokale Notiz!« rief er mir entgegen. »Was ganz Rares für die zweite Nummer! Aber leider aus traurigem Anlaß.«

»Nun?«

»Das Zwerglein wird sterben, das Schneewittchen-Zwerglein. Jawohl, schauen Sie nur, Herr Professor, es stirbt bestimmt. Dr. Schnugu hat's gesagt. Es hilft nichts mehr, kein Gesundheitssee, kein Wundertrank, selbst der große Pokal nicht. Seine Zeit ist um. Er stirbt, und wir bringen's in der ›Zeitung‹. Er ist der älteste Mann im ganzen Lande, – jawohl! So einen Uralten haben Sie drüben nicht. Und daß er jetzt gerade stirbt, das, ja das ist ja eigentlich sehr traurig.«

Und er machte die scheinheilige Miene, die Reporter immer bei traurigen Anlässen zur Schau tragen, wenn sie im stillen ihr Honorar berechnen. Ich erkundigte mich nach der Wohnung des kranken Zwergleins und ging hin.

* *
*

An die hohe Stadtmauer gelehnt, stand ein kleines Haus. Es blinkte wie Silber, aber es war aus Erz. Aus Erz waren die Mauern, aus Erz Stufen und Fliesen, aus gewalztem Zink das spitze Dach.

Mit scheuer Andacht trat ich in dieses Haus. Inwendig war ein einziger großer Raum. Sieben Bettlein standen die Wände entlang, ein Tisch war gedeckt mit sieben Tellerchen, sieben Messerchen, sieben Becherchen – in einem Bettlein lag das Zwerglein, das letzte der Sieben, das übriggeblieben war.

Der Greis lag mit geschlossenen Augen. Ich blieb an der Pforte stehen. Ein Fieberstrom rieselte mir durch Leib und Seele. Ich war auf heiligen Boden getreten. Eines der holdesten Wunder meiner Kindheit war vor mir lebendig geworden.

Ein Mann erhob sich aus der Ecke. Es war Dr. Schnugu. Er kam leise auf mich zu, faßte mich an der Hand und führte mich nach einem der sieben kleinen Stühlchen. Dann setzte er sich neben mich.

Schweigend saßen wir da. Wir waren die einzigen im Raum, außer dem Kranken. Sieben kleine Uhren hingen an der Wand. Sechs waren stehen geblieben, eine tickte mit müdem Schlag.

Da schlug der Kranke die Augen auf. Einen Augenblick blieben sie umflort, dann wurden sie hell, und er erkannte uns. Die welke Hand hob sich und winkte uns.

Tief über den Greis gebeugt standen wir. Ein Leuchten ging über sein Gesicht, die selige Erinnerung, die sein ganzes Leben verklärt hatte, kam ihm auch im Sterben:

»In meinem Bettchen hat sie gelegen, – gerade in meinem Bettchen – das liebe Kind!«

Und nach einer Pause, während ihm die Lippen zitterten vor Erregung und Glück:

»In meinem kleinen Bettchen!«

Er schwieg und sah uns an, ob wir's auch gehört hätten, und ob wir denn nichts dazu sagten.

»In diesem Bettchen, in dem Sie jetzt liegen?« fragte ich, nur um etwas zu sagen.

Er wurde ganz aufgeregt.

»O nein – nein! – Aber o nein! Das Bettchen, in dem das Schneewittchen geschlafen hat, das ist ja ein heiliges Bettchen, – das steht dort!«

Und die Hand hob sich wieder und zeigte nach dem einen der Bettlein, das an der Wand stand. Mit unendlicher Liebe hingen die alten Augen an dem Heiligtum, bis sich der Blick verlor und das Haupt zurücksank.

Wir blieben am Bette stehen. Wie der Atem müder und leiser ward, so ward der Schlag der Uhr müder, die unter ihren ruhenden Schwestern allein noch ging.

Ein weher Zug ging um die Lippen des Greises, und er begann wieder zu sprechen:

»Sie ist nie mehr wiedergekommen!«

Und dann Stille, wir sahen eine Blässe aufsteigen in dem Gesicht und wußten: von einem millionenjährigen Leben ist nur eine Stunde noch übrig. Oder weniger als eine Stunde!

Alles geht zu Ende.

Alle Freude am Bestehenden ist Irrtum.

Es ist Irrtum, daß etwas lange währt.

Und so ist all unsere Größe ein leerer Schein, der heute ist und morgen war.

Und so ist jeder, der den Kopf stolz trägt, ein armer Tor, der schlechter rechnen kann, als ein kleiner Knabe.

Eine Stunde noch von einer Jahrmillion! Diese Stunde allein ist lang. Die Jahrmillion ist kurz, – ein Blick fliegt drüber hin wie über eine lächerlich kurze Zeit, die die Erinnerung einer Sekunde beherrscht.

Horch … leise, behutsame Schritte nahen! Sie kommen die ehernen Stufen herauf.

Jetzt öffnet sich die Tür.

Zwei Mädchen treten ein. Die Prinzessin und Angelika.

Das Königskind geht leise an den Wänden hin. Das Menschenkind bleibt stehen.

Bleibt erschrocken stehen, wie ich, vor diesem verkörperten Wunder. Vor diesem erfüllten Glauben!

Die schwarzen Haare umrahmen die weiße Stirn. Die Wangen glühen rot in der Erregung.

Mir fällt ein wonniger Kindersatz ein:

Weiß wie Schnee!
Rot wie Blut!
Schwarz wie Ebenholz!

»Schneewittchen!«

Ein markerschütternder, wilder Freudenschrei. Der Kranke hat sich aufgerafft im Bett, die Arme streckt er aus, die Augen sind weit geöffnet.

»Schneewittchen!«

Er sinkt zurück. Röchelnd, schweratmend! Die Augen rollen und irren umher. Er will sich erheben, aber der Schreck hat seine Kraft gebrochen.

»Schnee – Schneewittchen!«

Der Doktor geht zu dem Mädchen. Er sagt ihr leise Worte ins Ohr. Ihr kluges Herz versteht schnell, versteht heiligen Dienst.

Ans Bett tritt sie langsam und lächelnd. »Ich komme zu dir, du Lieber, Lieber!«

Regungslos schaut er sie an und lächelt auch. Lächelt wie in Verklärung.

»Du bist gekommen!« sagte er selig.

Sie streichelt ihm die Hände und die Stirn.

Und dann wieder schauen sie sich nur an.

»Bist du wieder da?«

Er ergreift ihre Hand und drückt sie an seinen welken Mund.

»Komm ganz nahe – ganz nahe, liebes Schneewittchen!«

Sie beugt den schönen Kopf tief zu ihm hinunter. Einen Augenblick schlingt er die Arme um ihren Hals, dann fallen ihm die Augen zu.

Nur ganz leise atmet er noch. Wir alle stehen gebannt von heiliger Scheu.

Da kommt ihm die Kraft zurück. Er öffnet die Augen, und sein Antlitz wird besorgt.

»Du bist weit hergekommen, Schneewittchen! Du bist hungrig! – Hungrig wie damals, – du mußt essen. Von meinem Tellerchen! Und aus meinem Becherlein trinken! Aus meinem! Die andern sechs sind tot. Alle, alle gestorben!«

Sie nickt und geht. In einem kleinen Schränkchen findet sie Speise und Trank. Er sieht ihr mit seligen Augen zu, wie sie Wirtschaft treibt in seinem Heim, Er sagt ihr, wo sein Tellerlein steht, er sieht zu, wie sie Brot ißt und schweigend aus seinem Becherlein trinkt.

Und wie sie fertig ist, geht sie wieder zu ihm.

»Geh jetzt schlafen, Schneewittchen«, sagte er leise, »geh in mein Bettchen schlafen!«

Gehorsam zieht sie die Decke ab von dem kleinen schneeweißen Bett und legt sich hinein.

Er hat sich mühsam auf einen Arm gestützt und sieht sie liegen. Sieht ihren zarten, feinen Kopf, die dunkeln Locken auf dem weißen Bett, sieht das süße Bild wieder verkörpert, das sein Leben lang der Glanz seiner Träume, der Stern seiner Sehnsucht war.

Sieht! Sieht!

Und ein Jauchzen dringt aus seiner Brust.

Und er sinkt zurück und ist tot.

Die Liebe

> Weiß wie Schnee!
> Rot wie Blut!
> Schwarz wie Ebenholz!

Die Melodie dieser Worte ging mir durch die Seele, immer, immerfort.

Ich glaubte wohl, das Wunder sei schuld daran, das ich sah, glaubte die Melodie, die mir einst im Kinderohr geklungen, halle mir nun wie ein spätes Echo durch die Seele.

Glaubte anfangs, es sei alles nur ein Erinnern.

Aber beim Erinnern ist Friede!

Und in mir lebte der Wunsch.

Der brennende Wunsch, die eine wiederzusehen, immer wiederzusehen, die mir die selig-unselige Melodie im Herzen erweckt hatte, die mir mit quälender Wonne den Frieden scheuchte bei Tag und bei Nacht.

> Weiß wie Schnee!
> Rot wie Blut!
> Schwarz wie Ebenholz!

Ich ging hinaus in den Märchenwald, setzte mich unter einen großen Baum und stützte das Haupt auf die Hände.

Ein Vermächtnis war mir geworden; das tote Zwerglein hatte mir seine zehrende Schneewittchensehnsucht vererbt.

So saß ich junges Menschenkind im Märchenwalde und träumte, wußte nichts von Himmel und Welt. Nur ein süßer Duft war rings umher, ein müder, seliger Duft.

Ich wußte nicht, von wannen dieser Duft kam. Saß da im Walde mit schlafenden Sinnen. Hielt alles für einen fremden Sehnsuchtshauch und war nun ganz in der Fremde, war wie ein Kind, das sich verlaufen hat in einem blühenden Königsgarten, – so scheu und so glücklich, so unwissend und so voll Staunen und Bangigkeit.

Es kam eine lange Prozession daher mit blinkenden Lichtern. Leuchtkäfer gingen durchs hohe, bebende Gras. Und wie sie zu mir kamen, teilte sich die Reihe, sie gingen zur Rechten und zur Linken und nahmen Aufstellung im Kreise.

Als ich das ansah, war es wie ein großer, goldener Ring, der sich um mich geschlossen hatte.

Dann kamen kleine Waldmädchen gegangen, viele hundert. Sie hielten Zweige in den Händen mit zarten Blättern und noch zarteren, weißen Blüten. Als sie zu mir kamen, teilte sich abermals die Reihe, sie gingen zur Rechten und Linken und nahmen jenseits des leuchtenden Ringes Aufstellung im Kreise.

Als ich das ansah, war es ein großer, blühender Myrtenkranz.

Und hundert und aberhundert andere Waldmädchen kamen, die trugen blütenweiße Schleier in ihren Händen, wehende weiße Brautschleier.

Dann die große Schar der Spielleute im Märchenwald. Wer kennt alle die feinen Geigerlein, die Männlein, die auf Grasflöten blasen, die Mädchen, die Laubblätter zwischen den Lippen haben und zirpen wie die Grillen, die Blumengeister alle, die läuten und singen, flüstern und kosen?

Eine Sängerschar kam von lauter kleinen Elfenkindern, die sangen jubelnd immer den einen Namen:

»Angelika! Angelika!«

Und Kobolde drangen herbei, zeigten ihre Künste und banden mir Hände und Füße mit einer Girlande von Rosen.

Ich sank zurück ins Gras und schloß lächelnd die Augen.

Nun wußte ich, woher dieser süße, müde Duft kam.

Die Göttin der Liebe stand hinter mir, die rosenduftig Göttin der Liebe.

Lockend und lachend klang um mich das große Liebeslied des Märchenwaldes. Aber die Augen blieben mir geschlossen, ob ich auch hörte, daß tausend flinke, zierliche Jungfräulein sich um mich schwangen im Tanze. Die Sehnsucht meiner Seele schwieg nicht still bei diesen Wundern. Ein größeres Glück suchte sie, noch ein größeres Wunder.

Da kam ein milder Traum.

Versunken Märchenwald und goldene Stadt, verklungen das Lied der Elfen!

Ein kleines Haus sehe ich im Traum, droben auf der Welt. Ganz allein, ganz heimlich liegt es mitten im Wald. Nur Hirsch und Reh kommen zum Besuch. Vor den Fenstern blühen rote, einfache Blumen. Und drinnen in trauter Häuslichkeit waltet mein Glück:

Weiß wie Schnee!
Rot wie Blut!
Schwarz wie Ebenholz!

Beim Walddoktor

Eines Tages begegnete mir der Waldarzt Dr. Schnugu und lud mich ein, ihn zu besuchen. Aber ich solle seinen Neffen Stimpekrex nicht mitbringen, sagte er, denn er könne den kindischen Kerl nicht leiden.

»Er hat mich gestern aus dem Hause« geworfen«, sagte mir Stimpekrex lachend, als ich ihm die Begegnung mit seinem Oheim erzählte. »Ich gehe jetzt acht Tage lang nicht zu ihm; dann läßt er mich holen.«

So machte ich mich allein auf den Weg zu Dr. Schnugu, und der alte Wegzeiger im Märchenwald wies mich zurecht. Ein sehr niedriges Holzhäuslein fand ich, auf dessen schrägem Dach das Moos wucherte. Rings um das Häuslein war ein Garten voller Kräuter, die ich nicht kannte. Der Zaun war verfallen, auch die Schutzwände eines alten Ziehbrunnens waren niedergebrochen. Melancholisch baumelte ein uralter Eimer über dem Wasserschachte. Die Häustür hing nur noch in einer Angel, die meisten Fensterscheiben waren zerschlagen, oder sie waren schmutzig und von Spinnweben bedeckt. Das ganze Anwesen hatte etwas Hexenhaftes, Vernachlässigtes. Dr. Schnugu empfing mich etwas knurrig. Er erlaube sonst nie während der Sprechstunde einen privaten Besuch, sagte er. Aber bei mir sei es etwas anderes. Ich solle in der ›Zeitung‹ die Leute über manche Dinge belehren und müsse daher meine Studien machen. Ins Sprechzimmer dürfe ich nicht, aber ich könne mir's in seinem Privatzimmer bequem machen und durch das Guckloch schauen.

Das »Privatzimmer« war eine Höhle, in der sich ein invalider Tisch, ein maroder Stuhl und eine trostlose Holzpritsche in die Ehre des Mobiliars teilten.

»Lasciate ogni speranza voi ch'entrate!«

Dies Wort, das der große Dante über die Tür seiner »Hölle« schrieb, hatte hier ein Witzbold mit Bleistift an die Tür von Dr. Schnugus »Privatzimmer« geschrieben.

Der Walddoktor machte ein grimmiges Gesicht, als er sah, daß ich es las.

»Verstehen Sie das?« fragte er lauernd.

Ich nickte.

»Ihr, die ihr hier eintretet, lasset alle Hoffnung draußen!« übersetzte ich.

Da wurde er puterrot im Gesicht.

»Das hat Stimpekrex angeschrieben – der Schweinigel! Er wollte es auch an meinem Sprechzimmer anschreiben, aber da –«

Er machte eine wilde Gebärde und ging nach dem Nebenzimmer.

Ich schaute durchs Guckloch. Das »Sprechzimmer« war ein großer Raum, in dem sich eine Anzahl von Schränken und Flaschen, Düten und Schachteln befand. Im übrigen auch nur ein Tisch und ein Stuhl, die denen des »Privatzimmers« brüderlich ähnelten.

»Der nächste Patient!« schrie Dr. Schnugu nach dem Wartezimmer hin.

Ein fetter Maulwurf wackelte ins Zimmer. Er schien asthmatisch zu sein, denn er blieb immer nach drei Schritten stehen und ächzte und stöhnte sehr jämmerlich.

»Ach – ach – ach, Herr Doktor –«
»Wo steckt's?«
»Im – im Bauche! Ich – ich bin gewiß vergiftet und muß sterben.«
»Zeigen!«

Der Doktor fiel über den Patienten her, warf ihn mit einem Ruck auf den Rücken und drückte und knetete ihm den Bauch, daß der Schwarzrock zum Steinerweichen stöhnte.

»Überfressen!« stellte Dr. Schnugu nach der Untersuchung die Diagnose. »Vollständig überfressen! Wenn das so weiter geht, mein Lieber, sind Sie eines schönen Tages krepiert. Schmählich krepiert! Fressen Sie an einem Tage höchstens zweimal soviel, als Sie selber schwer sind! Nicht mehr! Oder der Teufel holt Sie! Und jetzt werden Sie die nächsten Tage nichts als Rhabarber fressen – verstanden? Dann wird's wieder gehen! Marsch!«

Der Maulwurf wandte ein, daß er eine so schwere Kur nicht aushalten würde und wurde daraufhin hinausgeworfen.

»Nächster Patient!«

Ein Füchslein spazierte herein. Es trug einen prächtigen, buschigen Fuchsschwanz zwischen den Zähnen und ließ ihn vor Dr. Schnugu niederfallen.

»Ich bin in eine Falle geraten«, sagte der Rotrock betrübt, »und hab ihn mir abgerissen. Mach ihn wieder an!«

Dr. Schnugu hob den Fuchsschwanz auf, hieb ihn dem Besitzer ein paarmal um die Ohren und zündete dann unter einem Kessel, auf dem »Lebensleim« geschrieben stand, Feuer an. In den erhitzten Lebensleim tunkte er den Fuchsschwanz und befestigte ihn darauf mit einem geschickten Handgriff an seinem alten Platz. Der Fuchs machte einen schmerzlichen Satz bis an die Decke des Zimmers und war, ohne erst »Danke!« zu sagen, binnen drei Sekunden mit seiner angeleimten Leibeszier verschwunden. Draußen hörte ich ihn noch einige Male mit großem Geheule um das Haus rasen

»Der Nächste!«

Eine Frau trat ins Zimmer. Es war eine Elfe. Ich erkannte das an den grünlichen Augen und den bläulich schimmernden Haaren.

Die Elfe trug ein süßes, kleines Mädchen auf dem Arm.

»Es hat sich ein Füßchen vertreten, als es tanzte«, sagte die Mutter traurig.

»O, o, ein Füßchen vertreten«, klagte der Doktor. »Ein armes, süßes Füßchen!«

Er war plötzlich wie umgewandelt. Eine große Freundlichkeit war über ihn gekommen, und er versuchte sogar, ganz fein und mild zu sprechen, was allerdings mißlang, da ihm die Stimme überschnappte.

»Ein armes, gutes Füßchen«, wiederholte er. »Wird der Onkel Doktor heilen, wird er ganz gut heilen! Wird gar nicht wehe tun! Gar nicht wehtun, du liebes Kindchen!«

Und er kitzelte die Kleine freundlich am Kinn. Das Elfenkind aber fürchtete sich vor dem bärtigen, häßlichen Gesicht, verzog das Mäulchen und fing an zu weinen.

»Aber süßes Kindchen wird doch nicht weinen! Wird doch nicht weinen, Goldherzchen! Ist ja der gute Onkel Doktor! Sie doch, Herzchen, sieh doch!«

Und Dr. Schnugu fing an zu pfeifen und von einem Fuß auf den andern zu hüpfen, wobei er mit den Armen schlug wie ein Hampelmann.

Davor fürchtete sich das Elfenkind noch mehr und fing ein entsetztes Geschrei an. Und ich bestätige, daß es wirklich sehr schrecklich aussah, wie Dr. Schnugu tanzte.

»Machen wir schnell, liebe Frau! O, es ist furchtbar, einem so lieben Ding wehtun zu müssen.«

Und er faßte den zierlichen Fuß, holte noch einmal tief Atem, ein paar Griffe, ein Schrei und alles war fertig.

»Nun noch einen Verband, dann ist's gut!«

Als er fertig war, ging eine tiefe Traurigkeit über sein Gesicht.

»Es wird nicht lange mehr dauern, dann laufen die Kinder fort, wenn ich durch den Wald gehe, und rufen mir nach: ›Der Schinder!‹!«

Die schöne Elfenfrau schüttelte die dunkeln Locken.

»O nein, alle haben den Dr. Schnugu gern, die Kleinen und die Großen.«

Und sie ging auf den Arzt zu und küßte ihn auf den Mund.

»Ich danke«, sagte sie und ging.

Dr. Schnugu stand wie die steinerne Bildsäule eines Waldgötzen. Er war wie erstarrt. Minutenlang stand er so, ohne sich zu regen; nur zweimal leckte er sich mit der Zunge kurz über die Lippen. Aber dann warf er einen verdrossenen Blick auf mein Guckloch, legte seine Stirn wieder in grimme Falten und schrie mit seiner allerbarschesten Stimme:

»Der nächste Patient!«

Eine junge Ratte kam sehr zierlichen Ganges hereingetänzelt. Sie klagte über Kopfschmerzen, Schwindelanfälle, Ohrensausen, Müdigkeit und sehr große, geistige Niedergeschlagenheit.

»Fräulein, zeigen Sie Ihr Zahnfleisch!« sagte Dr. Schnugu.

Das »Fräulein« hob verschämt ein wenig die Oberlippe, und Dr. Schnugu sagte:

»Sie haben die Bleichsucht, hochgradig die Bleichsucht! Viel frische Luft und gute Kost, das ist alles, was ich Ihnen anraten kann, wo wohnen Ihre Eltern?«

»Ach, sie wohnen bei einem Fleischer. Aber es geht dort so gewöhnlich zu. Da hab ich mich separiert und bin zu einem Professor gezogen. Ich bin so mehr fürs Gebildete.«

»So?! Und was haben Sie bei dem Professor für Kost?«

»Ach«, sagte die Ratte, »ich habe seit drei Monaten nichts anderes mehr gegessen als Pergamentblätter.«

Dr. Schnugu machte einen Luftsprung.

»Pergamentblätter! Urkunden! Vielleicht unersetzliche Urkunden! Die fressen Sie?«

Das Fräulein nickte bescheiden.

Dr. Schnugu raste im Zimmer auf und ab.

»Fräulein, Sie – Sie – Sie sind eine Gans!«

»Nein, eine Ratte!« sagte die junge Dame.

Da blieb der Doktor stehen, bohrte die Hände tief in die Taschen und stieß ein fürchterliches Gegrunze aus. Dann beruhigte er sich.

»Ich werd' Ihnen mal was sagen! Eigentlich müßte Ihnen das Leder – – doch nein, das will ich nicht sagen! Ich will Ihnen sagen: Wenn Sie von einem Pergamentblatte nur noch eine einzige Ecke abbeißen, sind Sie hin! Hin, sage ich! Tot! Mausetot! Und alle Schnugus der Welt können Ihnen nicht mehr helfen. Ziehen Sie augenblicklich bei dem Professor aus! Zurück zu Ihren Eltern! Zum Fleischer! In gesunde Verthältnisse! Oder es ist alle mit Ihnen!«

Das Fräulein fing ein wenig an zu weinen, versprach aber zu folgen, machte einen zimperlichen Knix und ging.

»Nächster!«

Ein einäugiger, verwildert aussehender Mann erschien, der mir bekannt vorkam.

»Heißen?«

»Brumbu!«

»Stand und Gewerbe?«

»Räuber!«

»Ah ja, wirklich Brumbu, – richtig, richtig! Haben uns ja eine Ewigkeit nicht gesehen, Wo steckt's denn?«

»Ich hab mir ein bißchen den linken Arm gequetscht.«

Dr. Schnugu untersuchte den Patienten.

»Nein, Freundchen, nicht gequetscht, sondern gebrochen. Sogar zweimal gebrochen! Wie ist Ihnen denn das passiert?«

»Ich wollte gestern abend bei Ihnen einbrechen, da fiel ich vom Dache, und da hab ich ihn mir gequetscht, denn Ihr Dach ist sehr schlecht, Herr Doktor.«

Schnugu war sehr überrascht.

»Bei mir wollten Sie einbrechen, Brumbu?« fragte er betroffen. »Erlauben Sie, da muß ich mal Ihren Kopf untersuchen, denn da müssen Sie doch eigentlich verrückt sein.«

Der Räuber schüttelte das Haupt.

»Nein«, sagte er treuherzig, »verrückt bin ich nicht. Ich hatte mir bloß den Magen verdorben, und da wollte ich mir eine Flasche Medizin stehlen.«

Dr. Schnugu stieß einen schrillen Quieker aus.

»Eine Flasche Medizin! Eine Flasche Medizin! Und dann wohl die Flasche aufs Geratewohl aussaufen – was?! Brumbu! Kerl! Dämlack! Wenn Sie nun eine falsche Flasche erwischt hätten! Eine giftige Flasche! Dreiviertel aller meiner Flaschen sind giftig! Ums Leben hätten Sie kommen können! Ums Leben hätten Sie ja kommen können!«

Der Doktor raufte sich jammernd die Haare, und der Räuber stand mit dummem Gesichte da. Nach langer Weile erst beruhigte sich Dr. Schnugu ein wenig. Er sah den Räuber bittend an und sagte in eindringlichem Tone:

»Brumbu, mein lieber Brumbu, das eine versprechen Sie mir: Wenn Sie wieder mal bei mir einbrechen wollen, stehlen Sie, was Sie wollen, stehlen Sie meinen alten Schafpelz oder stehlen Sie meinetwegen sogar meine Tabakspfeife, aber stehlen Sie keine Medizin.«

Der Räuber versprach, sich danach zu richten. Dann wurde er eingerichtet, geschient und verbunden. Während darauf der Doktor sein Verbandzeug zusammenpackte, empfahl sich Brumbu, nicht, ohne die Tabakspfeife des Doktors mitgehen zu heißen.

Nun kam wieder eine Anzahl Tiere: ein Regenwurm, dem durch einen Fußtritt das Hinterviertel zerquetscht worden war; ein Dachs, der ein Fettherz hatte; eine Spinne, die an Drüsenverhärtung litt und dadurch sehr in ihren Berufsarbeiten behindert war; eine Schlange, die einen Giftzahn plombiert haben wollte, ihn aber ausgezogen bekam;

ein eitler Hirschkäfer, der sich ein Horn abgestoßen hatte und sich »der Symmetrie halber« das andere amputieren lassen wollte; ein Igel, der sich die Stacheln schleifen ließ, und ein graues Kaninchen, das ein Haarfärbemittel wünschte.

Der Doktor behandelte alle diese Patienten mit großer Sorgfalt, alle in durchaus individueller Weise, alle mit seiner tiefen Erkenntnis und seiner starken Liebe. Es kam auch noch viel Berg- und Waldvolk: die Männer kurz und verschlossen, meist scheu und unmutig, daß sie überhaupt krank seien, die Weiber mit vielem Jammern und einer breiten Ausführlichkeit. Manche bezahlten mit einem Goldklümplein, mit einem funkelnden Stein oder mit Geld. Dann schenkte allemal der Doktor dem nächsten Bergmann oder armen Moosweibchen, was er selbst zuvor erhalten hatte. Und da kam auch eine Denunziation vor.

»Herr Doktor«, sagte eine Frau, »die Schnurrgrine, die so oft zu Ihnen kommt, ist eigentlich gar nicht krank. Sie wartet bloß allemal, bis ein Reicher bei Ihnen war, der bezahlt hat. Und dann geht gleich sie ins Sprechzimmer, damit sie das bekommt, was der Reiche Ihnen gegeben hat.«

Der Doktor sagte grob, das Weib solle sich hinausscheren. Wenn er, der Doktor, so dumm sei, sich betrügen zu lassen, so sei das seine Privatangelegenheit.

Und die Warnerin wurde ungnädig entlassen.

* *
*

Zu guter Letzt kam noch eine Patientin – Goldina, das Königskind.

Sie kam langsam, zögernd über die Schwelle. Ich sah, daß ihre Wangen blaß und ihre Augen gerötet waren vom Weinen. Auch der Doktor bemerkte das bald.

»Was ist, Kind, was ist?«

Sie blieb stehen und brach in einen Strom von Tränen aus.

»Goldina! Kind! Was ist Ihnen geschehen?«

Da lehnte sie den Kopf an seine Brust und weinte noch heftiger.

Er führte sie behutsam zu seinem Stuhle. Aber sie kniete vor ihm nieder und preßte die goldenen Locken an den Sammet seines schwarzen Mantels. Da setzte er sich selbst, und sie kniete vor ihm, und er streichelte ihr den Scheitel und gab ihr gütige Worte wie ein Vater.

»Ich kann es ja bloß Ihnen sagen, – bloß Ihnen, – das Herz tut mir ja so weh, – so sehr weh, – und ich bin so unglücklich, so sterbensunglücklich!«

Ein mildes Lächeln ging über das Gesicht des Alten.

»Hat er Sie gekränkt – der böse Prinz Juvento?«

Sie verbarg ihr Gesichtchen in tiefer Scham ganz in seinen Mantelfalten. Seine Stimme wurde ganz milde.

»Ich weiß es ja doch, Herzenskind! Schämen Sie sich nicht! Warum soll es Ihr alter Doktor Schnugu nicht wissen?!«

Da richtete sie sich auf und schluchzte unter einem Strom von Tränen:

»Er – er hat eine Liebschaft mit der – der Angelika – mit der von droben, – mit der von den Menschen!«

Ich weiß nicht mehr, was der Doktor darauf sagte.

Es war mir, als habe mich ein Schuß getroffen. Ein kurzer, spitzer Schlag vor die Brust! Und es war, als ob mir alles Blut auf einmal nach dem Herzen gestömt und der Kopf ohne alles Leben sei.

Mit leeren, glasigen Augen schaute ich auf die beiden.

Ich sah, daß das junge Mädchen dem Alten einen Brief gab. Den Brief habe eine Kammerfrau bei Angelika gefunden. Es sei ein Liebesbrief des Prinzen Juvento. Er bestellte Angelika für eine bestimmte Stunde nach den königlichen Gärten.

Eine Weile stand ich noch da, ohne mich zu rühren, auch ohne etwas zu hören oder klar zu sehen. Dann wandte ich mich nach der Tür.

Ich wollte fortgehen. Weit fort von hier! Was sollte ich hier noch? Dem alten Manne danken, Abschied von ihm nehmen? Es war mir nicht nach Dank zumute. Und der Doktor hatte wohl auch meine Anwesenheit vergessen.

Wie das junge Ding dort drin weinte!

Es war nicht zum Anhören.

So trat ich durch die Tür hinaus in den Märchenwald. Langsam ging ich eine stille Pinienallee entlang.

Ich dachte nichts Heftiges, es war kein Zorn in mir. Ganz still war ich und müde.

Ein Elfenkind sprang mir in den Weg.

»Angelika!« rief es. »Angelika! Angelika!«

Ich sagte, es solle ganz still sein und nicht lärmen.

Wenn es ganz still und artig wäre, würde ich ihm Zucker schenken.

Rübezahls Grab

Das Leid um meine verlorene Liebe trieb mich auf die Wanderschaft. In Marilkaporta war ich nie sicher, daß mich die Freundlichkeit des alten Königs zu Hofe lud und daß ich alsdann die wiedersehen mußte, die mir so schweren Herzenskummer bereitet hatte.

Sie war nicht treulos gegen mich gewesen; ich hatte kein Recht auf ihre Liebe und Treue. Aber die Freundin hatte sie gekränkt, hatte ein lichtes, liebes Bild in mir zerstört. Ich wollte sie nicht mehr sehen. Nie mehr!

Weiß wie Schnee!
Rot wie Blut!
Schwarz wie Ebenholz!

Wenn ich nur die unselige Melodie dieser Worte noch einmal aus Sinn und Seele bekommen hätte! Sie klang mir im Wachen und Träumen immer in der alten Qual.

Das Schneewittchen hatte seinen Prinzen. Nicht einen, der es vom Tode zu einem schönen Leben erweckte, einen, der es aus dem Leben zum Tode der Entwürdigung brachte.

Der Haß zog in mein Herz gegen den Mann, der das getan. Weil er schön war, blendete er sie, wie er auch mich geblendet hatte, wie er alle blendete. Dem schönen Menschen ist es leichter, seine Verbrechen zu verschleiern, als dem häßlichen, seine Güte zu erweisen.

Den Prinzen Hamrigula traf ich einmal. Er drückte mir die Hand und sprach ein paar freundliche Worte über gleichgültige Dinge; aber ich gewahrte, als ich einmal schnell aufschaute, daß er mich mit traurigem Blicke ansah.

Vielleicht wußte er es. Gewiß wohl! Er liebte das blonde Königskind, das der andere hinterging, das der andere nur deshalb begehrte, weil die Mitgift eine goldene Krone war.

Als ich noch mit Hamrigula sprach, fuhr Prinz Helgin vorüber. Er saß in einem Wagen, der von vier weißen Ziegenböcken gezogen wurde, von denen jeder einen schwarzen Fleck an der Brust trug. Und er lächelte glücklich und dumm.

Auch ein Anwärter auf den Thron! Der und Prinz Matturga, dessen Kraft im Sumpfe vermoderte, und – Juvento, der Treulose. Da sagte ich zu Hamrigula:

»Ich bleibe nicht lange hier. Schnell wird mein Jahr vergangen sein. Aber wenn ich lange fort bin, wünsche ich, daß Sie in diesem Lande die Krone tragen mögen.«

Sein Gesicht blieb unbeweglich; aber sein Atem ging schwer, als er sagte:

»Ich wünsche es auch! Wenn es anders kommt, ist es nicht um mich. Ich finde wohl eine stille Ecke für mich. Aber das Vaterland wird leiden, und Goldina wird verderben.«

Darauf ging er schnell davon, ohne mich noch einmal anzusehen.

Ich zog auf die Wanderschaft, – floh aus der goldenen Stadt. Was hatte mich das Leid befallen in dieser wunderbaren Welt? Warum genoß ich nicht glücklichen Herzens, was mir nur einmal beschert war im Leben?

Weil ein anderer Mensch mit mir gezogen war. Auf der Reise ins Land der Märchen ist der störendste Genoss' das Weib.

Weiß wie Schnee! Rot wie Blut!

Das ist das Törichte, das Kleine und doch das rein Menschliche im Künstler, daß ihm die Farben eines Weiberkopfes alle schimmernde Schönheit rundum überstrahlen können.

Ich sah alles nur in der Verschleierung meiner sehnsüchtigen Augen, die glänzenden Berge, die tiefen Kohlentäler, die zugleich schwarz sind und diamantenweiß schillern, die heimlichen Wiesensteige und wundersamen Schnitzwerke der Brücken.

Es war ein tiefer Zorn über die törichte Hoffnung in mir, daß alles noch gut werden könne. Und ich wußte doch, daß die meisten Romane tragisch enden oder sich in der Öde verlieren.

Etwas Ablenkendes, etwas recht Banales brauchte ich.

In einem Buchhändlerladen hatte ich mir einen Baedeker von Herididasufoturanien gekauft. Er machte mir keinen Spaß. Baedeker machen ja selten Spaß; aber der von Herididasufoturanien hätte es doch tun müssen. Darum hatte ich ihn ja hauptsächlich gekauft.

Nein, es war nichts! Mürrisch suchte ich unter »R« im Register nach »Rübezahls Grab.«

Ich hatte mancherlei davon gehört und wollte hingehen und es anschauen. Da – Seite 257!

Rübezahls Grab. Grabmal Rübezahls. Gott 2. Klasse. Herrschte im südwestlichen Schlesien und in Nordböhmen von 3462 bis 52687917 (nach der Erbauung Marilkaportas gerechnet). Grab befindet sich genau unter der Schneekoppe. Diese inwendig zu einer Kuppel ausgebaut. Pläne von Primuguntosto († 49518004), bis zur zweiten Galerie ausgeführt von Bramatinogo († 50017819), die Vollendung bis zur Laterne von verschiedenen Meistern. Die Kuppel ist kassettiert, bis zur ersten Galerie aus 18 kar. Gold, von da bis zur 2. Galerie aus Diamanten, bis zur Hälfte gegen die Laterne hin aus Rubinen und von da (weil unten nicht mehr erkennbar) aus böhmischen Granaten ausgeführt. Genau im Brennpunkt der 5719½ m hohen Kuppel das Grab Rübezahls. Granitplatte. Gewicht 36715 t mit etwas Knieholz (Pinus Pumilio) Habmichlieb und verschiedenen Gebirgskräutern. Rechts und links Geyser. Der linke Schacht ist der tiefere. Aus dem nahen Gebüsch gerühmte Bergmusik. Der Gott liegt lang ausgestreckt auf dem Granit. Sehr wohl erhalten. Über ihn gebeugt Emma, ehemalige Braut des Gottes; ebenfalls tadellos erhalten.

Entree frei. Der älteste der zahlreichen Wächter gibt auf Wunsch Auskunft. (Kein Trinkgeld!)

Zehn Minuten entfernt (den Weg links über die Brücke einschlagen!) Hotel Rübezahls Ruh. Logis 100 Gulden, Frühstück 50 Gulden, Diner 80 Gulden, Souper 60 Gulden. Meist gelobt!

Ich warf das Buch auf die Erde, besänftigte aber meinen Zorn und hob es wieder auf, da es sehr teuer gewesen war. Für das Wegefinden, für die Auswahl der Hotels und hundert Nebensächlichkeiten war das Ding wohl zu gebrauchen. Schließlich war es auch nicht Schuld des Buches, wenn die Leute angesichts eines Kunstwerks oder auf historischer Stätte nicht den Geist des Genies, nicht die Wucht der Jahrhunderte auf sich wirken ließen, sondern lieber in der Glücks- und Feierstunde ihres Lebens im elendesten Telegrammstil Namen, Jahreszahlen und öde Maßziffern lasen. Nicht Schuld des Buches war es, es lag lediglich am Stumpfsinn der Heridadasufoturanier. Deshalb hob ich den

Baedeker auf. Aber ich irrte drei Tage lang umher, ehe ich das Rübezahlkapitel so weit vergessen hatte, daß ich mich an die hohe Stätte des Riesengrabes wagte.

Daß der Berggeist gestorben war, wußte ich längst, wußte es schon, als ich noch droben war. Wer glaubte noch an ihn, wer hatte noch Freude an seiner romantischen Gestalt? Keiner! Der kleinste Knabe zeigte ein ledernes Skeptikerlächeln, wenn ihm einer vom Rübezahl sprach.

Der Sturmwind fegte wie einst über die Berge, aber Berggeists Stimme klang daraus nicht mehr, nur Windrichtung und Temperatur maß ein eifriger Beamter; wie sonst zogen sich die Wege aus dem Tal hinauf zur Höhe, aber Rübezahl legte darauf seine Wurzelgeflechte als neckische Fußangeln nicht mehr; die feinen Strandschuhtreter würden sich bei der nächsten Zeitung gar bitter beschweren; wie einst liegen Menschenhäuser auf den Wiesenplänen, aber die Einsamkeit mit ihren Schauern der Furcht und Größe ist längst geflohen vor Kellnergeschnarr, Kartengedresche und albernen Gassenliedern.

Es ist gut, alter Berggeist, daß du gestorben bist; schon gestorben bist, ehe die erste Berglokomotive dich gerädert hätte. Mach Platz, alter Riese! Die Faulen wollen nicht mehr wandern, sie sind dick und können an dir nicht vorbei. Mach Platz, abgedankter Geist! Es fehlt da oben nichts mehr von den Glorien der modernen Zeit, von den elektrischen Glühbirnen bis zur gemalten Dirne, – du und deine Romantik, ihr passet nicht mehr ins Milieu des Gebirges, ihr seid arg stilwidrig.

Leg dich schlafen, Rübezahl, tief unter deine geliebten Berge! Die Romantik hat längst in stille, dunkle Katakomben flüchten müssen, wenn sie ihre Gottesdienste halten will. Droben wird sie mit Pech bekleidet, mit dem schwarzen Kleide der Dummheit, und angezündet. Die Menschen studieren die Natur und entfernen sich von ihr. Weil sie zu kurz schauen, glauben sie, die Natur sei nichts Besseres als ein Studienobjekt. So verlieren sie, was sie erkennen. Die Naiven, die Törichten waren die Besitzenden. Und unsere Zeit ist klug, aber arm.

Ein stiller Wald nahm mich auf, ein Wald, in dem nichts war als keusches Grün. Seine Formen waren feierlich-einfach. Etwas Beklemmendes war da, wie in einer großen, leeren Kirche. Mit der Zeit wurde der Wald dunkler und öder. Parsifal fiel mir ein, der den Weg suchte zum heiligen Gralsberg. Der Weg zu allem Großen geht durch die Stille. Wie ergreifend hat es der große Wolfram gepredigt.

Mich aber befiel das Zittern des Unwürdigen, der in ein Heiligtum treten will. Ich setzte mich unter eine Tanne und faltete die Hände über den Knien.

Da trat ein Mann aus dem gegenüberliegenden Gebüsch. Er trug das Kleid der Zwerge, wie es sich in der Phantasie der Kinder darstellt: einen grauen Rock, eine Kapuze auf dem bärtigen Kopf, grobe Bergschuhe und in der Hand einen wilden Stecken.

»Willst du zum Grabe des Meisters?« fragte er.

Ich nickte.

»Warum setzest du dich hierher? Bist du müde?«

»Mir ist bange!«

Er sah mich freundlich an.

»Ich werde dich hinführen«, sagte er.

»Aber ich bin keiner von euch!«

»Du bist ein Mensch! Ich sehe es aus deinen Augen, die zugleich kinderjung und steinalt sind. Ich werde dich trotzdem hinführen.«

»Wann ist er gestorben?« fragte ich leise.

Das Gesicht des Gnomen wurde traurig.

»Vor wenigen Jahren. Er ist heruntergekommen zu uns, krank und mit bitterem Herzen. Mit der letzten Kraft hat er eine Granitplatte vom Berge gebrochen und sie unter die große Kuppel getragen. Er hat kein Wort mehr geredet und ist auf dem Stein gestorben, dort, wo er jetzt liegt.«

Wir sahen uns an und schwiegen eine Weile.

»Das Weib ist bei ihm?« fragte ich dann. »Wie kam sie hierher?«

»O, es ist eine traurige Geschichte! Du weißt, daß er sie sehr geliebt hat. Er hat sie mit Herrlichkeit und süßen Freuden beschenkt. In unserm Lande hat er ihr einen Prunksaal bauen lassen mit eben derselben großen Kuppel, die unter dem Riesenberge ist. Dort hat er sie hingeführt nach jedem Tage, wenn oben die schwarze Zeit kam, die ihr Nacht nennt. Dann hat er goldene Feste gefeiert unter der großen Kuppel. Ich sage dir, Fremdling, daß nie Herrlicheres war, noch sein wird. Er hat sie geliebt mit der Liebe seiner Weisheit und Güte. Aber so wie er groß war, war sie klein. Sie begriff seines Wesens Hoheit nicht, sie fror an seiner Brust, die Stürme barg, und floh, nachdem sie ihn verspottet hatte.«

»Das alles weiß ich!«

»Zu einem Prinzen ist sie gegangen, zu einem armseligen Menschenprinzlein! Aus den Armen des Riesen, des Helden, zu einem, der nichts war!

Und siehst du, Fremdling, da ist sie elend geworden!

Wen einmal die Liebe eines Gewaltigen begnadete, der kann nicht mehr glücklich sein im Arm des Kleinen. Seine Schönheit dünkt ihm lächerlich, sein Reichtum armer Flunker, seine Rede Geschwätz. Mitten in den Freuden, die zu bieten sich der Kleine zermartert, spricht die Sehnsucht von dem Großen, Reichen, dem das Schenken ein Spiel war. Was der Kleine mühsam bietet, ist nicht so viel als das, was der Große wegwerfen konnte. Wer das einmal erfuhr, dem hilft keine Täuschung, kein Irrglaube mehr über seine Verbannung weg. Und sie ist abermals geflohen, sie hat zurück gewollt zu ihm, sie hat den Heimweg gesucht zu seiner starken, reichen Liebe!

Das aber ist das Geschick, daß niemand den Heimweg zu verratener Größe wiederfindet.

Durchs Gebirge schlich sie als Bettlerin im Sommer und im Winter. Sie spähte bei Tage nach ihm aus, sie lauerte des Nachts am Wege, ihn zu überraschen. Sie fand ihn nie wieder.

Eines Morgens fanden sie Bauern am Wege und meinten, sie sei tot. Sie gruben in der Sünderecke auf dem Kirchhof ein Grab und senkten sie hinab.

Und gerade an dieser Ecke ist unser Himmel Eurer Welt am nächsten.

Als die Schollen auf den Sarg fielen, sprang die dünne Erdschicht unter dem Sarge. Die Begrabene sank ein Stücklein nach unten und fand sich auf der Spitze unseres höchsten Berges wieder.

So kam sie zu uns. Aber auch bei uns fand sie den nicht wieder, den sie begehrte. Durch ungezählte Zeiträume ist sie suchend durch unsere Länder geirrt. Alljährlich badete sie in der Jugendquelle und blieb blond und schön.

Am Tage, nachdem der Meister gestorben war, kam sie. Sie fand ihn tot unter der Kuppel, dort, wo ihr seine Liebe alle Seligkeitswunder geboten hatte. Da legte sie den blonden Kopf an seine stille Brust und blieb bei ihm.«

Es war eine lange Pause. Dann begann der Gnom aufs neue:

»Den goldenen Prachtsaal hat der Meister niedergerissen, als ihm die Geliebte entflohen war. Jetzt ist dort dichter Wald. Auch die

Kuppel wollte er einreißen. Als er aber sah, wie schön sie sei, vermochte er nicht ein Steinchen von ihr zu lösen. Jetzt ist sie sein herrliches Grabmal.«

»Wir wollen gehen«, sagte ich und stand auf.

Es war ein schmaler Pfad, auf dem wir gingen. Der Gnom schritt mir voraus, ich folgte ihm schweigend.

Da plötzlich – etwas, das ich lange nicht sah – wurde es dunkel.

Ein Blitz fiel, und ein prasselnder Donnerschlag durchdröhnte die Luft.

Dann war es wieder hell. Aber eine wilde Sturmmelodie schlug mir ans Ohr.

Und es wurde lichter, – fast, als ob Sonnenschein wäre.

Immer lichter!

Ein Strahlen fing an von weißblauem Licht.

Wir kamen in einen Hohlgang. Über uns wölbten die Bäume ein dichtes Dach.

Wir gingen immer in dem weißblauen Licht. Vor uns war ein Silberglanz, den kein Auge durchbrechen konnte. Und rechts und links waren Wände und über uns das Dach.

Da plötzlich war der Hohlgang zu Ende.

Die Kuppel war über mir.

Ich fiel auf beide Knie.

* * *

Lange, lange später kniete ich am Haupte des Riesen und schaute in seine Augen.

Sie standen weit offen und waren nach oben gerichtet.

Blau wie das Meer!

In uralter Zeit, ehe die Menschen waren, schlug das Meer an den Fuß des Riesengebirges. Erst als das Meer in die Ferne zurückwich, kamen Menschen und bauten Häuser auf den Sand und säten Samen in den Schlamm, den das Meer zurückgelassen hatte.

Als das Meer noch an die Berge schlug, hat es der Meister gesehen alle Tage.

Und seine Augen wurden blau und tief.

Jetzt noch liegt die Königsmacht darin, die Liebe und der Groll, die Heiterkeit des Starken und die Bitterkeit des Erfahrenen. Nur einen leichten Schleier hat der Tod über diese Tiefen gelegt.

Er schaut hinauf in den Himmelsbau, der sich über ihm türmt, in die Kuppel. Ein Berg, eine Erdenlast, eine Unendlichkeit des Stoffes und der Schwere und doch leicht als ob alles entfliegen und zerrinnen könnte wie ein leuchtender Abendhimmel.

So baut das Genie, so spielt es mit der Last, mit der Schwere.

Da werden die Steine wie Seide. Sie bleiben glänzend, aber sie werden weich, biegsam und fügsam. Da wird das Märchen zur Wahrheit und die Wahrheit zum Märchen.

Nur der nicht sieht, der muß glauben. Aber solches Werk siehst du und bist wie ein Ungläubiger.

Ich stehe auf und gehe den ausgestreckten Arm des Riesen entlang. Auf die letzte Spitze des Fingers drückte ich scheu meine Lippen.

Auch an meine Kinderheimat hat dieser Finger heimlich geklopft, auch mir hat er die buntesten Bilder meiner Jugend gemalt.

Und abermals küsse ich den Finger.

Nicht für mich! Für meine Brüder droben, für die ich Abbitte tun will.

Meine Gedanken sprechen zum Meister:

»Verzeihe den Brüdern! Sie irren! Der Qualm ihrer Schlote hat ihnen die Luft verdunkelt, der Hunger des Leibes hat ihrer Seele Sehnsucht übertäubt. Wenn sie in deine Berge kommen, treibt sie ihr Leid, auch wenn sie es nicht wissen. Und sie lieben dich noch immer auch wenn sie über dich spotten!«

Von der Brust des Schlafenden her blinkt ein goldlockiger Scheitel.

Das Weib!

Eine von uns!

Meine Schwester!

Das Sinnbild aller derer, die sich von der Natur abwenden, die ihrer Majestät spotten und im kleinlichen Prunk enger Häuser Ersatz suchen. Wenn die Reue kommt, sind sie zu Bettlern geworden. Und erst nach langer Irrfahrt, wenn sie sterben, ruhen sie wieder an der Brust des Gewaltigen.

Mein Auge hängt an der Gestalt des Meisters und des toten Weibes. Zwei springende Feuerbrunnen sprudeln zur Höhe an beiden Seiten. In ihrem roten, rinnenden Lichte liegen die beiden.

Und eine wundersame Musik ertönt unter wechselnden Wetterzeichen. Die Dunkelheit kommt und birgt die Kuppel in Nacht. Die Blitze ziehen ihre Flammenknien über das aufleuchtende Gestein. Dann grollt der Donner in schwerem Zorn seine wilden Flüche. Der Sturmwind rast durch die Finsternis, und wenn er sich an den Felsen stößt auf seinem eilenden Lauf, schreit er auf in seinem Schmerz, und mit ihm klagt das Echo. Aber der Tag kommt bald wieder und das helle Licht. Dann ist eine große Stille, und nur ein Brünnlein singt sein zartes Liebeslied für kleine Blumen.

Ich aber gehe durch all diesen Klang und Glanz hindurch zu dem toten Menschenkinde und streiche mit zärtlicher Bruderhand eine blonde Locke aus der Stirn der Schuldigen.

Unsere goldene Jungfrau

Das prunkende, geschmacklose Hotel, das in der Nähe des ehrwürdigen Grabes errichtet worden war und das der Baedeker mit dem Heiligtum in einem Atem nannte, auch in ganz demselben Stile verzeichnete, vermied ich und machte mich wieder auf die Wanderschaft.

Aber ich war schon tagelang gewandert, der Besuch der erhabenen Stätte hatte mich heftig erschüttert, also war ich bald sehr müde und schlief unter einem Baume ein.

Als ich erwachte, sah ich ein Füchslein seines Weges traben. Es trug eine tote Henne in seiner Schnauze, eine richtige, große Henne, also eine von oben. Einmal legte der Rotrock die Henne auf den Weg, beroch sie von allen Seiten, wobei ihm die Zunge blutrot aus dem Maule hing, aber dann gab er sich einen energischen Ruck, erfaßte die Henne wieder und trug sie weiter.

Als der Fuchs zu mir kam, ließ ich mich in ein Gespräch mit ihm ein. Daß die Tiere eine Sprache haben, wußte ich schon immer, verstand auch schon seit meiner Kindheit Tagen ein paar Brocken davon; aber es waren eben nur Brocken geblieben. Jetzt, seit ich gewürdigt worden war, ein Heridasufoturanier zu sein, verstand ich die Tiersprache ganz.

Es ist wie im Englischen: Syntax und Grammatik sind sehr einfach; aber die richtige Aussprache macht Schwierigkeiten.

»Guten Tag, Meister Fuchs! Wohin gehst du?«

Er sah mich verwundert an, vielleicht, weil ihm der fremde Akzent aufgefallen war, ließ die Henne fallen und sagte: »Ach, ich muß zu Dr. Schnugu. Der ist Waldarzt und wohnt bei der Hauptstadt. Ich hatte mir neulich ein bißchen meinen Schwanz abgequetscht, und weil er ihn wieder angeleimt hat, will ich ihm eine Henne hintragen. Es ist eine sehr schöne Henne, denn sie ist jung und fett. O, es ist eine herrliche Henne!«

Seine Augen hingen gierig an dem toten Vogel, und ein leises Lechzen kam ihm aus dem Maule.

»Meister Fuchs«, sagte ich, »da hast du einen weiten Weg.«

Er nickte.

»Ich hab' schon siebenmal eine Henne hintragen wollen; aber weil es sehr weit ist, so – so ist mir immer die Henne unterwegs abhanden gekommen.«

Ich mußte lachen; aber er merkte das nicht, denn seine Nase bohrte sich schon wieder in die Federn und sog gierig den Duft des jungen Fleisches ein.

»Herr Fuchs«, sagte ich, »ich möchte dir einen guten Rat geben. Iß die Henne selber!«

Er blickte schnell auf und machte ein sehr entrüstetes Gesicht.

»Du wirst mir nicht zutrauen, fremder Herr, daß ich eine Henne selber esse, die ich dem Dr. Schnugu schenken will.«

»Iß sie selber, lieber Meister! Denn ich vermute, daß es den Dr. Schnugu sehr betrüben wird, daß die Henne gestorben ist. Ja, ich fürchte, er könnte dir in der Aufregung über den Tod der Henne deinen Schwanz wieder ableimen. Er hat ein sehr weiches Herz, und du mußt ihn vor solcher Betrübnis bewahren.«

»Meinst du? Du scheinst ein sehr weiser und nachdenksamer Mann zu sein. Und wenn du sagst, daß es den Doktor betrüben wird, daß ich die Henne – daß die Henne gestorben ist, so kann alles nichts helfen: ich muß sie selber essen, obschon es mir schwer fällt, daß er sie nicht bekommt.«

Und er seufzte und biß darauf der Henne den Kopf ab.

»Ich muß mich sehr überwinden«, sagte er, während er fraß, »aber es wäre häßlich, wenn ich undankbar wäre.«

Der Rotrock war erkenntlich für meinen guten Rat, und nachdem er von der Henne nichts übrig gelassen hatte als die Federn, lud er mich ein, auf seinem Rücken Platz zu nehmen; er habe jetzt einen freien Tag, und wir könnten ein Stückchen mitsammen reisen.

Unterwegs erzählte er mir viel von seinen Abenteuern über und unter der Erde; aber da ich glaube, daß das meiste Schwindel war, so will ich es nicht wiedererzählen.

Es kommt nie vor, daß ein Dichter mit einem Fremden länger als eine halbe Stunde zusammen ist, ohne daß er in geschickter Weise die Rede darauf bringt, daß er ein Dichter sei. Ich machte es natürlich auch so. Der Fuchs warf mir den halb neugierigen, halb mißtrauischen Blick zu, der in solchen Fällen üblich ist, und sagte dann:

»Der beste von allen Dichtern heißt Goethe.«

Ich war natürlich sehr erstaunt über dieses Urteil, da sagte der Fuchs:

»Er hat ein Buch über uns Füchse gemacht; dadurch sind wir sehr berühmt und beliebt geworden. Wir haben einen Klub, in dem hält ein Professor sehr schöne, populäre Vorträge, der hat es uns gesagt. Und wir haben beschlossen, dem Dichter Goethe keine einzige Gans oder Henne fortzuholen. Selbst eine Taube ist verboten. Und es ist auch ganz gut gegangen, denn er ist schon tot, und er hat überhaupt kein Geflügel gehabt.«

Ich war sehr gerührt, denn ich erkannte wieder einmal, daß kein Dichter unbelohnt bleibt, wenn er Segen stiftet – für Füchse.

Gegen Abend begegnete mir noch etwas Wunderliches. Ein Luftballon sank langsam vom »Himmel« herab. Aus der Gondel stiegen mehrere Herren, die allerhand merkwürdige Geräte trugen. Ich wandte mich in aller Bescheidenheit an einen der Herren und bat ihn um Auskunft über den Zweck der Ballonfahrt und der Instrumente. Da er ein Beamter war, gab er mir nur eine kurze Auskunft.

»Die Vermessungskommission ist oben gewesen. Grenzstreitigkeiten über den Wurzelgrund zwischen einer alten Linde und einem wilden Apfelbaum. Verfluchte Schererei! Der Linde, der geizigen, alten Schraube, wollen wir's mal anstreichen!«

Er hatte mehr für sich selbst gesprochen und ging mit seinen Kollegen verdrossen einem Hause zu, auf dessen Türschild das Wort »Katasteramt« zu lesen war.

Nachdenklich ritt ich weiter. In meiner Heimat standen eine alte Linde und ein wilder Apfelbaum dicht beisammen. Wenn der Sturm ging, schlugen sie aufeinander los, und wenn es sehr arg wurde, fuhren sie sich in die Haare. Als Kind sah ich das oft.

Grenzstreitigkeiten über den Wurzelgrund! Und hier war das Katasteramt! Am Ende kommt man den tiefsten Dingen auf den Grund.

Der Fuchs fing wieder ungeheuerlich zu schwindeln an. Es ist schade, daß alle Förster und Sonntagsjäger die Füchse über den Haufen knallen, wenn sie ihnen begegnen und sich nicht lieber in eine Unterhaltung mit ihnen einlassen. Von denen könnten sie noch etwas lernen. Auch den Zeitungskorrespondenten würden solche Bekanntschaften sehr von Nutzen sein. Denn richtig schwindeln kann nur ein begabter Mensch. Einer, der Phantasie hat! Und es gehört Schule dazu! Sonst bleibt einer ein Stümper und kann keine Freude an seinem Beruf haben und die Zuhörer oder Leser auch nicht.

Ich zog meine Uhr. Die Herididasufoturanier rechnen die Stunden von eins bis vierundzwanzig, so etwa wie bei uns Europäern die Italiener. Jetzt war es vierzehn Uhr. Da begann die gesetzliche Nacht. Herr von Stimpekrex hatte mir einmal die Zeiteinteilung erklärt. Auf den Tag entfallen vierzehn, auf die Nacht zehn Stunden. Zehn Stunden für die Nacht sind notwendig; denn sieben Stunden muß nach allen Gesundheitsbüchern ein erwachsener Herididasufoturanier schlafen, und drei Stunden sind auf dem Lande für die »Lichtenabende« und in den Städten für das »Nachtleben« auch bei bescheiden Ansprüchen erforderlich.

Es ist hübsch, wenn alles recht geregelt ist. Man braucht sich dann bloß danach zu richten und wird laut Garantie der Gesundheitsbücher ein alter Mann.

»Meister Fuchs, es ist bereits vierzehn Uhr! Ich muß daran denken, mir ein Nachtquartier zu suchen!«

Der Fuchs sagte, er könne noch nicht ans Schlafen denken, er müsse noch in Geschäften auf die Erde hinauf, und verabschiedete sich von mir.

In einem einfachen Gasthause am Wege übernachtete ich. Es war verhältnismäßig billig. Das Nachtquartier kostete nur achtzig Gulden, und der Hausknecht, der mir die Stiefel geputzt hatte, war mit einem Trinkgeld von etwa hundert Mark nach unserm Gelde zufrieden. Die »Rübezahls-Ruh« hatte so hohe Preise, weil das Haus in der Nähe einer Sehenswürdigkeit lag, und weil – wie ich erfuhr – der Wirt den Hotelbetrieb in der Schweiz studiert hatte.

Einsam wanderte ich an den nächsten zwei Tagen weiter. Der alte Herzenskummer fiel mich wieder an. Das lustige Geplauder des Fuchses fehlte mir sehr. Nun schlich ich meine Straße entlang, und wenn ich daran dachte, daß ich aus diesem wundersamen Lande eine herbe Herzenserfahrung mit hinaufnehmen sollte, tat mir die Seele weh.

Am dritten Tage kam ich auf Frau Holles grüne Wiese. Auch Frau Holle ist tot. Seit langer Zeit! Aber der Platz, wo sie gewohnt hat, wird in Ehren gehalten.

Ich habe ja für Frau Holle nie ein sehr hohes Gefühl gehabt – schon als Kind nicht. Trotz ihres »Gesottenen und Gebratenen« und trotz der glänzenden Bezahlung ist sie mir immer als ein rechter Hausdrache erschienen. Häßlich und philiströs, ein »schwerer Ort« für Dienstboten. Früher ist sie ja ein schönes Weib gewesen, eine lichte Frühlingsfee. Aber mit den Jahren wurden ihre Zähne lang und gelb, und sie bekam den »Reinemacheteufel«. Ach, diesen traurigen Weg gehen so viele holde Feen!

Immerhin ging ich an der historischen Stätte natürlich nicht vorüber. Ich fand den schmalen Wiesenpfad, den das schöne, fleißige Kind ging, das in der Angst seines Herzens in den Brunnen gesprungen war, und kam an den Apfelbaum. Er war umzäunt, so daß niemand nahe an ihn herankommen konnte, außerdem stolzierte ein Wächter auf und ab, der auf seiner grünen Uniform ein Blechschild mit der Nummer »5« hatte.

Er erzählte mir, seit die Hausfrauen der nahen Stadt mit großen Körben gekommen seien, um sich hier billiges Winterobst einzusammeln, hätten die Äpfel aufgehört zu reden, und es sei der Stachelzaun gemacht und eine stete Bewachung eingerichtet worden.

Betrübt ging ich weiter und kam an den Backofen. Auch da stand ein Wächter. Wieder ließ ich mir Auskunft geben. Die »Armen« der nächsten Ortschaften hatten das Privileg erhalten, hier ihr Brot zu holen. Sie hatten es aber nicht gegessen, sondern sich an die Landstraße gesetzt und mit »echtem Frau-Hollebrot« einen schwunghaften Handel betrieben. Die Touristen zahlten für einen Bissen hohe Summen, schließlich hatten einige pfiffige Bäcker der Umgebung auch imitiertes Hollebrot auf den Markt gebracht. Seit der Zeit wurde an Private nichts mehr abgegeben. Das Brot kam in plombierten Körben nach der

Hauptstadt. Einen Teil nahm der königliche Hof, alles andere wurde in den Gesundheitssee für die Fische gestreut.

Und wieder ging ich weiter und kam an Frau Holles Haus. Da erst bekam ich einen rechten Schreck.

Vor der Tür saß ein Mann »an der Kasse« und forderte mir ein hohes »Eintrittsgeld« ab. Auch bot er mir einen »illustrierten Katalog« an.

Das Haus der Frau Holle war in ein Museum umgewandelt worden. Mechanisch bezahlte ich die mir abgeforderte Summe, nahm den Katalog in die Hand und trat ein.

Im Hausflur mußte ich Hut, Mantel und Stock abgeben, dann wurde mir bedeutet, ich müsse die Schuhe ausziehen. Die gute Frau Holle habe der Reinlichkeit wegen nie gestattet, ihre Stuben anders als in Strümpfen zu betreten. Aus Pietät habe man daran nichts geändert. Nachdem dann mehrere dienstbare Geister mit Reisbesen und Bürsten noch eine qualvolle Viertelstunde an mir herumhantiert hatten, wurde mir der Eintritt gestattet.

In sehr gedrückter Stimmung schlich ich nach »Saal Nr. 1, Frau Holles Wohnstube«.

Ein großes, unbehagliches Gemach. Tot und abweisend alles. Überall atembeklemmende »Ordnung«. Die Möbel standen feierlich und steif in genauer Abzirkelung des Standortes an den Wänden entlang. Alle Polster waren mit grauen Schutzhüllen bekleidet. Über dem mathematischen Mittelpunkt des Zimmers stand ein Tisch und auf diesem Tisch ein Glaskasten. Genau auf der Mitte des linken Fensterbrettes stand eine Aloepflanze mit fetten, stachligen Blättern, auf der Mitte des rechten Fensterbrettes ein kümmerliches Myrtenbäumchen.

Schrecklich war mir ein Bild der Frau Holle. Es hing natürlich über dem Sofa. Die peinliche, strenge Toilette wagte ich gar nicht genau zu mustern. Mich hypnotisierten die kalten, schwarzen Augen.

Wie ein schüchterner Schüler stand ich in meinen Strümpfen da. Was nur diese Frau so unheimlich nach meinen Strümpfen zu schauen hatte! Verwirrt guckte ich nach unten. O ihr lieben Götter der Unter- und Oberwelt! Bei der linken großen Zehe waren zwei oder drei Maschen aufgegangen. Mir wurde heiß zumute. Gewiß saß auch meine Halsbinde nicht genau; vielleicht hatte ich gar auf der Stirn einen schwarzen Fleck. Alle Ordnungssünden meines Lebens fielen mir ein. Wenn diese Frau einmal oben auf der Welt mein Junggesellenheim revidiert und nur einen einzigen Blick auf meinen Schreibtisch oder in mein Wäschespind geworfen hätte, dann hätten alle Pechsessel der Welt nicht ausgelangt, mich zu bestrafen.

Mit einem gewaltsamen Ruck wandte ich mich von dem Bilde ab und dem Glaskasten zu. Den hatte erst die »Museumsverwaltung« aufstellen lassen. Er enthielt allerlei »Denkwürdigkeiten aus großer Zeit«.

Das Originalkochrezept der Frau Holle für Schweinebraten; sechs Töpfe, in denen sie ihr Eingemachtes gehabt hatte; ein Häuflein der bekannten Federn, die auffliegen mußten, wenn die Betten geschüttelt wurden; ein winziges Berglein Staub, den das faule Mädchen am neunten Tage ihres Dienstes beim Auskehren »liegen gelassen hatte«, der Henkel »einer guten Tasse«, den sie am fünfzehnten Diensttage abgeschlagen hatte, zu guter Letzt ein echter Zahn der Frau Holle.

Da wurde mir übel, ich ergriff die Flucht und lief nach dem Hausflur zurück.

»Geben Sie mir meine Schuhe«, keuchte ich.

»Hat denn der Herr schon sämtliche Räume gesehen?«

»Nein, nein, aber mich friert – ich muß fort. Ich habe genug gesehen!«

Rasch kleidete ich mich an.

»Wollen der Herr der Frau Gemahlin oder der Frau Mutter das Haushaltungsbuch der Frau Holle mitnehmen? Billige Volksausgabe. Nur 200 Gulden.«

Ich war schon draußen. Mit Gier sog ich die freie Luft ein, ergriff eine Prise Staub und machte mir damit einen Fleck auf den linken Ärmel. Ich mußte etwas haben, das gegen die atembeklemmende Ordnung protestierte.

Nicht eine Minute länger wollte ich auch nur in der Nähe dieser Ordnungshölle verweilen.

Ein Bächlein rieselte die Wiese entlang, krummlinig, bald von hohem, bald von niederem Ufer, und die Weiden am Rand hatte der Herrgott ohne alle Symmetrie bald hoch, bald klein, bald dick, bald dünn, bald grad, bald schief, bald nahe, bald weit voneinander hingepflanzt.

In dieser unaufgeräumten Natur ließ sich leben.

Ich ging ein Stückchen weiter und sah immer mit Wohlgefallen nach dem krummlinigen Bächlein und den schiefen Weiden.

Da plötzlich – stand Angelika vor mir.

Sie stand an eine Weide gelehnt und schaute mich regungslos an. Ihr Gesicht war blaß.

Wie angewurzelt blieb ich anfangs stehen, dann ging ich langsam näher.

Ich stammelte einen Gruß und drückte meine große Überraschung aus, sie hier zu finden. Ihr Gesicht blieb unverändert, und ihre Stimme klang kalt und fremd, als sie sagte:

»Ich bin mit der Prinzessin hier. Wir sind auf Reisen gegangen, wenn Sie die Prinzessin sprechen wollen, sie ist da drin in dem Hause.«

Und sie wies nach Frau Holles Haus.

»Sehen Sie sich denn nicht auch das Haus an?« fragte ich.

»Nein! Ich bin im ersten Zimmer umgekehrt. Die stockige Luft fiel mich an. Ich hasse solche Häuser!«

Ein Jubelgefühl quoll mir durch die Seele, und ich konnte es nicht hindern, daß meine Augen glänzten.

»Es ist merkwürdig, Fräulein Angelika; ich bin auch im ersten Zimmer umgekehrt.«

Sie antwortete nicht und wandte das Gesicht von mir ab dem Bache zu. Ich betrachtete ihr reines, süßes Profil, und die Liebe lohte wieder in mir auf mit tiefer, schmerzlicher Innigkeit. Ich vergaß meinen Groll und wäre nicht imstande gewesen, mich von diesem süßen Bilde loszureißen.

»Wollen Sie mir gestatten, Fräulein Angelika, hier mit Ihnen auf die Prinzessin zu warten?«

Sie wandte sich rasch nach mir um.

»Nein, sondern ich bitte Sie, daß Sie mich verlassen.« Ich trat einen Schritt zurück.

»Warum sagen Sie mir das?«

Sie wurde noch bleicher, und ihre Augen blitzten zornig.

»Weil ich alles weiß! Sie haben zugehört, als mich die Prinzessin bei dem Waldarzt verklagte, und Sie haben es geglaubt.«

Ich senkte den Kopf.

»Ja«, sagte ich leise. »Ich glaubte nicht, daß Sie die Prinzessin verleumden könnte.«

»O, sie hat mich nicht verleumdet! Der Brief war echt. Nur hätten Sie – Sie wissen müssen, daß ein Weib in meiner Lage wehrlos ist gegen die Liebesbeteuerungen eines vornehmen Herrn, daß sie nicht klagen gehen kann beim ersten Briefe, weil sie weiß, daß sie dadurch namenloses Leid anstiftet. Sie hielten es nicht für richtig, einem solchen Weibe, einer, die ganz verlassen ist im fremden Lande, Ihre Hilfe zu gewähren, sondern erachteten es als gerecht, sie mit Verachtung zu verlassen, ohne sie nur zu hören.«

Ein Schrei des Glücks über ihre Unschuld drängte sich mir auf die Lippen, aber er erstarb vor der Größe der Schuld, deren ich mir jäh bewußt ward.

»Sie haben recht. Alles das habe ich getan. Und ich sehe ein, daß ich jetzt gehen muß. Nur eines will ich noch sagen. Ich habe Sie nicht verdächtigt. Das Wort an sich ist unrein. Ich habe nur geglaubt, daß Sie den Erbprinzen lieben. Ich fand das so natürlich, denn ich liebte ihn auch, wie ihn alle lieben. Gegen diese Liebe, meinte ich, könne ich nichts tun. Nun weiß ich, daß ich mich getäuscht habe, weiß auch, daß Sie mir nie verzeihen werden, wenn Sie auch der Prinzessin verziehen haben, da sie trotz allem noch bei ihr sind.«

»Die Prinzessin ist jung. Sie liebt den Erbprinzen so heiß, daß Sie in ihrer Qual nicht wußte, was sie mir tat.«

Ich sah sie traurig an.

»Fräulein Angelika, ich war auch jung, sehr jung! Meine Qual und Verwirrung waren auch groß, denn ich liebte auch, ich liebte Sie!«

Sie sah mich starr an und schwieg. Da wandte ich mich um und ging.

Da – ein schmerzliches, lautes Aufweinen!

Ich eilte zurück und fand sie auf die Knie gesunken an der Weide.

Sie ergriff meine Hände, drückte die Augen darauf und weinte lange.

Wir sprachen beide kein Wort.

Das Bächlein summte neben uns ein freundliches Lied. Irgendwo sang ein Vogel. Ein starker Wiesenduft schwamm in der Luft.

Es war wie daheim in einem Tal, wo Menschen wohnen.

Und alles Glück und alle Qual, die ein Menschenherz erschüttern können, waren in mir.

Sie stand auf und ließ meine Hände los. Sie schaute mich an mit dem großen Blick, der alle Worte überwindet, mit dem Blick, der die Reue kennt und die Liebe, der zugleich antwortet und fragt, zugleich nimmt und gibt, und aus dessen Nacht und Leid die Erlösung aufleuchtet.

»Weil du mich liebtest?«

»Weil ich dich liebte! Weil ich dich jetzt noch liebe mit ganzem Herzen!«

Ein süßer, weicher Mädchenmund preßte sich auf meine Lippen, zwei Arme schlangen sich um meinen Hals.

Das war mein glücklichster Augenblick im Märchenlande.

»Meine goldene Jungfrau!« jubelte ich. »Meine goldene Jungfrau ist wieder hier!«

Auf der Höhe journalistischer Macht

Ich war wieder in Marilkaporta. Frohen Herzens war ich heimgezogen. Auf Frau Holles Wiese hatte ich mein Glück gefunden, und seit der Zeit habe ich keinen Groll mehr gegen die alte Frau.

Angelika war mit der Prinzessin weit fort im Lande. Das blonde Königskind suchte in der Fremde das Vergessen.

Was als Dichtertraum durch die alten Volkslieder zieht, wurde mir zur Wahrheit: Oft kam ein Vöglein und brachte an rotseidenem Faden einen Brief der Geliebten getragen. Und im Märchenwald waren stille Weiher, die zeigten mir das liebe Angesicht der fernen Braut in ihrem schimmernden Zauberspiegel.

Dem, der von einem Kummer genesen ist, ist selbst der Alltag verklärt. Mit Freuden nahm ich meine Arbeiten wieder auf und war freundlichen und versöhnlichen Sinnes gegen die ganze Welt.

Der Ärger blieb freilich nicht lange aus.

Im Sitzungssaale unseres Redaktionspalastes war es, wo Dr. Nein mit lauter Stimme folgenden Passus aus der neuesten Nummer der »Posaune« vorlas:

»Die Prinzessin Goldina ist mit ihrer Gesellschaftsdame verreist. Auch der Herr Chefredakteur der ›Zeitung‹ hatte nach Herausgabe der ersten Nummer schon eine längere Erholungstour notwendig. (NB. Der Nummer selbst hätte man die aufreibende Anstrengung, die sie erfordert hat, nicht anmerken können.) Vielleicht sind die hohen Herrschaften unterwegs einander begegnet. Der Zufälle spielen ja viele im Leben. Unser Erbprinz Juvento ist inzwischen an dem etwas vereinsamten Hofe von Marilkaporta zurückgeblieben. Er soll fleißig auf die Jagd gehen und hat dabei Gelegenheit genug, nachzudenken, in welch seltener Weise sich die Gastfreundschaft des benachbarten und verwandten Hofes gegen ihn betätigt.«

»Infam«, knirschte Herr von Stimpekrex, »ganz infam!«

»Achtung, meine Herren, es kommt noch besser! Hören Sie! – Eine sehr intime Freundschaft scheint den Herrn Chefredakteur der ›Zeitung‹ mit dem Prinzen Hamrigula zu verbinden. Es war da neulich auf einer Straße von Marilkaporta ein interessantes Momentbild aufzunehmen. Dr. Barragu und der Prinz sprachen eifrig miteinander. Da fuhr der schwachsinnige Prinz Helgin vorbei. Er saß in seiner Ziegenbock-Equipage und naschte seelenvergnügt aus einer riesigen Bonbondüte. Nun hat der Prinz Hamrigula bekanntlich die allerhöchste Gewohnheit, ein wenig zu schielen. Er brachte das Kunststück fertig, sein rechtes Auge voll Wohlwollen auf dem dienstgefälligen Zeitungsmanne ruhen zu lassen, während zu gleicher Zeit sein linkes voll Verachtung auf seinen Nebenbuhler Helgin blickte. Ein Auge wohlwollend geradeaus, das andere scheelsüchtig zur Seite – man sieht, ein Thronanwärter muß umsichtig sein und die Augen überall haben.«

»Das ist gemein«, rief Stimpekrex.

»Jawohl«, schrie Dr. Nein, »und das Gemeinste ist, daß wieder der Beweis da ist, wie niederträchtig bei uns spioniert wird.«

Nach diesen Worten fing Herr Schnaff plötzlich an jämmerlich zu heulen. Er sprang auf von seinem Stuhle, und seine lange, dürre Figur drehte und krümmte sich schmerzvoll wie eine Weidenrute im Sturme.

»Nu fängt zu allem Verdruß der noch an zu heulen«, knirschte der Doktor.

»Aber, Herr Schnaff, was ist denn?«

»Ist Ihnen nicht wohl, Herr Schnaff?«

Das Geheule wurde ärger, wir waren ratlos. Endlich raffte sich Schnaff soweit auf, daß er sagen konnte:

»Ich weiß, – ich weiß, – Sie haben – Sie haben alle – wegen der ›Posaune‹ – einen Verdacht auf mich!«

Ein Weinkrampf folgte den Worten.

Wir waren sprachlos. Dr. Nein aber stand auf, schlug dem Weinenden auf die Schulter und sagte in warmer Herzlichkeit:

»Schnaff, Sie sind ein Esel!«

»Meinen Sie das ehrlich, Herr Doktor?« schluchzte Schnaff.

»Sehr ehrlich!« bekräftigte Dr. Nein.

Das tröstete Herrn Schnaff besser, als eine lange Rede vermocht hätte, und er beruhigte sich ziemlich rasch.

Unsere Laune hatte sich ein bißchen gehoben, sank aber bald wieder auf den Gefrierpunkt herab.

»Sie hätten den Vorschlag Sr. Majestät, die fremde Zeitung im Lande konfiszieren zu lassen, annehmen sollen«, sagte Herr von Stimpekrex zu mir.

Ich schüttelte den Kopf.

»Dann würde die ›Posaune‹ bei uns nicht zwei, sondern zehn Millionen Exemplare absetzen. Ich kenne das! Nein, meine Herren, wenn wir uns nicht selbst helfen, die Polizei wird uns nicht helfen. Ich weiß, Sie sind mißmutig, daß ich auch in unserer zweiten Nummer mit keinem Wort auf die rüden Anrempelungen des gegnerischen Blattes eingegangen bin. Sie meinen, das Volk wird das für Schwäche halten, und Sie können wohl recht haben. Unsere Zeitung ist in vierzigtausend Exemplaren abgesetzt worden, die ›Posaune‹ in zwei Millionen. Aber ich kann es nicht ändern. Im Schimpfen ist mir eben der Redakteur der ›Posaune‹ überlegen.«

»Aber Sie haben doch mich!« schrie Dr. Nein. »Ich komme mir nachgerade in der Redaktion überflüssig vor. Sire, geben Sie Schimpffreiheit! Haben Sie ein wenig Vertrauen zu mir, lassen Sie mir freie Hand, und Sie werden sehen, daß ich meinen Mann stelle.«

»Ich danke Ihnen für Ihr heldenmütiges Angebot, Herr Doktor; aber wir werden auf andere Weise den Weg zum Volk finden. Ich lade Sie ein, meine Herren, mit mir nach der ›Kühlen Eule‹ zu kommen.«

Diesem Wunsche leisteten meine drei Untergebenen auch diesmal ohne Widerspruch Folge. Bald umfing uns das trauliche Gemäuer. Lillebolle erschien, stellte mächtige, schimmernd grüne Humpen auf den Tisch, verriegelte die Türen, zeigte warnend nach der Sprengvorrichtung hinauf und verschwand huschend in sein Verließ.

Feierlich erhob ich mich und hielt folgende Rede:

»Meine Freunde, ich trinke auf Ihr Wohl und auf das Wohl unserer lieben ›Zeitung‹, trinke das Wohl mit diesem köstlichen Rüdesheimer Wein!«

Ein gemeinsamer Schrei kam von den Lippen der drei Männer. Entsetzt, fassungslos starrten sie mich an.

»Ja, meine Freunde, mit echtem, deutschem Weine! Wir wollen uns dieses herrlichen Trankes nicht schämen, wir wollen die Maske der

Heuchelei fallen lassen. Noch mehr, wir wollen auch versuchen, diese unwürdige Maske von Tausenden anderer Gesichter im Lande abzunehmen. Meine Herren, ich bin erst wenige Wochen in Ihrem Vaterlande; aber ich weiß, daß es ein herrliches Land ist und daß ein mündiges Volk darin wohnt, würdig der Freude. So sehr ich den Rausch für ein Elend halte, so sehr ich wünsche, daß gewohnheitsmäßige Trinkerei und Vieltrinkerei niemals zu einer Tugend erhoben, sondern von dem Gewissen jedes mündigen Volkes als verächtliche Schwachheit gebrandmarkt werde, so fest bin ich überzeugt, daß es ein unwürdiger Zustand ist, wenn der Wein, der Bringer der Freude, reifen Männern polizeilich abgeschlossen wird, wie unwissenden Kindern das Gift. Fort mit jedem unnützen Zwang, fort mit der Heuchelei jeder Art! Meine Herren, ich werde in unserer Zeitung Sturm laufen gegen das volksbedrückende, unfröhliche Antialkoholgesetz; ich werde nicht dem Suff, wohl aber erlaubter Freude eine Bahn zu brechen suchen!«

»Chef! Goldmensch! Sie sind der größte Staatsmann sämtlicher Jahrhunderte!«

Mit diesem Jubelschrei riß mich Dr. Nein an seine Brust; Schnaff, der seinen sentimentalen Tag hatte, fing augenblicklich an, Freudentränen zu vergießen, und nur Herr von Stimpekrex protestierte. Es wurde ein erklecklicher Skandal, so daß Lillebolle ein paar warnende Tropfen auf unseren Tisch regnen ließ.

Das mahnte uns zur Vorsicht, und wir führten nun eine halblaute, aber nichtsdestoweniger fieberhaft erregte Debatte. Dr. Nein und Schnaff stimmten mir rückhaltslos zu; Herr von Stimpekrex dagegen hatte eine Menge historischer, volkswirtschaftlicher, moralischer, hygienischer, selbst dynastischer Bedenken. Wir wandten all unseren Scharfsinn auf, um ihn für uns zu gewinnen, Dr. Nein bot ihm sogar die Brüderschaft an, aber erst als er den vierten Humpen geleert hatte, wurde er zugänglicher. Zuletzt erhob sich der Leutnant und sagte, indem er sichtlich mit der Rührung zu kämpfen hatte:

»Ich habe Bedenken, – Bedenken, meine Herren, – aber wenn es das Wohl des Vaterlandes gilt, – ein Hundsfott, der gegen das Wohl des Vaterlandes ist, – also, wenn es das Wohl des Vaterlandes gilt, meine Herren, – ich bin nie gegen das Vaterland gewesen, meine Herren, im Interesse des Vaterlandes stimme ich zu, – prosit! Meine Herren, das Vaterland lebe hoch!«

Jubelnd stimmten wir in den Ruf ein, so jubelnd, daß Lillebolle einen kleinen Sprühregen für angezeigt hielt. Dr. Nein sprang auf, hieb mit der Faust auf die Falltür der Höhle und schrie:

»Lillebolle, du naßkalter Schuft, komm herauf, du wirst Millionär!«

Da regnete es etwas stärker. Der Zwerg war unbestechlich.

Ich mahnte zum Aufbruch, aber da der Regen nachließ, wurde nichts daraus. Humpen auf Humpen wurde geleert, alles »auf gesetzlichen Vorschuß«.

Zuletzt wurden die Reden verwirrter. Nur die Hauptpunkte meiner ersten Ansprache wurden öfters wiederholt.

»Es – es gilt das Wohl – des Vater – Vaterlandes!« rief Stimpekrex begeistert und trank.

»Fort mit der Heuchelei! Fort sag' ich! Zum Donnerwetter, fort mit der Heuchelei sag' ich«, krächzte Dr. Nein.

»Es – es ist für mündige Männer – ein – ein unwürdiger Zustand«, lallte Schnaff und fiel unter den Tisch.

Ich wußte angesichts dieser Erfahrung nicht, ob ich meinen Plan nicht fallen lassen sollte. Aber ich wies die philiströse Anwendung ab in dem Gedanken, daß aller Anfang schwer, und daß die Unzulänglichkeit die Großmutter der Vollendung ist.

* *
*

Am 16. März erschien die dritte Nummer der »Zeitung«. Ihr Leitartikel hieß:

»Fort mit dem Antialkoholgesetz!!!«

Ich bin ein friedsamer Poet, und es ist schwer für mich, die aufregenden Szenen der Tage, die auf den 16. März folgten, auch nur andeutungsweise zu schildern. Auch bitte ich herzlich um Verzeihung, wenn ich in folgendem erzähle von der Fülle des Ruhmes und des Volksinteresses, die in jenen bewegten Märztagen über mein unwürdiges Haupt hereinbrach. Man wolle mir nicht als Ruhmredigkeit auslegen, was ich als ehrlicher Chronist nun einmal nicht verschweigen darf.

Am Abend des 16. März brach auf dem Marktplatz von Marilkaporta, wo die Zeitungen verkauft wurden, ein stürmischer Tumult los. Binnen einer Stunde hatten sich mehr als hunderttausend Leute jedes

Standes, Alters und Geschlechts vor unserem Redaktionspalast eingefunden.

Ein wüster, betäubender Lärm drang herein in unseren Sitzungssaal.

»Dr. Barragu raus! Barragu raus! Barragu hoch! Nieder mit ihm! Nieder mit ihm! Hurra! Pfui! Freiheit! Frechheit! Säufer! Befreier! Hoch, hoch! Nieder mit der Zeitung! Barragu raus!«

Wir waren bewaffnet. Dr. Nein hatte für jeden Mann zwei Revolver mitgebracht, Schnaff trug außerdem in jedem Hosenbein einen Totschläger, Stimpekrex hatte einen kugelsicheren Panzer an.

Das Geschrei draußen wurde immer wilder. Ich ging auf die Balkontür zu.

»Die Revolver, Chef, die Revolver!«

»Ohne Revolver!«

Ich trat hinaus, mit mir meine Freunde.

Ein wilder, gellender Schrei zerriß die Luft. Ich sah ein empörtes, wogendes Meer von Köpfen, eine betäubende Brandung brach auf mich herein, die Augen wurden mir trüb und nebelig.

»Die Säufer! Die Helden! Herunter! Hurra! Sperrt sie ein! Reden! Ruhe! Still! Haut sie durch! Hurra – hoch!«

Ich machte eine Gebärde, daß ich reden wollte. Ein Gejohl antwortete mir. Die Mahner zur Ruhe lärmten am lautesten. Jedes Wort ertrank hilflos in dem Meere der Erregung. – Zwei Parteien waren da unten, die eine für mich in taumelnder, jauchzender Begeisterung, die andere gegen mich in tobendem Zorn. Grenzen zu ziehen, zu unterscheiden war unmöglich.

Eine bewegliche Rednertribüne wurde herbeigeschleppt.

»Reden! Reden! Reden!« brauste der hunderttausendfache Ruf.

Ein Schwarzer kroch auf die Tribüne – ein Arzt.

»Der Alkohol ist Gift! Er bewirkt, daß die Leber verfault, und daß die Niere –«

Ein geschickt geworfener Stiefel traf ihn ins Gesicht, die Nase blutete ihm, und unter mörderischem Geheul verließ der unglückliche Redner die Bühne.

Ein anderer Schwarzer!

»Der Alkohol, mit Maß genossen, ist eines unserer besten und geeignetsten –«

Hallo! Ein Weib kletterte ihm nach, faßte ihn am Sammetkragen und zerrte ihn kreischend hinab. Ein Schuster machte sich Bahn zur Tribüne.

»Ich bin ein moralischer Mann! Wo Alkohol ist, da ist immer auch Unzucht, Mord, Totschlag –«

»Nu, du verlogener Pechhengst!«

Ein Schmied war dem Schuster nachgestiegen, und warf ihn mit herkulischer Kraft hinab in die Menge.

»Ich bin das Volk, ich!« schrie der Schmied. »Wenn wir Kräfte haben sollen, müssen wir was trinken! Wir müssen fest zusammenstehen, feststehen, sag' ich –«

Die Tribüne fiel um samt dem Schmiede, wodurch in der dichtgedrängten Menge zwei bis fünfzehn Leute schwer und sechs bis vierunddreißig leicht verletzt wurden. Ein unbeschreibliches Chaos! Männer fluchten, lärmten, brüllten; Weiber kreischten, gellten, gestikulierten; Kinder weinten, schrieen, lachten.

»Das Militär!«

Ein tausendfältiger Schrei, ein lebensgefährliches Gedränge, eine lärmende, wilde Flucht.

Ein Fähnlein Soldaten zog vorbei, kaum hundert. Zwei Offiziere! Vorn ein blutjunger Leutnant warf mir einen verachtungsvollen Blick zu, hinten ein dicker Hauptmann schmunzelte mich an und salutierte verstohlen mit dem Degen.

Die kleine Truppe zog vorbei. Ihr Weg führte rein zufällig hier vorüber. Das erkannte die Menge, sammelte sich wieder und war erregter als zuvor.

Die Parteien ordneten sich, rechts meine Freunde, links der Feind. Alle sonstige Zusammengehörigkeit war aufgehoben. Ärzte, Beamte, Juristen, Handwerker, Parlamentarier hüben wie drüben, der Mann gegen die Frau, der Vater gegen den Sohn, das junge Mädel gegen den Bräutigam.

Eine Gasse bildete sich, ein wilder Kampf schien sich vorzubereiten. Da eilte ich hinab, riß die Tür auf und sprang mitten in die Gasse. Die Freunde eilten mir nach.

Ein Schrei der Überraschung, und dann wurde es still. Alle blieben stehen. Bald aber schrie die Menge:

»Reden soll er! Reden! Reden! Reden!«

Die halbdemolierte Tribüne wurde hergebracht. Mutig stieg ich hinauf. Ein Ring von Freunden schloß sich wie eine Schutztruppe um mich; auch die drei Redakteure waren dabei.

Mit einem raschen Blick musterte ich mein Publikum. Bei den Freunden meiner Sache fast nur Männer, bei den Gegnern überwiegend Frauen. Ich wandte mich an die Frauen, indem ich ihnen zuerst eine tiefe Verneigung machte und dann eine Kußhand zuwarf.

»Edle, schöne Damen von Marilkaporta! Ich wende mich an eure milden Herzen und bitte euch um Gehör!«

Heilige Ruhe tritt bei den Weibern ein, ein paar Männer lachen.

»Hochverehrte Frauen von Herididasufoturanien! Ich verstehe euren Zorn und muß euch in schwerwiegenden Dingen rechtgeben. Ein betrunkener Mann ist ein Ekel!«

Ein Beifallsgeschrei im höchsten Diskant.

»Ein Verbrecher ist der Mann, der seine und seiner Familie Habe gewissenlos vertrinkt!«

Weiße Hände fahren in die Höhe, Tücher und Schleier wehen, losgebundene Schürzen stiegen in die Luft. Auf der Männerseite ist ein Geknurre.

»Wenn der Mann überhaupt Wein trinken darf, dann soll er es nur tun dürfen zur Verherrlichung der Frau.«

Erstauntes Schweigen.

»Der junge Bursch, der zu seinem Schatz geht, soll ein Glas milden, edlen Weines trinken dürfen, nicht, um der Gier seiner Kehle zu fröhnen, sondern nur, daß seine Wangen röter, seine Augen strahlender, seine Lippen feuriger werden, der Geliebten zur Freude.«

Ein leises, vergnügtes Kichern. Auch auf der Männerseite einiger Beifall.

»Der Mann, der des Tages Last und Mühe getragen hat, soll ein Glas stärkenden Weines genießen, auf daß ihm neue Kraft und Lust komme zur Arbeit für seine Familie. Er soll aber von diesem Glase Wein die ersten, köstlichsten Perlen seiner treuen, fleißigen Hausfrau anbieten, soll ihr zur Gesellschaft, unter ihren Augen, am häuslichen Herd seinen Labetrunk genießen.«

Starkes Gebrumme bei den Männern; die Frauen schauen sinnend vor sich hin.

»Der Vater, der sich über die Wiege des Neugeborenen neigt, soll ein Glas hellen, süßen Weines trinken und dabei sagen: So hell und süß, du liebes Kind, werde ich dir dein Leben gestalten.«

»Er ist ein gemütvoller Mann!« schrie eine Frau.

»Ja, er hat ein Herz für die Kinder!« rief eine zweite, viel freundliche Zustimmung wurde den beiden erteilt.

»Und ist der Bube ein großer, hübscher Bursch geworden und fortgezogen in der Fremde, sitzt er weit von der Heimat auf einer stillen, einsamen Herbergsbank, traurig und verlassen, sein letztes Geld wird er zusammensuchen, ein Glas guten Weines kaufen und sagen: Auf dein Wohl trinke ich, mein liebes, gutes Mütterlein zu Haus!«

Jetzt brach eine starke Beifallskundgebung bei den Weibern los; einige weinten vor Rührung. Ich ließ den günstigen Augenblick nicht ungenützt vorüberziehen.

»So, ihr edlen Frauen und holden Jungfrauen von Marilkaporta, fasse ich die Frage auf, ob die Männer Wein trinken dürfen oder nicht. Es ist leicht möglich, daß ich mich täusche, möglich, daß es besser ist, wenn der Bursche nicht seinem Schatze zu Ehren, der Mann nicht zur Gesellschaft der Frau, der Vater nicht auf das Wohl seines Kindes, der junge Wanderer nicht auf das Andenken seiner Mutter trinkt; ihr müßt ja das besser wissen als ich, der landfremde Mann.«

Allgemeiner freundlicher Widerspruch.

»Wir meinen es alle ehrlich! Und bedenkt, ein Zeitungsartikel ist noch kein Gesetz; nur ein Vorschlag, und einen wohlgemeinten Vorschlag darf jeder machen! Nicht einer, sondern nur die Weisheit aller, der Männer wie der Frauen, kann eine so wichtige Sache entscheiden. Deshalb bitte ich euch, daß ihr erst im Frieden eurer Familie den Fall besprecht, wenn ihr aber wünschet, so werde ich den König bitten, daß er in den nächsten Tagen schon im Reichsrat die Sache gründlich beraten läßt.«

Großer Zustimmungstumult, vereinzelter Widerspruch. Ich verdreifachte meine Stimme:

»Bürger und Freunde! Ich sehe, daß ihr nach Hause gehen wollt. (Widerspruch.) Ich sehe, daß die Klügsten und Besten zuerst gehen wollen. (Zwischenruf des Herrn Schnaff: ›Ich gehe schon!‹) Namentlich feingebildeten Damen ist ja so viel Lärm auf die Dauer gegen den Geschmack. (Eine große Anzahl blonder und schwarzer Köpfe verschwand.) Wir Menschen haben einen alten Weisheitssatz, der heißt:

Wer aus einer Volksversammlung zuerst nach Hause geht, der behält Recht! (Allgemeiner Aufbruch.) Eilt nicht so, geehrte Herren, verehrte Damen! Ruft wenigstens noch mit mir: Unser geliebter König lebe hoch!«

Der Ruf brauste über den Platz. Und da noch dem Königshoch in den meisten Fällen keiner mehr etwas zu sagen weiß, gingen alle. Es ging nicht ohne Lärmen, Drängen und heftiges Gestikulieren ab, aber – sie gingen.

Befriedigt stieg ich von der Tribüne.

* *
*

Vierzehn Tage lang tobte der Kampf für und wider den Wein im Parlamente. Die Gegnerschaft war bei vielen wieder erwacht in dem Gefühle, daß ich sie mit meiner Rede eigentlich überrumpelt hätte. Denn meine Freunde hatten unklugerweise zu laut triumphiert.

Immerhin schien es mir, als seien die Gegner der Vorlage im Parlament nicht ganz bei der Sache. Ihre Reden wurden matter und matter und entbehrten der inneren Wärme. Nur, wenn dem Herrn Deputierten ein energischer, aufmunternder Blick aus der Damenloge zuflog, raffte er sich zu einer schärferen Tonart auf und schleuderte sein: »Nie! Nie! Nie!« in den Saal.

Der allerletzte Parlamentsredner war Dr. Nein. Er trug, als er die Tribüne bestieg, ein Glas blinkenden, goldenen Weines in der Hand.

»Rufen Sie mich nicht zur Ordnung, Herr Präsident, ich trinke ihn nicht! Denn noch ist es verboten! Ich will ihn nur anschauen! Meine Augen sollen sich laben an dem milden Glanz, und der Duft soll mich erquicken, der edler ist als der Duft roter Rosen und grüner Wälder. Meine Herren, ich bin viel zu bewegt in dieser für das Vaterland so ernsten Stunde, als daß ich eine lange Rede halten könnte. Halten will ich nur dieses Glas, solange halten, bis der Wille des Volkes verkündet wird. Siegt die Freiheit und die Freude, so werden diese köstlichen, kühlen Perlen wohlig meine Zunge entlang rollen, und Sie alle werden sich bald an gleich köstlichem Tranke laben, siegt die Unfreiheit und das graue, wässerige Elend, dann wird dieses Glas in Scherben zerbrechen wie unser aller Glück. – Herr Präsident, ich bin fertig!«

Das war Dr. Neins kürzeste Reichsratsrede. Gleich darauf erfolgte die geheime Abstimmung durch Zettel.

Das Resultat war überraschend:

»Das Antialkoholgesetz ist durch einstimmigen Beschluß des Reichsrats aufgehoben.«

»Ich trinke auf die Opposition!« schrie Dr. Nein, war aber so außer sich vor Freude, daß ihm das Glas aus der Hand fiel und zerbrach.– –

Was nun folgte, will ich nur ganz flüchtig berichten. Die bloße Erinnerung schon ist anstrengend.

Fünf Stunden lang wurde ich auf einem Schilde durch die Straßen der Stadt getragen. Ich kann sagen, daß selbst Damen mir Rosen zugeworfen haben und daß nur vereinzelt einmal eine Zwiebel, eine saure Gurke oder sonst eine Küchenutensilie an mir vorbeisauste. Aber von dem vielen Hurrarufen bekam ich Trommelfellkrampf, und von dem Geschaukle auf dem hochgetragenen Schilde wurde ich ein wenig seekrank. Da sehnte ich mich zurück nach dem sicheren Bretterstuhl des Unberühmten.

In den folgenden Wochen nahm ich teil an sechs Volksversammlungen, drei Festvorstellungen, neun Banketten; ich empfing einhundertneunzehn Deputationen, etliche tausend Dankadressen, wurde Ehrenbürger von sechsundvierzig Städten, bekam vom Frauen- und Jungfrauenverein eine gestickte Ehrenschärpe, wurde Protektor des Verbandes reisender Handwerksburschen, Ehrenpräside des Vereins glücklicher Bräutigame, und wenn irgendwo eine kleine Gemeinde gar nicht wußte, wie sie mich ehren sollte, so ernannte sie mich wenigstens zum Schützenkönig.

Die denkwürdige dritte Nummer der »Zeitung« wurde in sechsunddreißigeinhalb Millionen Exemplaren abgesetzt, ein Exemplar wurde in schwerem Goldrahmen über dem Sitze des Reichsratspräsidenten aufgehängt, und es wurde bestimmt, daß der Alkoholartikel wenigstens auszugsweise in die Schullesebücher aufgenommen werde.

Das Erhebendste kam zuletzt.

Eine Deputation, bestehend aus Künstlern und Männern hoher Würden, kam zu mir mit der Eröffnung, daß mir ein Nationaldenkmal errichtet werden solle. Über zwanzig Millionen seien unter der Hand schon gezeichnet, auch sei das Komitee bereits in der glücklichen Lage, mir den preisgekrönten Entwurf zeigen zu können.

Auf hohem Piedestal stand meine Figur in stolzer, majestätischer Haltung. Neben mir ein riesiges Faß! Um das Faß war eine dicke

Kette geschlagen. Ich aber hatte die Kette »zerrissen« und hielt nun ihre beiden Enden triumphierend in den Händen.

Als die Deputation fort war, legte ich mich zu Bett und litt acht Tage lang an grausamer Migräne.

Frühling

Der April war gekommen.

Ich habe nie zu den Leuten gehört, die auf den April schimpfen. Es ist unrecht. Der Bursche benimmt sich so, wie sich einer benehmen muß, dem eben der erste Bart sproßt und der voll ungebändigter Kraft und voll unverstandener Triebe steckt. Die peinlich-süßen Lümmeljahre! Heute feierlich mild mit abgeklärtem Horizont wie ein Mann sonniger Reife, morgen ein ungezogener Junge, der mit Schmutz wirft.

April! Frühling droben! Hoch über mir, über diesem dunklen Himmel blühten nun die Veilchen, flogen auf milden Südwindsschwingen die Vögel heim zum kleinen Nest, klangen die Osterglocken, spielten frohe Kinder auf der Straße.

Schien die Sonne!

Von allem Menschenglück habe ich im fremden Land nichts so bitter entbehrt als den Sonnenschein. Denn Sonnenschein ist über alle Märchenpracht, ist das lieblichste Wunder, die holdeste Gabe. O, einmal hineinspringen können in seine glitzernden, warmen Wellen, mich einmal einspinnen lassen von seinem fliegenden Gold. Einmal die Mutter sehen, die große, gütige Allmutter!

Nun, da droben der Frühling kam, fühlte ich, daß ich in der Verbannung war, und meine Seele regte die gefangenen Schwingen wie der kleine Vogel im Käfig, wenn ihm sein unruhiges Herz sagt, draußen sei Lenz.

Ein rotes Plakat prangte an den Straßenecken der Hauptstadt.

»Wir Herididasufoturu von Gottes Gnaden König bestimmen auf Grund der §§ 51, 52 der Staatsverfassung und tun zu wissen, was folgt:

In Anbetracht der Notlage verschiedener Gegenden und der uns zu Ohren gekommenen allgemeinen Frühlingssehnsucht ist der

Winter für dieses Jahr um sechs Tage verkürzt und der Frühlingsanfang auf den fünfzehnten März festgesetzt.

Marilkaporta, den dritten März. Herididasufoturu Rex.

Gegengezeichnet Haschakilgeruff, Minister für öffentliche Wetterangelegenheiten.«

Mich machte der Gnadenerlaß nicht glücklich. Denn obwohl plötzlich am fünfzehnten März sämtliche Pelzmäntel unglaublich dünnen Gewandungen Platz machten und die Knaben auf allen Gassen die Kreisel springen ließen und goldene Spielmarken an die Wände warfen, ja, obwohl Stimpekrex erklärte, er habe den Schnupfen, was ihm immer passiere, wenn der Frühling käme, blieb mir die selige Lenzgewißheit aus. Auch im April noch, als von unserer Redaktion bereits sieben Wagenladungen Frühlingsgedichte nach den Schuttabladeplätzen fortgeschafft worden waren.

Da kam endlich auch mir eine Frühlingsfreude.

Am neunundzwanzigsten April wurden die Maikäfer zu Berge getrieben, das heißt hinauf auf die Welt.

Ich werde da zunächst einige aufklärende Bemerkungen über Maikäferwirtschaft machen müssen. Sie ist von der Kuhwirtschaft in einigen Dingen verschieden. Denn während sich bekanntlich die Kühe durch das Produzieren von Milch und das Hervorbringen von Kälbern beliebt und nützlich machen, sieht man es bei der Maikäferzucht mehr auf die Gewinnung von Eiern ab. Maikäfereier sind in Herididasufoturanien eine Delikatesse. Die Mandel hundertzwanzig Mark. Trinkeier teuerer.

Reiche Maikäferbauern halten bis zehntausend Stück Vieh. Mehr läßt sich im Kleinbetriebe nicht gut übersehen. Meine bedeutenden naturkundlichen Vorkenntnisse erleichterten mir das Verständnis der Maikäferwirtschaft sehr. Ich wußte nämlich, daß Maikäfer nicht lebendig zur Welt geboren, auch nicht von ihren Eltern aus Eiern ausgebrütet werden (was von einem Großstädter leicht vermutet werden könnte), sondern, daß sie sich in langwieriger, fast vierjähriger Metamorphose aus Ei, Larve und Puppe zum Insekt entwickeln. Also staunte ich nicht, in den Meiereien oft bis dreißigtausend Engerlinge anzutreffen. Diese gefräßigen Tiere verschlingen eine riesige Menge Futter. Ihr Nutzen ist gering. Aus der bei ihren zahlreichen Häutungen abgeworfenen Haut werden Portemonnais, Einbände von Photographiealbums und ähnliche Dinge gefertigt, aber das bringt nicht viel ein, denn das Leder ist billig.

Im November des vierten Jahres schlüpfen aus den Puppen die fertigen Maikäfer aus. Sie sehen anfangs grau aus und sind sehr weich und furchtsam. Da sie aber erst im April des nächsten Jahres zu Berge getrieben werden, bleibt ihnen Zeit, braun, stark und mutig zu werden. Auch werden sie in einem sechsmonatlichen Kursus auf ihre irdische Mission vorbereitet.

Da ich mich für den Maikäferauftrieb lebhaft interessierte und meine Frühlingssehnsucht sich bis zum schmerzlichen Heimweh gesteigert hatte, richtete ich an den König das untertänigste Gesuch, mir die Beteiligung bei einem Auftrieb und einen kurzen Aufenthalt auf der Oberwelt zu gestatten.

Ich bekam die Erlaubnis, jedoch mit der Einschränkung, daß ich erst nach Sonnenuntergang die Oberwelt betreten dürfe und sie schon vor dem nächsten Sonnenaufgang bereits wieder verlassen müsse.

So konnte ich die Sonne nicht sehen. Der König war klug; er fürchtete wohl, ich würde nicht wiederkommen, wenn ich, ein Sonnenkind, das glänzende Gestirn des Tages erst wieder einmal gesehen hätte.

Aber der Trost war nahe am Leide.

Angelika ging mit. Sie war mit der Prinzessin nach Marilkaporta zurückgekehrt, erst vor wenigen Tagen, und ich hatte sie kaum einmal gesehen. Nun wollte die Prinzessin schon wieder fort, wollte hinauf auf die Welt. Das unruhige kleine Herz ließ sie nicht rasten.

Am Fuße des Kuckumontepetl, eines hohen Berges im Lande, versammelten wir uns alle am Morgen des neunundzwanzigsten April. Soweit das Auge reichte, Maikäferherden, Hunderttausende und Millionen runder, brauner, wohlgepflegter Tiere! Es war eine Lust, sie anzusehen; ich hatte nie zuvor einen so reichen Viehstand gesehen.

Es war auch dem weniger geübten Auge leicht erkennbar, daß die Regierung des Landes auf Rasse unter den Tieren hielt, und ich hörte, daß sich die herididasufoturanischen Maikäferzuchtbullen großer Berühmtheit erfreuten. O dieses ungeduldige, laute Brummen, dieses Hinundherschieben, Drängen, Stoßen, Ausweichen, dieses Getrappele von Millionen Füßen! Ein reizendes, vielgestaltiges Bild.

Dicke Maikäferbauern hasteten aufgeregt hin und her. Sie sprachen mit den Sennen, die grüne Hütlein mit runden Federn trugen, und schimpften auf die Hüterbuben, die vor lauter Übermut Dummheiten trieben.

Die Bäuerinnen gaben den Almdiandln die letzten Anweisungen. Diese Sennerinnen unterschieden sich von ihren menschlichen Kolleginnen nur dadurch, daß sie hübsche Gesichter hatten, sonst trugen auch sie grüne Röcke, schwarze Mieder, weiße Brusttüchel und silberne Anhängsel die schwere Menge. Eben als ich mich mit solch einem lieblichen Kinde ein wenig necken wollte, bekam ich einen großen Schreck. Ein Riesenstier stürmte auf mich zu. Er hielt die starken Hörner zum Angriff gesenkt, und seine Augen funkelten tückisch. Ich wich mit großer Eile aus, sonst wäre ich sicher verletzt worden, denn selbst das Diandl sagte, das sei der böseste Maikäferochse weit und breit. Der grimme Bulle bekam denn auch zu meiner Genugtuung einen schweren Klotz umgehängt, den er zwischen den Beinen schleppen mußte. Ich finde solche Maßregel allemal sehr lobenswert, denn sie erhöht dem Städter den Naturgenuß.

Ein paar Böllerschüsse wurden gelöst, – das Zeichen zum Aufbruch. Die letzten Ermahnungen, Segenssprüche, Abschiedsworte der Zurückbleibenden, ein millionenstimmiges, luftiges Brummen, die Glocken läuten, die Sennerinnen jodeln, die Sennen singen Schnadahüpfeln, und daß lange Bergschalmeien geblasen werden, ist selbstverständlich. So setzt sich der Zug in Bewegung und zieht langsam den Berg hinauf.

Ich ging mit einem älteren Hirten. Ich hatte mir eine Menge Zigarren eingesteckt; nun gab ich ihm ein Päckchen, um ihn gesprächig zu machen. Man mag über Zigarren denken, wie man will, jedenfalls gibt es kein öfter gebrauchtes Bestechungsmittel als dieses. Es ist billig, angenehm und beleidigt nicht. Man kann es in kleineren Dosen auch bei feineren Leuten anwenden.

Der Hirt erzählte. Das Almenleben droben dauere bloß einen Monat. Was nach Ende Mai noch an Maikäfern auf der Erde sei, das seien verstiegene Tiere. Das Hüteramt sei neuerdings sehr schwer, denn die Menschen stellten den Rasern unglaublich nach.

»Hühnerfutter machen sie aus unseren Käfern. Denken Sie, lieber Herr, was das für ein Schaden ist! Ein Weibchen hat ungefähr vier Mandeln Eier in sich, die Mandel zu 120 Mark; macht also 480 Mark Verlust auf ein Tier. Milliarden werden so vergeudet.«

Er senkte schmerzlich das Haupt. Ich suchte nach einem Entschuldigungsgrund für das gewissenlose Gebaren meiner Mitmenschen, aber ich fand keinen. Der Hirt begann wieder:

»Wir haben schon immer wegen eines Maikäfer-Schutzgesetzes mit Ihrer Regierung verhandelt, aber bis jetzt hatte die Sache keinen Erfolg. Können Sie nicht was tun, lieber Herr? Sie spielen doch bei Ihrer Regierung gewiß eine Rolle.«

Ich sagte verlegen, das solle er nur nicht so ohne weiteres annehmen; im übrigen könne ich ihm leider keine große Hoffnung machen. Das Singvogel-Schutzgesetz mit der italienischen Regierung käme z. B. auch nicht zustande, und Singvögel hätten doch auch etwas für sich.

Diese Mitteilung machte den Hirten so melancholisch, daß ich ihm ein zweites Päckchen Zigarren spendieren mußte, um ihn gesprächig zu erhalten.

Er war ein alter Hirt, voll medizinischer Genialität. Vertretene Füße, gebrochene Beine, lädierte Flügel waren noch die leichteren Fälle. Aber wenn eine rauhe Nacht kam, dann hatte er viel zu tun, durch geschickte Massage die erstarrten Tiere am Leben zu erhalten.

»Und sehen Sie, lieber Herr, die Fliederblätter, die fressen sie nu mal so gern; aber sie kriegen leicht die Ruhr davon. Da muß man dann sehen, wie man rasch ein paar Eichen auftreibt; denn Eichenblätter stopfen. Wenn Sie bei Ihrer Regierung was für die Vermehrung der Eichbäume tun könnten, lieber Herr! Es ist jetzt eine Plage damit droben in Deutschland.«

Ich sagte, ich würde mein möglichstes tun, denn ich sei schon immer sehr für die Eichen gewesen.

»Aber sagen Sie mir, lieber Freund, wo stecken Sie eigentlich? Ich habe noch nie einen der Ihrigen gesehen.«

Er lächelte.

»Wir sitzen auf dem obersten Wipfel eines Baumes, dort, wo kein Menschenknabe hinklettern kann und wohin keiner schaut, ganz im grünen Lichte versteckt. Haben Sie uns auch nie spielen gehört?«

Er zog eine Flöte aus der Tasche, die aus einem hohlen Grashalm kunstvoll gefertigt war, und begann zu spielen. Es war ein schlichtes Hirtenlied, heimlicher als fernes Grillenzirpen, leiser als der fächelnde Abendwind, es war zart wie ein liebkosender Lufthauch, der durch die Rispen blühender Gräser geht.

Ein ferner Tag stieg vor meiner Seele auf.

Ich saß an einem Maiabend vor einem Hause unter vielen Leuten. Ich war noch ein Kind. Die Leute schwatzten und lachten. Aber auf eine Minute kam der große Friede des Frühlingsabends auch über sie, und sie schwiegen. Es wurde ganz still. Ich starrte in das junge Grün eines großen Baumes, der in der Nähe war, und hörte deutlich eine feine Melodie.

»Wo starrst du hin, Junge?« fragte mich eine Frau.

Ich zeigte erregt auf den Baum.

»Dort spielt jemand auf einer Flöte«, sagte ich.

Da lachten alle laut auf, und einer sagte, ich sei ein sehr dummer Kerl. –

Bergauf ging es, immer bergauf. Am Abend rasteten wir, am nächsten Tage zogen wir weiter.

Zuletzt kamen wir auf dem Gipfel des hohen Berges an. Dort traf ich mit der Prinzessin und Angelika zusammen.

Der Himmel war nahe über uns, wohl nur hundert Meter noch entfernt.

Eine schwere Aufregung kam über mich. Es war, als ob ein tödlicher Schwindel mich anfalle auf diesem hohen Berge.

Aufflogen Millionen Tiere in wirbelndem Reigen. Sie klammerten sich mit ihren Füßen droben an die braune, weiche Erde.

Eine große Gondel sank vom Himmel herab, in die stiegen wir ein und fuhren langsam zur Höhe.

Da tönten Kanonenschläge im Tal, Freudenfeuer brannten auf den Hügeln, und im ganzen Lande läuteten die Glocken.

In Marilkaporta stand der König auf der Zinne seines Palastes und sah den Hirten nach, die zum Himmel stiegen. Wunderfarbige Raketen flammten vom Herrscherschlosse auf, den Hirten zum Gruß, sie stiegen empor in leuchtenden Goldlinien, bildeten in der Höhe flammende Kronen und zerrannen im Blauen.

Und die Hirten ließen bunte Fahnen flattern und viele kleine Luftschifflein fliegen, die mit Süßigkeiten für die Kinder gefüllt waren.

Langsam stieg die Gondel empor; noch ein letzter Blick über das rätselvolle Land, in dem die roten Vulkane lodern und die bunten Ströme rauschen, und wir waren im Finstern. Die mütterliche Erde hatte uns aufgenommen.

In langen, dunkeln Gängen stiegen wir empor; die Hirten nur trugen kleine, gelbbrennende Fackeln.

Ich faßte Angelika fest an der Hand.

Nun ging es heim.

Die ganze schwere Erregung der Heimkehrenden kam über uns: die heilige Freude, die quälende Ungeduld, die bange Scheu.

Dort, wo der Weg sich bog, legte sie den feinen Kopf an meine Brust, und ich küßte sie auf die Lippen.

Dann gingen wir schweigend weiter.

Da ein großes, großes Summen vor uns, eine plötzliche Erregung unter den Tieren.

Sie sind dem Ausgang nahe.

O Gott, wie das Herz schlägt!

Jetzt dringt mir etwas in die Brust mit starker Wonne. Ein Strom des Lebens bricht über mich herein, eine süße Welle des Glücks tränkt meine Seele.

Ich atme Erdenluft!

Der Fuß eilt, das Auge glüht, das Herz pocht, das Blut jagt. Ein blasser, silbergrauer Stern geht vor uns auf, hundert Schritte, noch hundert, und ich bin auf der Welt.

Ihr Menschen, dieses sage ich euch, als ich fern von euch gewesen war und auf eure Erde zurückkam, glaubte ich, ich sei in den Himmel gekommen.

Vor den tausend überraschenden Wundern, die sich vor mir auftaten, waren mir im Anfang die Augen blind. Ich atmete nur in schweren, andächtigen Zügen die Luft eurer Lande, diese Luft, durch die alle Tage die goldnen Gnadenströme des Sonnenlichts fluten, diese Luft, die den Atem von Millionen grüner Bäume und lichter Blumen trinkt, diese Luft, die so riesenstark ist, daß sie die Lasten der Meere über eure Fluren trägt und die doch auch mütterlich zart das Lachen eines Kindes auf ihre Schwingen nimmt.

Und ich sah euren Himmel!

Ich habe bitterlich geweint in diesem Augenblick, da ich euren Himmel sah. O ihr reichen Menschen! Millionen Sonnen und Welten, unerforschbar in ihrer Größe, unbestimmbar in ihrem Reichtum, mühen sich ab, euch Lichtlein zu sein in dunkler Nacht. Über euren Häuptern ist immer die Unendlichkeit, und eure Augen schauen dorthin, wo keine Grenze liegt. Über allen Grenzen liegt eure Hoffnung, und in goldenen Unermeßlichkeiten wißt ihr eine Heimat.

Wir armen Zwerge stehen, den Hut in der Hand. Wir haben nichts als Gold und flimmernde Steine, als nahe Farben, schmale Ziele und enge Gedanken. Wir Zwerglein kommen aus einem armen Lande und stehen erschüttert vor euren Gütern.

Als mich die anderen aus meiner Andacht rissen, schaute ich zuerst um mich. Ich stand auf einem kleinen Hügel. Eine Mühle, deren Maße mir erschreckend schienen, streckte zwei Arme zum Himmel, wie ein Priester, der um Brot betet.

Und drunten im Tal –

O nein, ich will es nicht sagen.

Es war ein Dorf mit einem aufragenden Kirchturm über vielen spitzen Dächern. Und zwischen den Häusern waren viele Gärten.

Es gibt viele solche Dörfer, es ist nichts Besonderes.

Den Kirchturm schaute ich an. Ich wünschte wohl, daß die Glocken geläutet würden. Es sind zwei Glocken dort, die kleine hat einen lieblichen Klang.

Aber das Feierabendläuten ist vorbei, die Sonne ist längst zur Ruhe. Dort über dem eingesattelten Berge ist sie untergegangen. Dort ist Westen.

Es ist ganz still um mich geworden, die Hirten sind fortgezogen mit ihren Herden. Nur Angelika ist da. Sie steht zwischen zwei gelben Maiblumen, die schauen mich an wie zwei große, träumende Sonnenrosen.

Die Geliebte kommt zu mir, und ihr leises Zittern und ein lichter Tropfen in ihrem Auge erzählen mir von ihrem Glücke.

Über uns leuchtet der Mond. Es ist wieder das liebe, freundliche Gesicht, das uns beiden Zuversicht gab, als wir in kalter Winternacht von der Erde schieden.

Nun ist Mai, und wir sind zu den Ferien gekommen, und der alte Freund freut sich, daß wir da sind.

»Wollen wir in den Wald?« fragt Angelika leise.

Ich schüttelte den Kopf.

»Da hinunter ins Dorf!«

Wir treten eine stille Wanderung an. Das Gras ist noch nicht hoch, aber wir sind klein und gehen durch das Gras wie durch ein hohes, rauschendes Getreidefeld.

Unten im Dorfe singen ein paar Burschen:

»Der Mai ist gekommen. Die Bäume schlagen aus.«

Wir beide bleiben stehen und lauschen. Seit langer Zeit hören wir die erste menschliche Stimme.

Dann gehen wir rascher. Es ist noch nicht spät, die Lichter brennen noch in den Stuben.

Wie wir auf die Dorfstraße kommen, befällt uns ein Zittern. Wir sind auf dem Wege der Menschen.

Wie groß, wie riesengroß ihre Häuser sind! Wie breit diese Straße, wie turmhoch die Zäune! Tritte hallen laut an unser Ohr. Hinter einem Straßensteine finden wir eine Zuflucht.

Ein junger Bursch geht mit seinem Schatz spazieren in der Mainacht. Er hat den Arm um ihre Schulter gelegt, und sie gehen langsam. Sie sprechen von Liebe und langem Glück.

Wie zwei eines Geschlechtes ragender Riesen schreiten sie an uns vorbei, aufrecht, stark, königlich. Wie zwei, die die Welt zerbrechen könnten.

Es ist wie ein Unglaube in mir, daß ich je zu diesen Großen und Starken gehört habe. Und wie ich sie so dahin gehen sehe, in der Fülle ihrer Riesenkraft, will ich es nicht begreifen, daß sie mit siebzig Jahren sterben müssen.

Eine Nachtigall beginnt zu singen. Der Klang ihres Liedes mischt sich mit dem Duft der Blumen und Gräser und eint sich mit ihm zu einem wonnigen Frühlingsgenuß.

Am Straßenstein blüht ein Blauveilchen, das pflückte ich ab und reiche es der Geliebten. Sie schmückt sich die Brust damit.

Dann erfasse ich ihre kleine, weiche Hand, und wir wandern weiter das Dorf hinauf durch den stillen Frühlingssegen.

* *
*

Auf einer grünen Aue liegt ein kleines, weißes Haus. Es schaut freundlicher aus als alle anderen. Und der Garten blüht dort am schönsten.

Ich fasse die Hand Angelikas fester und führe sie über die grüne Aue. Die Gartentür steht ein Ritzlein offen, da schlüpfen wir hindurch.

Eine kleine Rabatte geht am Hause entlang, darauf blühen Hyazinthen, blaue Akelei und gelbe Narzissen. Und am weißen Giebel klimmen Weinranken hinauf, die die ersten zarten Blättchen tragen.

Wer vom Wichtelvolk ist, klettert leichter als ein Kätzlein. So klimmen wir eilig am Weinspalier hinauf und setzen uns aufs Fensterbrett. Wir sehen in eine freundliche, saubere Stube. Eine Hängelampe wirft ein trauliches Licht über gelbe Möbel.

Am Tische sitzen ein Mann und eine Frau, ältere Leute mit freundlichen Gesichtern. Die Frau näht, der Mann liest in einem Buche.

Wir sitzen lange, lange, indes die goldenen Sterne über uns ihre stillen Bahnen ziehen und in der Ferne die Nachtigall singt.

Von aller Erdenschönheit, von allem Frühlingsglück will ich nichts lieber sehen als das liebe, freundliche Bild da drinnen.

Aber die Tränen sind mir gekommen und rinnen nun unaufhaltsam, unaufhaltsam.

Und ich beuge mich zu der Geliebten und weise nach den zwei Leuten in der Stube ...

»Angelika, das sind meine Eltern!«

Ich sehe, wie sie erschrickt, wie sie beide Hände hebt, an die Scheiben zu schlagen.

Da fasse ich sie und ziehe sie rasch nach unten.

Und da höre ich drinnen meine Mutter sagen:

»Ich glaube, es war jemand am Fenster.«

Der verbotene Berg

Die holde Frühlingsnacht war vergangen.

Ich war wieder in Marilkaporta. Aber der kurze Ausflug hatte mich gestärkt und mir neuen Mut gegeben, meine Mission zu erfüllen.

Unsere Zeitung war indes beliebt geworden, ja, es ist nicht zu viel, wenn ich behaupte, daß ich auf Wochen der populärste Mann in Herididasufaturanien war.

Etwas besonders Gutes hatte mein Alkoholartikel gebracht: die »Posaune« war lahmgelegt. Sie tobte und wetterte, beschimpfte mich in der gehässigsten Weise als einen Säufer und Volksvergifter, aber das nutzte ihr nichts. Sie machte sich dadurch nur noch unpopulärer und mit sich selbst auch alle die, deren Interessen sie vertrat. In erster Linie den Erbprinzen Juvento.

Der Erbprinz wurde auf der Straße selten noch gegrüßt, ja er begegnete offenen kleinen Feindseligkeiten. Dagegen stieg die Popularität Hamrigulas in demselben Maße, als ihn die »Posaune« beschimpfte.

Oft konnte ich ein tiefes Bedauern mit dem Erbprinzen nicht verwinden. Das war immer der Fall, wenn ich seiner herrlichen Gestalt einmal begegnete. Er hatte sich verändert. Seine Gesichtsfarbe war bleicher geworden, in seinen sonst so lachenden Augen lag ein kalter Stolz. Manchmal huschte ein bitteres Gefühl des Schmerzes über sein Gesicht. In solchen Augenblicken richtete er sich allemal mit einem energischen Ruck empor, und ein eisiger Trotz trat auf seine Züge. Das war sicher, daß viel innerer Kampf in ihm war.

Wegen Angelika hatte ich keinen Groll mehr auf Juvento. Ich war überzeugt, daß er sie wirklich geliebt habe. Jetzt schickte er ihr keine Briefe mehr und benahm sich gegen sie mit der korrektesten Höflichkeit. Die schöne Königstochter sah er kaum, er war überhaupt meist auf der Jagd.

Da sickerte durch, der König von Hakulatotuland habe durch seinen Botschafter am Hofe von Marilkaporta dem Sohne insgeheim bedeuten lassen, er wünsche seine sofortige Rückkehr. Der Erbprinz habe sich aber entschieden geweigert, dem Befehl des Vaters zu gehorchen, und sich dadurch dessen Zorn zugezogen.

Wieviel Wahres an dieser Sache war, wußten wir nicht, jedenfalls war unverkennbar, daß zwischen den beiden mächtigen Bruderländern eine starke Spannung entstanden war.

Einem friedlich gesinnten Manne wie mir mußte die Erfahrung höchst schmerzlich sein, und so begrüßte ich mit heller Freude eine Einladung des alten Königs, zugleich mit den Prinzen Juvento und Hamrigula, Goldina, Angelika und einem kleinen Gefolge die geheime Schatzkammer des Landes zu besichtigen. Abgesehen von dem Interesse, das ich für die Schatzkammer hatte, ehrte mich der Beweis des Vertrauens, und ich hoffte, daß die Einladung des Erbprinzen im Nachbarlande einen guten Eindruck machen würde, ja ich glaubte, daß sie von dem gütigen alten König nur zu diesem Zwecke ergangen war.

Es war an einem Sommertage, als wir der Einladung des Königs Folge leisteten. Dicht vor der Hauptstadt lag der verbotene Berg, ein Riesenmassiv mit ringsum senkrecht abstürzenden Felswänden.

Ich begrüßte den Erbprinzen sehr freundlich, als wir durch die Straßen von Marilkaporta ritten. Er sah mich mit einem eigentümlichen Lächeln an und dankte mir kurz, aber höflich. Eine Weile ritt er schweigend neben mir her, dann begann er unvermittelt:

»Ich glaube, daß es sehr wenig schlechte Menschen gibt.«

»O, das glaube ich auch«, sagte ich freudig. »Diesen Glauben zähle ich zu meinen besten Gütern.«

Er nickte, aber er fuhr fort:

»Ich habe mich nicht gut ausgedrückt. Ich wollte sagen, es gibt wohl unter den Menschen nie und nirgend einen ganz abgefeimten Schuft.«

»O, doch! Sie sind nur nicht leicht zu erkennen. Die äußerlich leicht erkennbaren Bösewichte haben alle ihre lichten Seiten. Aber unter den Scheinheiligen sind Scheusale.«

Er sah mich ernst an.

»Verzeihen Sie, ich halte Sie wohl für einen klugen Mann, aber daß Sie diese Weisheit begriffen hätten, glaubte ich nicht. Ich glaubte, Sie seien zu jung oder auch noch immer zu glücklich gewesen, um diese Erfahrung gemacht zu haben. Sie nehmen mir das nicht übel!«

»Gewiß nicht, Königliche Hoheit, wenn ich auch sagen muß, daß ich diese Worte nicht begreife.«

Er schwieg. Ich sah, daß er mit einem Gedanken rang. Schließlich sagte er:

»Es wäre manches zwischen uns beiden zu sprechen, aber ich bringe es jetzt nicht fertig. Eines sollen Sie mir sagen: Glauben Sie, daß ich mit diesem – Sumpf etwas zu tun habe?«

Und er wies auf ein schmutziges Exemplar der »Posaune«, das am Boden lag.

»Ich glaube das nicht. Ich glaube nur, daß eine ungewollte und unwürdige Dienstfertigkeit sich an Eure Königliche Hoheit herandrängt.«

»Sie irren sich«, sagte er.

Sein Gesicht wurde wieder kalt und stolz.

»Glauben Sie nicht, daß ich mich verteidigen will. Es ziemt sich nicht, daß sich ein Königssohn verteidigt, weil es sich nicht ziemt, daß er eine Verdächtigung beachtet.«

Das mißfiel mir, und auch mein Gesicht wurde hart. Er sah mich an.

»Wir werden uns nicht verstehen?«

»Nein, Königliche Hoheit!«

»Warum nicht?«

»Die königliche Abstammung hebt die Möglichkeit der Schuld und darum auch die Notwendigkeit der Verteidigung nicht auf.«

»Das ist war; aber die tiefste Verachtung ist immer die beste Verteidigung. Glauben Sie das?«

»Nein. Königliche Hoheit! Die Verachtung ist ein graues Kleid, grau wie die Schuld. Es wirkt auf die Ferne, auf die große Menge irreführend, weil es die Seele verbirgt.«

Er dachte eine Minute lang nach, dann sagte er:

»Sie sind ein Dichter! Sie haben schöne Worte; aber Sie haben nicht recht. Immerhin bedaure ich, daß wir nicht Freunde werden konnten.«

»Das bedaure ich auch«, sagte ich und dann trennten wir uns mit stummem Gruß.

Gleich darauf kamen wir an den verbotenen Berg. Als ein riesiger Würfel mit steilen Wandflächen lag er da. Eine eiserne Tür führte in das Innere des Berges; diese Tür hatte sieben Schlösser, zu denen hatten die sieben zuverlässigsten Männer des Landes je einen Schlüssel.

Wir kamen in eine kühle Halle. Ein Aufzug schaffte uns zur Höhe. Oben war ein riesiges Hochplateau, auf dessen Mitte lag ein zweiter Felsenwürfel, dessen Tür abermals von sieben Wächtern bewacht war.

»Die Schätze haben nicht mehr Wächter als diese wenigen Männer?« fragte ich.

Der König lächelte.

»Sieben sind verlässiger als siebzig«, sagte er.

Wir traten ein. Wir waren in einem hohlen, großen Berge.

In Kindermärchen ist viel die Rede von unterirdischen Schätzen, und dann sind es immer Berge von Gold und Kästchen voll Perlen und edlen Steinen, die den Reichtum des Zwergvolks darstellen. Auf meiner letzten Märchenfahrt habe ich dergleichen wenig gesehen. Gemünztes Gold hat kein Interesse, jeder Krämer trägt's im Beutel. Auch die kleinen Diamantsplitter, die unsere Damen tragen, können eine große Phantasie nicht beglücken. Es sind Reste, Ruinen, arme, verstreute Übrigbleibsel.

Als ich aber eine Nachbildung der ägyptischen Pyramiden in Originalgröße aus Diamanten sah, interessierte ich mich dafür, denn die Nachbildung war tadellos. Auch der Reichtum machte Eindruck auf mich.

Der König sah mein Erstaunen und sprach:

»Unsere Urväter haben mit Diamanten ihre Öfen geheizt. Jetzt ist der Stein selten und darum kostbar, Nach einer Million von Jahren werden Ihre Fürstinnen Broschen aus Kohlen tragen, und die kostbarsten Ringe werden aus Eisen sein.«

Wir schritten durch lange Reihen von Zimmern, die an den Seiten des hohlen Bergwürfels hinliefen. Wenn ich sage, daß die Wände aus Gold waren, so wolle man darum keine geringschätzige Vorstellung haben, denn ordinäres rotes oder gelbes Gold war es natürlich nicht. Selbst das Weißgold dient dort nur als Fußbodenbelag. Aber das grüne Gold gilt als wertvoll. Es handelt sich dabei nicht um die bekannte Legierung, die schon die Meister der Spät-Renaissance herzustellen wußten, sondern das Gold ist naturgrün. Das kostbarste Gold ist das hellgraue, besonders dann, wenn es feines, dunkelblaues Geäder aufweist. Das ist sehr selten; der größte Block (er stellte eine Nachbildung des verbotenen Berges dar) hatte höchstens zwei Meter im Kubus.

In den Gesteinsammlungen natürlich auch nur Seltenheiten: weiße Rubinen, rote Smaragde, dunkelbraune Opale, weintraubengrüne Perlen.

Ich hätte mir menschliche Gesellschaft gewünscht: Sezessionisten und Protzen. Die einen hätten eine Freude erleben können, den andern wäre ihre ganze armselige, aufgeblasene Froschherrlichkeit zum Bewußtsein gekommen. Eine kostbare Bibliothek war da. Sie reichte in eisgraue Zeiten zurück. Es gab viele wertvolle, alte Pergamente, auch viel graue Mauerreste und Steinplatten mit denkwürdigen Inschriften. Unter andern war eine Platte nicht allzuharten Gesteins da, in der war oben ein rundes Loch, unter diesem eine Menge schwer erkenntlicher, wilddurcheinanderlaufender, geheimer Zeichen. Es waren keine Hieroglyphen, keine Keilschrift-, auch keine Runenzeichen. Aber übersetzt war die Platte siebenmal. Jedesmal anders! Die letzte Übersetzung eines großen Gelehrten zitierte der freundliche König:

»Wanderer, steh' still und erwäge: An diesen Stein band König Plusquamberebbero der Verliebte sein Roß, wenn er zu seiner Geliebten ging. Des Königs Majestät blieb lange, und sein ungeduldiges Rößlein bearbeitete indes mit den scharfen Hufen diesen ehrwürdigen Stein.«

Von den Handschriften interessierten mich außer sechs Original Liebesbriefen des Mohammed am meisten die uns durch die Engherzigkeit Ludwigs des Frommen verlorengegangene Volksliedersammlung des Großen Karl und die Urniederschrift des Nibelungenliedes. Auf dem Titelblatt dieses großen Epos stand groß und breit der Name des Verfassers nebst der genauen Adresse. Ich könnte das Geheimnis nun mit wenigen Federstrichen hier enthüllen und damit die Welt aus qualvollen Zweifeln reißen. Aber ich werde mich schön hüten, denn ich bin ein Literat und werde es mit den Literaturhistorikern nicht dadurch verderben, daß ich ihnen Verlegenheiten bereite …

Von Zeit zu Zeit begegnete uns Bedienungspersonal. Diese Leute sind Zeit ihres Lebens in dem ungeheuren Schatzgewölbe eingeschlossen. Sie haben sehr schöne Wohnungen innerhalb des Berges und erhalten alles, was zu einem guten Leben gehört. Trotzdem sah ich nie unzufriedenere Gesichter als bei diesen gefangenen Hütern der Märchenschätze.

In einer Seitenhalle wurden Urnen gepackt. Ein Mann füllte zwei beträchtlich große Töpfe mit Goldmünzen aus der römischen Kaiserzeit. Ich tat eine Frage nach der historischen Echtheit und nach der Verwendung des Geldes. Der König sagte:

»Das Geld ist echt, wir haben alles gesammelt, was an Schätzen und Altertümern unter der Erdrinde lag, damit es nicht verstreut werde und untergehe. Langsam und ratenweise geben wir den Menschen ihr Eigentum zurück; einem armen Bauern, der es verdient, schieben wir einen Topf mit Goldmünzen unter die Ackerfurche, einem Gelehrten, den wir lieb haben, legen wir ein paar alte Waffen und Knochen unter den Spaten. Es liegen ungeheure Schätze bei uns, die wir alle nach und nach den Menschen in die Hände spielen werden.«

Eine große Erregung faßte mich an. Jetzt erst erkannte ich, was für eine Schatzkammer der verbotene Berg des Märchenlandes war. Das menschliche Brudergefühl wurde in mir rege und ich sprach:

»König und Herr, wäre es nicht hochherzig, den Menschen diese Altertumsschätze auf einmal zurückzugeben? Wieviel tausend Rätsel würden uns gelöst, wieviel Unwahrheit zerstört, wieviel neues Licht auf die Welt gebrächt werden, welche Sicherheit und welcher Friede!«

Milde schaute mich der König an und sagte:

»Die Menschen sind für die Erkenntnis ihrer Geschichte nicht reif. Nicht einmal der Geschichte ihrer eigenen Zeit wagen sie lange und scharf ins Auge zu sehen. Bald senkt sich ihnen die Wimper; sie hören auf zu sehen und fangen an zu träumen; denn die Menschen sind alle Dichter. – Und es ist keine Sicherheit bei euch, was ihr mit dem ernsten Eifer der Weisen und mit der asketischen Hinopferung der Heiligen sucht, findet ihr mit dem Jauchzen des Kindes. Und ihr hebt es auf, freut euch des Besitzes und hütet ihn mit großer Treue. Aber ein anderes Volk kommt, das töricht und stark ist, und vernichtet euren tausendjährigen Fleiß in ein paar rohen Siegernächten. Dann ist die Menschheit arm wie zuvor, tappt im dunkeln und wohnt bei den Tieren. Und wir fangen wieder an, Steinplatten unter die Erde zu schieben, Pergamente, Waffen und Geräte hinzulegen und freuen uns, wie die Menschen langsam wieder einen Besitz sammeln, freuen uns, daß wir für sie gespart haben.«

Als ich den König das sagen hörte, beugte ich mich tief und küßte ihm das blütenweiße Kleid. Er aber fuhr mir liebkosend mit der Hand über das Haupt, mir, einem Sohne des unstetesten Geschlechtes der Erde. –

Längere Zeit hielt die Beklemmung an, die mich überkommen hatte bei dem Gedanken, daß die tiefsten Quellen unserer Erkenntnis jenseits unserer Geschichte liegen, aber dann raffte ich mich auf, um nicht an allzuviel Dingen mit träumenden Augen vorbeizugehen.

Da sah ich noch viele Schätze und Raritäten, ernste Dinge und solche, über die ich lächeln mußte. Das Modell des Perpetuum mobile, das schon vor Jahrhunderten erfunden worden ist, eine Goldmacherwerkstatt, einen lenkbaren Luftballon, etliche tausend unfehlbare Volksbeglückungsrezepte, eine Runzelwalze für alternde Damen, eine tadellos funktionierende Sparmaschine für Künstler, eine gesetzlich geeichte Talentwage und sonstige große Dinge, nach denen die Sehnsucht der Menschen geht und die im Märchenland alle fix und fertig daliegen. Wie gern wollte ich euch die großen Rätsel lösen, ihr lieben Brüder und Schwestern. Aber ach, ich bin ein armer Tor, der vor physikalisch kosmetischen Geheimnissen bewundernd, aber ratlos steht und nicht begreift, was er sieht. Wenn ich sage, daß ich euch diese Dinge nicht erklären kann, so sollt ihr mir das nicht als falsche Bescheidenheit, aber auch nicht als Hinterlist auslegen, sondern mir glauben, daß ich es infolge mangelhafter Vorbildung nicht imstande bin.

Daß wir alle photographiert wurden, wird als selbstverständlich erscheinen; ich erwähne es nur, weil wir die farbigen Photographien sofort mitnehmen konnten.

Langsam schritten wir weiter. Manchmal standen Sinnsprüche an den Wänden. Einen habe ich mir gemerkt, einen, von dem ich lernen und gewinnen wollte:

»Der echte Spott kommt aus der leisen Trauer eines gütigen Herzens.«

Eine rote, runde Halle tat sich vor uns auf. In der Mitte stand auf einem weißgedeckten Tisch ein kristallener Pokal.

Wir traten rund um den Tisch, und der König sprach:

»Dieser Kelch ist ein heiliges Gut. Ein Mann hat ihn gefertigt, der ein Künstler war, ein Weiser, ein Heiliger. Niemals hat eine unwürdige Hand dieses Glas berührt. Von allen, die daraus tranken, bin ich der geringste. Zweifache Macht ist dem Pokal eigen: dreimal kann er vom Tode retten, einmal kann er erstorbene Freundschaft erneuen. Nur die Männer dürfen daraus trinken, die dem Vaterlande dienten, nur in schwerer Not darf der Kelch gefüllt werden. Und nur durch eine große Falschheit kann er zugrunde gehen.«

Der König schwieg. Seine Augen waren ernst und seine Stirn ganz weiß, als ob ein Leuchten von ihr ausginge. Zärtlich schlang der greise Mann einen Arm um sein blondes Kind. Und er sprach weiter:

»Dreimal habe ich aus dem Kelche getrunken. Zweimal haben sie ihn mir gereicht, als ich blutend auf dem Schlachtfelde lag, einmal mußten sie ihn mir geben, als – Goldina, – deine Mutter gestorben war. – Nun hilft er mir nicht mehr!«

Das schöne Königskind fing bitterlich an zu weinen.

»Weine nicht, du Liebe! Noch bin ich stark, noch hoffe ich lange bei dir bleiben zu können. Und ich bin nicht unzufrieden. Nie brauchte ich aus diesem Kelch zu trinken, weil mir eine Freundschaft gestorben war. Keiner von denen, die ich geliebt habe, ist mir verloren gegangen. Mit dem ganzen Besitz meines Vertrauens durfte ich alt werden. Das ist eine so hohe Gnade, wie sie selten einem Leben zuteil wird.«

Langsam gingen wir aus der runden Halle. Wir traten alle leise auf, als wir aus dem Heiligtum schritten. Aber der Kelch auf dem weißen Tische klang, als sage er uns etwas zum Abschied.

Zuletzt sah ich auch die Krone. In einem goldenen, wunderbaren Dom, auf einem Altar lag sie, auf dem Hunderte von Kerzen brannten.

Der König schritt die Stufen des Altars hinauf. Er stand einen Augenblick still mit gefalteten Händen. Dann nahm er die Krone, küßte sie und setzte sie auf sein Haupt.

Als er sich zu uns umwandte, kannte ich ihn nicht wieder. Das war nicht der freundliche, milde Greis, der mit uns gegangen war in traulicher Gefährtschaft, der plauderte und der scherzen konnte. Nicht der gütige Vater.

Es war der König!

Er erschien völlig gewandelt, viel größer und von edelster Schönheit.

Was alt und schwach an ihm war, gewichen war's einer Stärke, einer Überkraft, vor der wir alle erbebten. Ein Glaube war in uns, dieser eine Mann könne ein Volk zu Boden schmettern. Es war kein Makel an ihm, und alle seine Tugenden waren dreifach verklärt. Seine Augen waren von leuchtender Kraft und blickten scharf, als ob sie bis ins Innere schauen könnten. Heilig und unberührbar schien er, fern von uns allen. Mit diesem König hatten wir keine andere Gemeinschaft als seine Gnade.

Der Zauber der Krone wirkte auf uns.

Der König winkte den beiden Prinzen, und sie knieten nieder vor ihm am Fuß des Altars. Uns aber gebot er hinauszugehen. Auch seiner Tochter!

Einsam wollte er mit den beiden Prinzen sprechen von der Krone.

– – –

Als ich die drei wieder sah, waren die Prinzen blaß.

Der König aber lächelte und legte mir einmal die Hand vertraulich auf die Schulter.

Scheu blickte ich nach seinem Haupte.

Eine weiche, grüne Mütze lag auf seinen weißen Haaren. Der Zauber der Krone war gewichen; ich konnte wieder mit ihm sprechen.

Vulkanfeuer

Es war wenige Tage später.

Die neueste Nummer der »Posaune« lag auf dem Tische vor mir. Ich hatte sie noch nicht geöffnet; ich scheute mich vor dem Sumpf, der da immer zu durchwaten war.

Da kam mein Freund Stimpekrex zu mir. Er war in höchster Aufregung.

»Kommen Sie bald zu Hofe; ich fürchte, wir stehen vor einem großen Unglück.«

Auf meine erschreckte Frage blätterte er die »Posaune« vor mir auf. Ich las:

»Se. Majestät König Herididasufoturu hat die Gnade gehabt, unseren Erbprinzen zu einem Besuch der königlichen Schatzkammer einzuladen. Wir schätzen es und begreifen es vollständig, daß der König das Bedürfnis hatte, seinem Gaste auch einmal eine Liebenswürdigkeit zu erweisen. Daß allerdings unserem Volke der lange Aufenthalt des Erbprinz im benachbarten Lande dadurch lieber geworden sei, wagen wir nicht zu behaupten. Merkwürdig war es, daß sich in dem kleinen Gefolge des Königs der Prinz Hamrigula und jener berühmte Spiritusritter Dr. Barragu befanden, sicher unserem Erbprinzen die zwei unsympathischesten Männer des ganzen Landes. Als im höchsten Grade befremdend muß uns aber erscheinen, daß unserem Erbprinzen der berühmte heilige Pokal gezeigt wurde.

Wir erinnern euch daran, liebe Landsleute, daß der heilige Pokal unser ehrwürdigster Nationalschatz war, als die beiden Länder noch ungeteilt unter einem Zepter regiert wurden. Keine Kostbarkeit, nicht alle Schätze des verbotenen Berges kommen ihm gleich. Als nach des alten Königs Tode die Länder geteilt wurden, teilten die beiden Brüder auch die Schätze. Um Kostbarkeiten ist es nicht zu tun. Ein wenig Geld, ein paar seltene Steine mehr oder weniger – darauf kommt es nicht an. Aber der heilige Pokal war ein Gut unermeßlichen Wertes. Dreimal vermag er verdienten Männern das Leben zu erhalten. In der Tat wäre König Herididasufoturu längst zu seinen Ahnen versammelt, wenn ihn der Pokal nicht dreimal errettet hätte. Wir freuen uns seines Lebens, seiner Gesundheit, freuen uns, daß es uns vergönnt war, allen denen, die seinem Lande dienen könnten, das Leben bis zu unzählbaren Jahren zu verlängern, aber wir denken auch mit Schmerz an unsere Helden, unsere Staatsmänner, unsere Dichter und Weisen, die ins Grab sanken vor der Zeit, weil der rettende Kelch unserem Volke genommen ist. Genommen ist, ihr Brüder! Tausende, Abertausende im Lande wissen das, aber keiner hat es je auszusprechen gewagt, was unser Blatt, das die Ehrlichkeit und den Mut auf sein Panier geschrieben hat, jetzt laut und offen vor aller Welt sagen wird, unbekümmert um das, was daraus folgt.

Der heilige Pokal ist unrechtmäßig in den Besitz von Herididasufoturanien gekommen. Ein unteilbares Gut, wurde das Los geworfen über den kostbaren Schatz. Beide Könige standen vor einem Altar und legten je einen Zettel, darauf sie ihre Namen geschrieben hatten, in eine goldene Urne. Ein Kind zog das Los. Es fiel auf König Herididasufoturu.

Das losende Kind aber war – der Prinz Hamrigula. Wir haben schon des öfteren unsere Meinung über diesen Prinzen gesagt und werden ohne Scheu heute sein Verbrecherwesen enthüllen.

Sowie der Prinz Hamrigula heut als Mann in reifen Jahren unrechtmäßig nach der Krone seines Landes strebt, so war er als Kind schon schlau und verdorben genug, den Spruch des Schicksals zu fälschen.

Zeugen, die bei der Losung um den heiligen Pokal zugegen waren, bekunden einstimmig: Hamrigula, der durchtriebene Knabe, gab genau acht, als die beiden Könige ihre Zettel falteten, ehe sie die Lose in die Urne legten. Mit suchendem feinfühligen Finger erkannte er dann am Format das Los seines Königs. So kam der kostbare Pokal, der jetzt in Begleitung eben desselben Fälschers unserem Erbprinzen huldvoll einmal gezeigt wird, in den Besitz des Nachbarlandes und ging uns verloren.«

Als ich das gelesen hatte, fühlte ich, daß mein Gesicht bleich sein müsse.

»Was wird daraus werden?« fragte ich.

Der Freund sah mich ernst an.

»Krieg!« sagte er. »Sie fühlen, daß sich unser Volk diese Beleidigung nicht gefallen lassen kann. Sie richtet sich nicht nur gegen einen Prinzen unseres Herrscherhauses, sie richtet sich gegen den König selbst und gegen unser ganzes Volk.«

»Ist keine Aussicht, das furchtbare Übel zu vermeiden?«

»Keine! Hamrigula und der Erbprinz stehen sich jetzt schon als Todfeinde gegenüber. Der Erbprinz legt eine beleidigende Nichtachtung des Prinzen Hamrigula an den Tag.«

»So glaubt er die Behauptung des Schandblattes?«

»Sicher! Jedenfalls hat er sie selbst geschrieben. Wehren Sie nicht ab! Was ich hier sage, denken Tausende, nein, denken alle im Lande. Der Erbprinz treibt ein gewagtes Spiel. Im Interesse unseres Landes hätte es längst gelegen, diesem gefährlichen Besuch ein Ende zu bereiten.«

»Und der König?«

»Er ist von grenzenloser Langmut. Er läßt auch jetzt den Prinzen noch nicht fallen.«

Ein Depeschenbote trat ein.

»In Hakalatotuland droht infolge des Becherartikels der ›Posaune‹ die Revolution. In allen großen Städten sammeln sich ungeheure erregte Volksmassen auf den Straßen und Plätzen. Das Königliche Schloß und das Regierungsgebäude sind umlagert. Die Menge fordert ungestüm die sofortige Rückkehr des Erbprinzen. Die meisten Leute sind für den Krieg. Der Staatsrat ist zusammengetreten. Eine Entscheidung ist noch nicht getroffen.«

Und als ob der Bericht von der Empörung im Nachbarstaate eine Bestätigung im eigenen Lande finden sollte, drang ein wüster Lärm an unser Ohr.

Es wurde uns klar: Auch in Marilkaporta brach eine schwere Stunde an.

»Kommen Sie schnell, daß wir den Palast noch erreichen; der König wird uns brauchen.«

Ich antwortete dem Freunde erst nicht mehr; ich stand mit ihm in der nächsten Minute schon auf der Straße.

Mit Mühe brachen wir uns Bahn bis zum Schloß. Hinter uns schloß sich ein undurchdringlicher Wall der empörten Menge.

In einem Vorzimmer traf ich Goldina. Sie war völlig verändert. Nicht mehr das harmlose, lachende Kind, als das ich sie kennen gelernt hatte, auch nicht mehr die ernste Jungfrau, die um ihre Liebe trauerte, sondern ein reifes, mutiges Weib, das gewachsen war in den Kämpfen, die ihm bereitet wurden, gewachsen an Kraft, Mut, Charakter. Mit ernsten Augen schaute sie mich an, als sie mir entgegentrat.

»Sie sollen mir etwas sagen! Halten Sie den Erbprinzen Juvento für fähig, daß er Anteil habe, irgendwelchen Anteil an dem schändlichen Artikel dieses Verräterblattes?«

»Nein!«

Ich sagte es in aller klaren Bestimmtheit.

Da flog es wie ein Sonnenleuchten über ihre blassen Züge.

»Ich danke Ihnen! Juvento ist nicht der geringsten niederen Handlungsweise fähig. Daß er mich nicht liebt, ist nicht seine Schuld. Aber er ist edel! Das weiß mein Vater, und das weiß ich!«

Ich küßte ihr ehrerbietig die Hand.

»Kommen Sie mit zum König! Er wartet auf Sie!« sagte sie.

Wir gingen einen langen Korridor entlang. Von unten drang dumpfes Gemurre, schollen wüste einzelne Rufe. In einer Fensternische des Korridors stand Prinz Hamrigula. Er schaute hinunter auf die Menge. Goldina ging rasch an ihm vorbei.

Den König fand ich ernst, aber von milder Ruhe. Die Tochter barg den Kopf an seiner breiten Brust, und seine Hand ruhte lange auf ihrem goldenen Scheitel. Es war der stumme Segen einer tiefernsten Stunde.

Pagen öffneten zwei gegenüberliegende Türen. Gleichzeitig traten die Prinzen Juvento und Hamrigula in den Saal. Hamrigula maß den Erbprinzen mit einem haßerfüllten Blick. Der sah an ihm vorbei. Dann neigten sich beide vor dem Könige und nahmen an seiner Seite Aufstellung. Auch der Kanzler kam und noch wenige hohe Beamte des königlichen Hauses.

»Wir wollen hinausgehen zum Volke!« sagte der König entschlossen. Keiner widersprach, aber alle waren schwer erregt.

Eine breite Tür wurde geöffnet, die auf einen großen Balkon führte.

Wie der Donnerton einer Riesenwoge, die durch das Volksmeer flutete und am Königspalast emporbrandete, erscholl ein tausend- und abertausendstimmiger Ruf:

»Der König! Es lebe der König!«

Aber gleich hinterher ein wütendes Johlen, Pfeifen, Zischen, Heulen.

»Nieder mit Juvento! Nieder mit Hakulatotuland! Krieg! Krieg! Krieg!«

Der König hob die Hand befehlend über das weiße Haupt, und der Sturm ließ nach. Nur noch ein leises Murren und Summen. Aber der König blieb reglos stehen mit seiner hochgestreckten Hand, bis der letzte Ton verhallte und Stille war, Totenstille.

Eine tiefe Erschütterung erfaßte mich, als ich Tausende vor dem einen schweigen sah. Etwas Zauberhaftes, Erschreckendes hatte es, als diese ungeheure Menge so lautlos, leblos stand.

Und der greise König sprach, und ein jedes Wort hatte Flügel:

»Ihr lieben Brüder und lieben Kinder! Ihr seid zu mir gekommen, daß ich zu euch rede. Eine törichte Kunde hat euch erschreckt. Fürwahr, eine törichte, böse Kunde! Ich, euer König, sage euch: Als mein Bruder und ich das Los befragten um den Besitz des heiligen Pokals, ist keines der völlig gleichen Lose gefaltet worden, und Hamrigula wurde erst herbeigerufen, als die Zettel in wohlverdeckter Urne lagen. Mit verbundenen Augen hat er das Los gezogen, und er war damals noch ein Kind, das kaum sprechen gelernt hatte.«

Da brach ein namenloser Tumult los. Ein Schreien Rufen, Drängen, Hochrufe auf den König, begeisterte Hochrufe auf Hamrigula und dazwischen in wilden Tönen:

»Nieder mit Juvento! Nieder mit den Lügnern! Krieg! Krieg! Krieg!«

Zornig hob der König abermals seine Hand und redete ernst, als der letzte Laut erstorben war.

»Ich hörte Worte, wie ich sie noch nie hörte, solange ich König bin in unserem Vaterlande. Worte gegen einen Gast! Wer von euch vergißt die heilige Pflicht, den Gast zu ehren, selbst wenn er der Feind wäre? Heilig ist der Herd des Königs, heilig wie der Herd des ärmsten Mannes! Wer an ihm weilt, darf nicht beleidigt werden! Geschützt, unantastbar ist jeder, den wir aufnahmen in den Frieden unserer Grenzen. Ich aber halte meine Hand über diesen Gast, und ich sage euch: er ist rein und ohne Schuld!«

Tiefes Schweigen. Der Erbprinz stand stolz und regungslos da; bei den letzten Worten des Königs nur flog ein leichtes Rot über seine Wangen.

Und wieder scholl die Stimme des Gebieters:

»Krieg fordert ihr! Krieg mit wem? Mit unseren Brüdern! Nicht bloß mit meinem Bruder, mit euren Brüdern! Ob wir siegen oder fallen, wir verwüsten eigenes Land, vergießen eigenes Blut. Fern bleibe uns allen dieser Frevel! Kein Wunsch, kein Wort soll ihn je wieder berühren! Wer schleppt meine weißen Haare in die Bruderschlacht? Friede soll sein, den Frieden will ich befestigen! Und so sage ich euch meinen Entschluß! Ich habe sieben würdige Männer nach dem verbotenen Berge geschickt. Sie werden den heiligen Pokal hierherbringen. Bald müssen sie da sein. Dreimal hat mir der Pokal das Leben erhalten, nun soll er mir ein höheres Gut schützen, den gestörten Frieden zwischen zwei Bruderländern. Mit dem Sohne meines Bruders will ich Treue trinken vor euren Augen, er für sein Land, ich für unser Land.

Und wenn der Segen des Bechers gewirkt hat, wenn Ruhe und Freundschaft wiedergekommen sind, dann will ich als letztes Werk meines Lebens einen Eintrachtstempel bauen lassen auf der Grenze zwischen unserem Lande und dem Bruderlande, und in diesem Tempel soll der heilige Pokal stehen als Eigentum für beide Völker.«

Wieder Schweigen, tiefes Schweigen. Aber dann ein Murren und Surren, bedrohliche Erregung. Widerspruch! Und da – als der alte König vor diesen Zeichen reglos und mit weiten Augen stand, öffnete sich eine Gasse durch die Menge.

Sieben Männer kamen langsamen Schrittes. Ein weißhaariger Priester trug in hocherhobenen Händen den heiligen Pokal.

Links und rechts stand die Menge in atemloser Andacht.

Ein Strahlen ging aus von diesem Kelch der Gesundheit und des Friedens, und die Augen Tausender richteten sich in brennendem Verlangen auf ihn ... segensuchend.

Die kleine, würdevolle Prozession verschwand im Schloß, wir alle gingen ihr entgegen, mit Ausnahme des Königs.

Der stand noch immer reglos draußen im Angesicht seines Volkes und seiner Stadt.

Da war es, als ob es plötzlich finsterer würde, als ob das rote Feuerlicht des hohen Vulkans, der jenseits der Stadt brannte, umheimlicher sich abhöbe.

Als der Priester in den Saal trat, erscholl ein furchtbarer, prasselnder Donnerschlag, wir alle schraken heftig zusammen. Der Alte aber, der den Kelch trug, zuckte nicht mit der Wimper, wenn die Welt neben ihm geborsten wäre, er hätte weder rechts noch links geschaut, er sah nur auf den Kelch, der ihm anvertraut war.

Kniend überreichte er draußen dem König den heiligen Pokal.

Der hob ihn hoch, daß alles Volk ihn sähe, und senkte ihn dann langsam und küßte ihn.

Darauf wandte er sich an den Erbprinzen und gab ihm mit lauter Stimme den Befehl:

»Hole die goldene Kanne, die drinnen auf dem Tische steht. Sie ist gefüllt aus der reinen Quelle der Heldentreue. Mit ihrem heiligen Wasser wollen wir Treue trinken.«

Der Erbprinz neigte sich, ging hinein in das Schloß und kam mit der goldenen Kanne wieder.

Schweigend hielt ihm der König den Pokal hin, und der Erbprinz goß Wasser hinein.

Und abermals fiel ein prasselnder Donnerschlag. Eine blutfarbene, schaurige Feuersäule stieg zischend aus dem Vulkan, und alles Volk und die Stadt und der König waren von rotem Lichte übergossen.

Der König hob den Pokal hoch und wandte sich zum Erbprinzen:

»In Freundschaft trinke ich auf die Freundschaft, in Bruderliebe trinke ich auf die Bruderliebe, in Heldentreue trinke ich auf die Heldentreue!«

Und der König trank …

Ein höllischer Donner ertönte …

Der Pokal blitzte auf in des Königs Hand … Ein Fallen! Ein furchtbares Klirren, ein winselndes, schauriges Klingen …

Taumelnd stand der König! Seine Augen waren geisterhaft weit geöffnet …

»Es ist Gift im Pokal!« schrie er auf.

Und über den Scherben des heiligen Kelches brach der König tot zusammen.

* *
 *

Drunten … Lähmung! Tödlicher Schreck! Aber dann ein tiefes, zitterndes Atmen, ein keuchendes Stöhnen, und dann ein tausendfacher Schmerzensschrei, ein schriller, rasender, gellender Entsetzensruf.

In diesem Augenblick bricht die rote, glühende Lava aus dem Berg und rollt auf die Stadt zu.

Es wird völlig finster. Ein Aschenregen rieselt hernieder. Schwefeldunst fällt uns an, eine Glut faßt uns, die Donner heulen, das Feuer loht … Aber die Menge starrt nach dem Balkon.

Und eine Rotte bricht los, eine gurgelnde, wahnsinnige Rotte.

»Schlagt ihn tot! Schlagt den Mörder tot! Rache! Rache für unseren König!«

In das Wutgeheul, das sich vertausendfacht, mischt sich die Stimme des tobenden Vulkans. Das rote Licht wird stärker. Gaukelnd, gespenstisch umfließt es die schreiende Menge. In der Feuerlohe erscheinen verzerrte, wilde Gesichter, zuckende Gliedmaßen, die in Qual und Wut sich dehnen. Furchtbar – grauenhaft – wie eine Rotte brennender Teufel sieht das Volk aus.

Wilde, fanatische Racheschreie! Das Tor des Palastes wird gestürmt. Oben aber zückt unter dem Jubelgeheul des Volkes Hamrigula sein Schwert gegen den Erbprinzen.

»Stirb, du verhaßter Hund –«

»Halt!«

Goldina springt schreiend auf von dem Leichnam des Vaters und stellt sich zwischen den Erbprinzen und Hamrigula. Hoch hebt sie die weißen Hände über das blonde Haupt.

O siehe, o siehe, es geschieht ein Wunder! Es wird still. Das Volk schweigt. Der Berg schweigt. Nur einen roten Glorienschein wirft er über das Königskind, das groß, herrlich und rein dasteht wie ein Engel, der in die Hölle niederstieg. Laut und königlich schallt ihre Stimme:

»Diesen Mann schütze ich! Im Angesichte meines toten Vaters schwöre ich: er ist unschuldig! Wer ihn auch nur antastet, tritt das letzte heilige Gesetz des Königs mit Füßen!«

Wie vom Blitz getroffen fällt der stolze Juvento zu Boden und küßt den Saum von Goldinas Kleid.

Sie hebt ihn auf; sie reicht ihm die Hand und führt ihn schweigend in den Saal. Niemand hindert sie. Wie verzaubert steht die Menge.

Und wenig Minuten später stehen wir alle gebannt und überwältigt vor einem ergreifenden Bilde vertrauender Liebe.

Auf einem weißen Roß sitzt der Erbprinz.

Waffenlos, in langsamem Schritt zieht er durch das Volk hindurch.

Goldina geht neben ihm; sie führt sein Roß am Zügel. Sie geleitet den Geliebten, dem sie vertraut, durch die Horde seiner Feinde, die erschrocken und schweigend steht und das heldenhafte Königskind nicht anzutasten wagt.

Der Erbprinz aber schaut nicht rechts noch links, achtet nicht auf Tod oder Leben; sein Blick hängt in Verklärung an dem reinen Engel, der ihn leitet. Die Lava bleibt stehen am Berghang und verglüht in goldrotem Schimmer, und der Berg beleuchtet mit roter, stillbrennender Fackel den beiden den Weg.

Bis zur Brücke des Lebens und Todes führt sie ihn.

Wir können sie sehen auf der hohen Brücke, können sehen, daß er zu ihr redet.

Eine Sekunde hebt sie das Haupt zu ihm auf.

Dann reicht sie ihm die Hand und kehrt zu ihrem toten Vater zurück.

Er aber reitet fort, das stolze Haupt tief auf den Hals des Rosses gesenkt.

Die schwarze Gondel

Wohl sahen die Männer von Marilkaporta den schwarzen Kranz von Lava, der auf dem Berge lag, wohl rieben die Frauen den Aschenstaub von ihren Fenstern, wohl wußten alle, daß Tod und Verderben gedroht hatten, und doch bewegte sie das eigene Schicksal weniger als das Los des Vaterlandes.

Zu mächtig war das Volksgefühl gehemmt worden, zuerst durch die Worte des Königs, dann durch die Tat Goldinas.

Nun war Ruhe – aber Ruhe ohne Frieden, jene Stille, die nur dazu dient, ungestört zu fragen und zu grübeln, jene brütende, angstvolle Stille vor Sturm und Tat.

Das furchtbare Geheimnis des Königsmordes lag über dem Volk, auch über uns. Eine Sühnehand mußte kommen, die Last von den Seelen zu nehmen, die das Gerechtigkeitsgefühl niederdrückte, eine Hand, die dem brennenden Rachedurst einen labenden Blutstrank reichte.

Das wußten wir alle.

Auch drüben im Nachbarlande hatte der König gesprochen. Auch er hatte die verleumderische Anklage der »Posaune« zu entkräften versucht. Aber er war ein schwacher Mann. Es war ihm nicht gelungen, das gesunde Gefühl der Scham über die Lüge in seinem Volke wachzurufen.

Mürrisch waren die Leute heimgegangen, ohne Reue. Und als bekannt wurde, was dem Erbprinzen geschehen, wie er des Königsmordes geziehen und nur durch den Mut einer einzigen vor einem schmachvollen Tode bewahrt geblieben sei, fuhr die Flamme wilder Kriegslust höher empor als zuvor.

Wenig Nachrichten sind aus jener Zeit der Erregung aus dem Nachbarlande an mich gelangt, die eine aber doch, die mir in jenen schweren Tagen Trost und Freude gab.

Als Friedensapostel trat Juvento auf in seiner Heimat. Wohl erklärte er sich frei und lediglich jeglicher Schuld, die Falschheit und Hinterlist ihm angedichtet habe; aber einer Schuld zieh er sich doch. Aus Stolz habe er geschwiegen gegen alle Verdächtigung. Nicht mit Worten wollte er sich verteidigen, vertrauen wollte er gewinnen durch sein Leben bei allen, am meisten bei Goldina, die er liebte und der er seine Unschuld nicht beweisen und erklären wollte, von der er verlangte, daß sie bedingungslos an ihn glaube. Nun sei Unheil erwachsen aus seinem stolzen Schweigen. Jetzt aber Friede, Friede mit dem Brudervolk, mit dem Volke dieses heiligen, toten Königs!

Und – sein Volk wandte sich ab von ihm, sein Vater – alle. Er aber ging in einer Kutte durch die Straßen und auf die Plätze und ruhte nicht, zu reden Tag und Nacht, – er, dem bis dahin nur selten ein Wort über die Lippen kam.

Ja, Trost und Freude brachte mir diese Kunde in jener schweren Zeit, aber mit Reue erkannte ich, daß auch ich dem Prinzen unrecht getan.

Deshalb hatte ich nie meine Liebe für ihn los werden können – deshalb! Und deshalb mußte ihm das Herz dieses edlen Königskindes gehören.

Er war nicht ohne Fehler, aber er war edel.

Qualvoll kam auch mir die grüblerische Frage nach dem Urheber all dieser Schändlichkeit.

Mein Verdacht fiel auf Hamrigula, aber ich kämpfte die Regung nieder. Nie ist ein Herz auf so gefahrvoller Bahn, schlecht zu werden, als wenn es sich falschem Verdacht hingibt. Und hatte nicht auch dieser Prinz furchtbares Unrecht erlitten?

So fehlte mir gänzlich des Rätsels Lösung.

Tag und Nacht flutete das Volk auf den Straßen. Seine Erregung war gedämpft, denn im Königsschlosse lag ein Toter. Nur wenn Prinz Hamrigula in seinem Wagen durch die Straßen fuhr, wurde ein kurzer Jubel laut.

Hamrigula hatte ein Manifest erlassen, daß er die provisorische Regierung übernähme bis zu dem Tage, da der Wille des Volkes seinen König bestimme.

Kein Gegenerlaß wurde kund; er wäre auch nutzlos gewesen.

Mir war bedrückt zumute; ich fand keine Ruhe, wo ich auch ging und stand.

Am zweiten Tage ging ich nach dem Schloß. Goldina war für niemand zu sehen. Sie hielt Totenwache bei ihrem Vater. Aber meine Braut fand ich.

Die roten Wangen waren verblichen; von dem schwarzen Trauerkleide hob sich ihr Gesicht marmorweiß ab.

Wir hielten uns fest umschlungen, wir zwei Fremdlinge in diesem erregten Lande. Und wir haben geweint miteinander um den toten Märchenkönig.

Es ahnte mir, daß schwere Tage für das Königsschloß kommen würden, wie gern hätte ich die Geliebte fortgeführt an einen sicheren Ort, am liebsten in das kleine, weiße Menschenhaus droben auf der grünen Aue.

Aber sie konnte und wollte ihre Herrin nicht verlassen, und auch ich hätte in diesem Augenblick der Gefahr das bedrohte Land nicht verlassen mögen.

So sprachen wir uns beide Mut und Trost zu und gelobten uns, treu unserer Pflicht auszuharren. Ehe ich ging, sah sie mir dankbar in die Augen.

»Wenn du nicht hier wärst, würde ich in diesem Lande vor Angst und Heimweh gestorben sein.«

»Mut, Mut, Geliebte, die Pflichterfüllung in schwerer Zeit ist das Herrlichste des Menschenloses.«

* * *

Der dritte Tag – der letzte Tag! Nun mußte er begraben werden.

Die Glocken hatten im Lande geläutet Tag und Nacht.

Draußen im Märchenwald sang der Wind ein düsteres Totenlied, die Zweige der Bäume beugten und drehten sich in einförmigem Trauerreigen, und die Blumenglocken schwangen ganz langsam hin und her, so daß ihr Läuten abgerissen, verloren und wimmernd klang. Unter den hohen Bäumen saßen um schwelende Pechkessel weinende Zwerge; in langen Prozessionen, schwarzverschleiert, schritten die Nymphen auf einsamen Wegen, und die kleinen Quellen summten in dunkeln Psalmentönen.

Eine graue Rauch- und Staubwolke lag über der Stadt. Da glitzerte kein Fenster, da blinkte keine Silbermauer. Die Leute schritten daher mit blassen Wangen und brennenden Augen, und auch mir war das Herz schwer von herbem Leib.

Der dritte Tag – der letzte Tag! Von einem Tod zu einem Begräbnis, das sind die einzigen trüben Stunden, die zu rasch vergehen.

Vom Königspalast durch alle die größten Straßen und breitesten Plätze, in einem weiten Umweg führte die Totenstraße hinab zu der Brücke des Lebens und Todes. Ein blühender, grüner Weg! Alle Bäume und Kräuter, alle Blumen und Gräser hatten die würdigsten unter sich ausgewählt, mit dem König zu sterben. Nun lagen auf der Straße Eichenzweige und Palmenwedel, rote Rosen und zarte Anemonen, Getreideähren und blühende Heide, der blaue Enzian von der Bergfirne und die Kuckucksblume von der Talwiese.

Von der neunten Morgenstunde an hatte sich das Volk auf den Straßen aufgestellt. Ein breites Spalier, viel zu interessant, als daß ich es in der langen Zeit des Wartens nicht aufmerksam betrachtet hätte. Ganz vorn die kleinen Geisterlein, die im Wald und auf der Wiese hausen: Ameisenbauern, Blattlausjäger, Moosgärtner, Tausammler, Sandmüller, Heupferdschmiede, Spinnseiler, Bienenlotsen und solch nützliche Leute mehr, aber auch fahrendes Künstlervolk, wie Rispenturner, Mondscheintänzerinnen, Mückenkunstreiter, Grashalmpfeifer, Teufelsbarthexen, Glühwurmfresser und Kieselsteinathleten.

Alle diese Leutchen stehen still und betreten da, alle, auch das leichte Völklein der Künstler.

In der zweiten Reihe Blumen- und Wassergeister, die einen Kopf größer sind als die Vorderleute. Unter den Blumengeistern viele schmale, vornehme Gesichtchen, die heißen, durstigen Augen niedergeschlagen, den Scheitel mit den duftigen Haaren gesenkt. Die Wassergeister in dunkelblauen Kleidern sind viel robuster; die Trauer hält nur mühsam Platz auf ihren trinkfröhlichen, dicken Gesichtern; ihre Wangen sind zu glatt, und so müssen sie ein wenig grinsen, um in den Runzeln die Trauer besser festhalten zu können.

Dann in der dritten Reihe die Kinder des Volkes. Die Mädchen tuscheln und begucken ihre Kleider, die Knaben schauen meist sehr forsch geradeaus, aber manchmal greift einer in die Tasche und zeigt dem Nachbar einen geheimen Schatz. Manche von den ganz Kleinen, die oft kaum hundert Jahre alt sein mögen, fangen an zu weinen und werden von den älteren Geschwistern geräuschvoll beschwichtigt.

In der vierten Reihe die höhere Jugend, junge Studierende beiderlei Geschlechts. Die Mädchen in Trauerkleidern, die von den seltsam strengen, weißen Gesichtern grell abstechen, die jungen Männer in strammer Haltung, wohlbedacht auf die schwarze Binde am linken Arm und einige mit schwarzumränderten Augengläsern.

Dann in mehreren Reihen das Volk. Alles bunt durcheinander, denn es gibt für die Reichen keine Extraplätze. Sie müssen alle am Wege stehen, wenn der König vorbeizieht. Nur einige werden in die hinterste Reihe gewiesen: die Waldschrate, die keine Kleiderbürste besitzen, und die Feuermänner, die einem unterjochten Helotenvolke angehören.

Den Beschluß machen die Tiere. Die kleinen sitzen auf den großen; der Hase auf dem Hunde, das Lamm auf dem Wolfe, der Sperling auf dem Ohre des Bären, das Marienkäferchen auf dem Schnabel des Sperlings. Es ist großer »Königsfriede«, da hat keines etwas zu fürchten.

So sieht der Spalierweg aus, durch den der Märchenkönig zur Ruhe zieht. Ich habe meinen Platz an der Brücke des Lebens und des Todes und kann alles deutlich übersehen.

Gegen Mittag wird auf dem Turme des Palastes die große Königsglocke geläutet. Das ist das Zeichen, daß der Trauerzug aufgebrochen ist.

Durch all die Großen und Kleinen geht eine schwere Erregung.
Der König kommt!

Eine Menge wehender Fahnen wird von Kriegsleuten getragen; sie eröffnen den Zug. Die Soldaten ziehen den Fluß des Lebens hinaus und nehmen an seinen grünen Ufern hüben und drüben Aufstellung.

Dann kommen die Kinder. Sie streuen aus kleinen Körben Diamantsteinchen und Perlen auf die Zweige und Blumen, die am Wege liegen. Und sie haben die Augen voll Tränen.

Weinen, weil sie sehen, daß alle weinen, alle, die am Wege stehen und alle, die in langem Zuge hinter ihnen kommen: die Handwerksleute und Künstler, die Priester und die Bauern.

Ein Nachtigallenchor fliegt in der Luft. Sein süßes Lied ist eine ergreifende Klage um den toten König.

Die Adler schweben hoch im Kreise, und die ganze Luft ist voll gefiederten Volkes, das zur Trauerfeier kam.

In kurzen Abständen hallen dumpfe Donnerschläge. Da geht ein Zittern durch die Erde, und ich glaube, diese schweren Trauersalven sind laut genug, daß auch die Menschen droben sie hören werden.

Sie werden bleich sein bei dem unheimlichen Grollen, aber nicht wissen, daß der Märchenkönig gestorben ist.

Vorbei zieht der endlose Trauerzug, aber eine schwere Erregung hat mich gefaßt, ich bin nicht mehr imstande, die einzelnen zu betrachten. Kaum, daß es mir auffällt, daß ein Dichter auf weißem Hirsch vorbeireitet und auf seiner kurzen Harfe die Elegie begleitet, die er singt, und daß wilde, schwarzhaarige Waldmädchen zu der Elegie einen Totenreigen tanzen.

Posaunenchöre gehen vorüber, die ihre schweren, langsamen Weisen schmettern.

Große Trauerwagen kommen, auf denen stehen lebende Bilder, die Haupttugenden und Haupttaten des Königs darstellend.

Ich achte auf das alles kaum, ich warte auf ihn.

Nun kommt er!

Weißhaarige, würdige Männer des Landes tragen einen Schild von riesiger Ausdehnung, darauf sitzt auf goldenem Thronsessel der tote Märchenkönig.

Er sitzt aufrecht, als ob er lebe. Seine Augen stehen offen.

O, diese Augen, die so lange für alle gewacht haben und die auch jetzt noch jeden anschauen! O, diese geliebten weißen Haare, die so ehrwürdig leuchten auf diesem Königshaupte, ein heiliger Firnenschnee auf dem höchsten Gipfel des Volkes!

Seid gesegnet, ihr meine Brüder, ihr meine Kinder! Seid gesegnet!

Da knien alle Leute laut weinend nieder, strecken noch einmal die Hände nach ihm aus, schauen noch einmal in das milde Gesicht.

Auch ich bin auf die Knie gefallen, und auch mir, dem Fremdling, rinnen die Tränen heiß und schwer.

Hinter dem Toten, ganz allein, geht Goldina, barfuß, mit bloßem Haupt, in schwarzem Kleid.

Süßes, liebes Märchenkind, du Schöne und Reine, wie ich dich liebe in deinem Schmerz!

Auf der Brücke setzen die Männer den Schild zur Erde.

Zu Ende ist des Königs letzter Gang durch sein Volk und seine Stadt.

* *
*

Grün und silbern leuchtet der Fluß des Lebens, wie immer. Seine Strudel glitzern, seine Katarakte rauschen, die blühenden Zweige hängen in seine Fluten hinein, und auf seinen Wellen schwimmen die Wasserrosen.

Vier Priester treten ans Geländer der Brücke und starren den Fluß hinauf.

Die Glocke schweigt, kein Laut rührt sich mehr. Nur die vier Priester singen ein düsteres Lied.

Auch der tote König sitzt, das Gesicht stromaufwärtgerichtet, als ob er warte.

Da wird in der Ferne auf dem Fluß eine schwarze Gondel sichtbar.

Das Glockengeläute setzt wieder ein, das Volk fängt laut an zu weinen, und Goldina sinkt auf die Knie nieder und bedeckt erschauernd das Gesicht mit beiden Händen.

Langsam kommt die Gondel den Fluß herabgezogen. Kein Steuermann lenkt sie, sie kommt von selbst. Die Strudel glätten sich unter ihrem Kiel, und die weißen Wasserrosen weichen zur Seite.

Am Ufer bleibt das Totenschiff halten.

Da heben die vier Priester den Thronsessel des Königs auf, tragen ihn samt dem Toten hinab und setzen ihn in die Gondel.

Wieder ist es ganz still, und wieder singen die vier Priester ein Lied.

Da sie geendet, stößt die Gondel ab vom Ufer und fährt mit dem toten König der Brücke zu.

Ein einziger Schmerzensschrei hallt durch die heilige Stadt.

Der tote, einsame Schiffer aber fährt dem dunkeln Felsentore zu, das hinter der Brücke düster aufragt und das hinüberführt ins große, jenseitige Reich, das einen Eingang, aber keinen Ausgang hat.

Zum großen, letzten Hafen steuert der Märchenkönig!

Drinnen, drinnen sind Millionen schwarzer Gondeln. Nun bahnt sich auch die seine ihren Weg und sucht sich eine stille Ecke, da sie ankert.

Der Regent

Zwei Tage nach dem Begräbnis des Königs ließ mich Prinz Hamrigula nach seinem Hause rufen. Er kam mir freundlich, aber viel gemessener entgegen als sonst.

»Ich habe Ihnen einen Auftrag zu geben, Herr Redakteur, einen ernsten, schwerwiegenden Auftrag. Ich hoffe, daß Sie ihn zu meiner Zufriedenheit erfüllen werden.«

»Königliche Hoheit, ich werde mich bemühen, meine Pflicht zu tun.«

Er nickte.

»Ich darf annehmen, daß Sie seit dem Tode meines seligen Oheims alles aufgeboten haben, um sich, soweit das möglich ist, Klarheit zu verschaffen über das scheußliche Verbrechen, dessen Augenzeuge Sie waren.«

»Gewiß, Königliche Hoheit, aber ich muß sagen, daß ich noch jetzt vor einem völligen Rätsel stehe.«

»Sie haben auch keinen Verdacht?«

»Keinen!«

Er lächelte. »Harmlose Seele! Aber ich mache Ihnen keinen Vorwurf! Sie sind weder Jurist noch Staatsmann. Es ist schließlich nicht Ihre Aufgabe, solchen Dingen nachzuforschen, was Sie zu tun haben ist augenblicklich einen Artikel zu schreiben und als Extrablatt der ›Zeitung‹ erscheinen zu lassen, in dem Sie dem Volke das mitteilen, was ich Ihnen jetzt auseinandersetzen werde.«

Er schritt ein paarmal das Zimmer auf und ab. Sein Gesicht war bleich. Schließlich blieb er vor mir stehen.

»Der König ist vergiftet worden, mit einem teuflischen, augenblicklich wirkenden Gifte. Nun sind zwei Möglichkeiten gegeben: entweder war der heilige Pokal vergiftet oder das Wasser, das der Könige trank. Ich habe Dr. Schnugu rufen lassen. Sie kennen ihn. Er ist ein ebenso kluger als zuverlässiger Mann, der Beste seines Berufes! Dr. Schnugu hat in dem Laboratorium, das im königlichen Schlosse ist, die Scherben des heiligen Pokals und darauf den Rest des Wassers, der noch in der goldenen Kanne war, untersucht. Vergiftet war – das Wasser.«

Er schwieg und fixierte mich scharf. Ich brachte kein Wort heraus. Da fuhr er in festem Tone fort:

»Die Greueltat erfordert Rache! Wäre der Pokal an sich vergiftet gewesen, dann hätte ich heute die sieben Priester, die ihn holten, aufhängen lassen, dazu alle Hüter des heiligen Berges. Da das Wasser der Kanne vergiftet war, so werden wir den Mörder in der Schlacht zu treffen wissen.«

»Sie meinen den Prinzen Juvento?« schrie ich auf.

»Ich meine nicht, mein Lieber, ich weiß es!«

»Das kann nicht sein, – das ist nicht wahr, o verzeihen Sie mir, Königliche Hoheit, aber das ist ganz gewiß ein Irrtum!«

Ich zitterte heftig und rang die Hände ineinander. Er lachte kurz und spöttisch.

»So halten Sie Dr. Schnugu für einen Dummkopf, der nicht eine einfache Analyse versteht?«

»Aber o nein – nein!«

»Oder halten Sie ihn für einen Schuft, der in einer so furchtbar ernsten Sache ein falsches Urteil abgibt?«

»Aber gewiß nicht, gewiß nicht!«

»Lieber Freund, ich halte Ihnen ja als Fremdling und als Dichter manches zugute, aber jetzt muß ich Sie doch sehr ernsthaft bitten, alle sentimentalen Regungen beiseite zu lassen und sich streng an die Tatsachen zu halten. Tatsache ist, daß das Wasser vergiftet war, und Tatsache ist, daß einzig und allein der Erbprinz Juvento mit diesem Wasser zu tun gehabt hat. Es ist ferner erwiesen, daß der König kurz zuvor Wasser aus derselben Kanne getrunken hat. Goldina selbst hat ihm den Trunk gereicht. Und da war das Wasser noch rein!«

»Aber Goldina hat den Erbprinzen selbst geschützt, hat seine Unschuld beteuert.«

»Seien Sie nicht töricht! Ich weiß, daß die Menschen wenig von seelischem Zauber verstehen, daß sie ein bißchen über Hypnose und Suggestion herumreden, aber im Grunde genommen von den großen, geheimen Kräften nichts wissen. Wir sind darin weiter, mein Lieber! Goldina, die sich in einen Schuft verliebt hat, ist einem solchen Zauber erlegen.«

»Es ist nicht möglich, nicht möglich!«

Da stampfte Hamrigula mit dem Fuß die Erde.

»Herr Doktor, ich erinnere Sie energisch an die Pflicht, die Sie dem Lande und Volke gegenüber haben, in dessen Sold Sie stehen! Wollen Sie zu einem Manne halten, der durch Monate unser Volk beschimpft, verhöhnt, entehrt hat, der seine Hand erhob gegen das geheiligte Leben unseres geliebten Königs?«

Ich stöhnte tief und schwer auf und wußte kein Wort zu sagen.

»Oder haben Sie einen Beweis für die Unschuld Juventos?«

»Ich habe keinen als das Zeugnis meines eigenen Herzens, das diesen Mann freispricht«, sagte ich leise.

Hamrigula wandte mir den Rücken.

»Königliche Hoheit, ich bitte Sie untertänigst, doch erwägen zu wollen, ob nicht eine andere Lösung möglich ist, zu erwägen, welch furchtbares Unheil aus der Äußerung eines solchen Verdachts erwachsen muß. Ich flehe Sie an, zu warten, – drei Tage, – zwei Tage, – einen Tag!«

Er wandte sich wieder nach mir um.

»Machen wir Schluß! Was Sie selbst für möglich oder unmöglich halten, ist ja im Grunde genommen gleichgültig. Sie sind nicht berufen, die Politik unseres Volkes zu bestimmen. Diese Aussprache hat mich überzeugt, daß Sie in solchen Dingen weder Initiative noch Direktive haben, daß Sie sich von Gefühlen und Sympathien leiten lassen, wo allein der scharfe Verstand, die Rücksicht auf die Ehre und das Wohl des Landes den Ausschlag geben dürfen. Ich wiederhole Ihnen nun meinen Auftrag: binnen drei Stunden erwarte ich, daß Sie mir einen Artikel vorlegen, der die Darstellung des Königsmordes genau so enthält, wie ich sie Ihnen jetzt gegeben habe. Dieser Artikel wird, wenn ich ihn genehmigt habe, noch heute als Extrablatt der ›Zeitung‹ ausgegeben werden.«

Da richtete ich mich vor dem Prinzen auf.

»Königliche Hoheit, ich weigere mich, diesen Artikel zu schreiben.«

Er wurde blaß; aber dann lächelte er kalt und spöttisch.

»Sie werden es sich überlegen! Die Aufrechterhaltung einer solchen Weigerung, die ich jetzt Ihrer Aufregung zugute halte, würde nicht nur Ihre Absetzung zur Folge haben, sondern Sie auch in den häßlichen Verdacht bringen, daß Sie vom Erbprinzen bestochen seien und demgemäß als Feind unseres Landes zu behandeln wären. In drei Stunden, Herr Redakteur!«

Und er verließ das Zimmer.

* *
*

Wie ein Träumender irrte ich durch die Straßen von Marilkaporta. Ich glaube, daß ich heftiges Fieber hatte. Die Augen brannten mir, und wenn ich die aufgeregten Leute auf- und abwallen sah, diese Leute, die den schrecklichen Zündstoff im Herzen trugen, in den noch heute eine Brandfackel geworfen werden sollte, überrieselte mich ein eisiger Schauer, und ich sah alles wie durch einen Nebel.

Nie zuvor im Leben war ich so ratlos. Daß ich den Artikel nicht schreiben würde, wußte ich; aber was ich eigentlich tun solle, wußte ich nicht.

Da fiel mir Goldina ein. Einem seelischen Zauber sollte sie erlegen sein? Ich hielt das für Lüge! Was sie getan, wie sie den Prinzen gerettet hatte, das geschah unter keiner Beeinflussung, das war die freie Tat einer herrlichen Seele. Auch jetzt war sie es allein, die das Volk beruhigen, den Prinzen Hamrigula beschwichtigen konnte. Ich mußte mit ihr reden.

Eilig ging ich nach dem Königsschloß. Sonst stand ein alter Türsteher an der großen Pforte; heute waren zwei Soldaten dort aufgepflanzt.

»Ohne einen Erlaubnisschein des Regenten darf niemand das Schloß betreten.«

Ich prallte zurück, als ich diese Worte vernahm, ich war so töricht, mit den Soldaten verhandeln zu wollen. Aber es wurde mir grausam klar, daß das Schloß abgesperrt war, daß Goldina und Angelika Gefangene waren.

Mit müden Schritten ging ich zurück nach dem Marktplatz, nachdem ich ein paarmal zweck- und ziellos um das Schloß herumgeirrt war und in ohnmächtiger Sehnsucht nach den großen, leeren Fenstern hinaufgestarrt hatte.

Zurück zum Markt! Die Leute drängten und stießen sich. Manchmal erkannten mich einige und grüßten mich. Ich lehnte mich in eine hohe Haustür und überlegte, ob ich zum Volke reden, die Kraft der Rede probieren solle wie einst. Aber da erst wurde mir meine ganze Ohnmacht klar. Ich konnte nicht reden, nicht in diesem Zustand! Was hatte ich für Argumente einem so fieberhaft erregten Volke gegenüber, das ebenso überzeugt von der Schuld Juventos war, wie Hamrigula selbst, das diesem Hamrigula zugejauchzt hatte, als er das Schwert gegen den Erbprinzen zückte, das, vom Vulkanfeuer umloht, vom eigenen Verderben bedräut, nichts gewünscht hatte als den Tod dieses Einen? Ein Hohngelächter würde mir antworten. An die kalte Mauerwand lehnte ich die heiße Stirn, und ein Gefühl gräßlicher Vereinsamung überkam mich. Dr. Schnugu selbst, der alte, ehrliche Dr. Schnugu, stand auf der Gegenseite.

So wollte ich wenigstens ihn aufsuchen und mit ihm reden. Ich trat durch das Tor hinaus in den Märchenwald.

Noch immer beugten sich die Bäume im Todestrauerreigen, noch immer summten die Quellen ihre düsteren Psalmen. Die Elfenkinder nur hatten schon wieder zu tanzen begonnen.

Es war so weit, so weit! Wie ich auch eilte, wie ich die Schritte zählte, der Weg dehnte sich, und als ich nachrechnete, wie wenig Zeit mir blieb, ein maßloses Unglück zu verhüten, versagten die Glieder. Ich sank nieder am Rand des Weges, ich konnte nicht weiter.

Ein altes Weiblein kam des Weges dahergehumpelt.

»Lieber Herr«, sagte sie weinerlich, »wissen Sie nicht, wo der Dr. Schnugu bleibt?«

»Wo soll er bleiben? Ist er nicht zu Haus?«

»O nein! Ich warte schon zwei Tage auf ihn, aber er kommt nicht heim.«

Da bekam ich wieder Kräfte und eilte nach Dr. Schnugus Hause.

Es war leer. Der Ofen kalt. Die Fenster geschlossen. Die Luft schlecht. Ein paar lamentierende, kranke Leute hockten vor dem Hause.

Der Doktor war fort. Seit zwei Tagen.

Auch dieser letzten Hoffnung beraubt, ging ich langsam einen Waldweg entlang und kam nach längerer Wanderung aufs freie Feld. Mittag kam und ging vorbei. Nun waren die drei Stunden um. Mein Schicksal war besiegelt.

Aber ich dachte kaum an das, was mir drohte. Eine schwere Verachtung meiner selbst quälte mich. Da saß ich ratlos und tatenlos auf einem Feldrain, während drinnen in der Stadt der Krieg losbrach, saß müßig da, gefangen von einer trägen Traurigkeit, die wie ein böser Albzauber die Glieder lähmte, die Augen trübte, die Gedanken verwirrte und nur eines ungeschwächt wach erhielt: die schreckliche Furcht um Angelika, um Goldina, um das ganze Volk.

Solche Zustände bleiben so lange erträglich, als man seiner eigenen Sache sicher ist. Wehe aber, wenn der Zweifel kommt, wenn auch die innere Sicherheit ins Wanken gerät!

Nicht lange, da erfaßte mich der Zweifel. Zum ganzen Volk stand ich im Widerspruch in dieser fürchterlichen Sache, war blind und taub gegen alle Schuldbeweise, bildete mir ein, mich auf mein Gefühl verlassen zu können, ich, der landfremde Mann.

War es nicht wirklich ein seelischer Zauber, unter dem auch ich stand?

Konnte Hamrigula nicht recht haben, dieser zielbewußte, energische Hamrigula? Er hatte nur einen Leitstern, das Wohl des Landes, und ging ihm nach, unbekümmert, ob er auf dem Wege eine grüne Saat zerstampfte. Wie weit war er mir überlegen an festem Willen! Was war er für ein kühner, kluger Mann!

So quälte mich der Zweifel. Aber ich raffte mich auf, ich fand mich selbst wieder, ich schüttelte den Zweifel ab wie eine lästige Zwangsjacke, ich bekannte mich in trotziger Mühe zu meinem festen Glauben, ich wollte ihn bewahren und mit ihm siegen oder fallen.

Nicht nur um Juventos willen! Um des toten Königs willen, der seine Hand gehalten hatte über diesen Mann, um Goldinas willen, deren Glaube nicht wankte im Angesicht von Tod und Verderben.

Ich stand auf und beschloß, nach der Stadt zurückzugehen, vor allen Dingen mich mit Stimpekrex und Dr. Nein zu beraten.

Da machte ich eine Beobachtung, die mich erregte.

Eine große schwarze Krähe flog der Stadt zu. Sie hatte einen Brief am Halse hängen, der von ihrem schwarzen Gefieder deutlich abstach.

Der Gedanke durchzuckte mich, es sei eine von unseren Krähen, eine der geheimnisvollen Briefträgerinnen, die mir schon einmal hier auf dem Felde begegnet waren.

Gewiß, ich erkannte sie, und eine jähe Ahnung zuckte in mir auf.

Es war mir, als ob ein greller Blitz ein dunkles, düsteres Land vor mir auf eine Minute grell erleuchtet und mir drohende schwarze Gespenster gezeigt habe.

Wie erstarrt von dem Gedanken, der mich überkommen hatte, stand ich da und schaute der Krähe nach, die über der Stadt verschwand.

Ein schrecklicher Verdacht, ein scheußlicher Verdacht! Und doch so lebhaft, so packend, so zwingend, daß er mich ganz erfaßte!

Ich lief ein paarmal den Feldweg hinauf und hinab, sank aber bald wieder auf den Rain und begrub den Kopf in die Hände.

Klarheit! Klarheit! Ein bißchen Licht!

»Guten Abend, lieber Herr. Da bin ich wieder!«

Ich schaute auf, stutzte und fing dann laut an zu lachen. Fing an zu lachen in all meiner schweren Bedrängnis! O, es gibt Ventile des Herzens! Ich habe einmal in todesgefährlicher Seenot, als unser Schiff nahe am Untergehen war, laut lachen müssen, weil sich ein Mann neben mir in seiner Verwirrung die Gummischuhe anzog; und ich mußte auch jetzt laut und herzlich lachen, denn vor mir stand – mein wohlbekanntes Füchslein, das trug irgendein übelzugerichtetes Geflügel in der Schnauze.

»O, Meister Fuchs, – Ihr seid es? Wollt Ihr denn wieder zu Dr. Schnugu? Wollt Ihr ihm denn wieder eine Henne hintragen?«

»Nein, eine Pute! Glaubt mir, lieber Herr, ich bin ein geschlagener Mann! Ich hab' immerfort Gewissensbisse, daß ich mich noch nicht für das Schwanzanleimen erkenntlich gezeigt habe, und nun wollte ich die Pute hintragen und seht Ihr, jetzt fehlt doch wieder der Kopf und ein Flügel.«

Armer Kerl, bei dem die Dankbarkeit und die Freßlust in so grimmem Streite lagen! Als ich ihn so mit gesenktem Kopfe vor seinem Putentorso stehen sah, mußte ich lachen, daß mir die Augen feucht wurden. Er sah mich bekümmert an.

»Lieber Herr, lacht nicht! Ich weiß, daß Ihr ein kluger Mann seid! Sagt mir, ob es anständig ist, einem Doktor eine Pute zu schenken, an der der Kopf fehlt und ein Flügel.«

»Nein, mein Freund, und ich kann Euch auch sagen, daß Ihr den Doktor Schnugu gar nicht antrefft. Er ist fort; es weiß schon seit zwei Tagen niemand, wohin er ist.«

»Oh, was sagt Ihr? Er ist fort? Ja, was mach ich dann mit meiner Pute?«

»Eßt sie selber, lieber Meister! Laßt sie euch gut schmecken! Aber nein, – nein, – halt, – wartet! Wartet einen Augenblick, – mir ist etwas eingefallen, – oh, das wäre gut, – wahrhaftig, das ginge vielleicht – – Wollt Ihr mir einen Gefallen tun, lieber Freund?«

Er hatte schon den zweiten Flügel aus der Pute herausgerissen. Kauend sagte er:

»Ich werde alles tun, was Ihr wollt, weiser Herr!«

* *
*

Kurze Zeit später geschah folgendes:

Auf dem Feldwege lag ein großer, rotleuchtender Fleischbrocken. Drei Schritte davon weg, unter einem Strauch verborgen, lag der Fuchs. Ich selbst stand eine Strecke abseits.

Die schwarze Krähe kam aus der Stadt zurück und segelte langsam durch die Luft. Sie trug abermals einen Brief am Halse. Ich warf mich auf die Erde, der Schweiß tropfte mir von der Stirn, die Hände zitterten mir leise, und ich starrte unausgesetzt nach der Krähe.

Die Krähe stierte nach unten, verlangsamte den Flug, zog einen Kreis und schoß dann pfeilschnell herab nach dem rotleuchtenden Fleischbrocken.

Ein fürchterliches Todeskrächzen erfolgte, dann rief mein roter Genosse übers Feld:

»Kommt her, lieber Herr, sie ist tot!«

Ich eilte hin, und der Fuchs präsentierte mir einen Brief.

»Da habt Ihr den Brief, lieber Herr, den Ihr wolltet!«

»An die Posaune!« stand darauf.

Ohne eine Spur vor Gewissensbissen riß ich den Umschlag auf. Ich las – las!

Und dann stürzte ich mit einem gellenden Lachen der Stadt zu.

* * *

Ich eilte nach meiner Wohnung. Dort fand ich Dr. Nein, Stimpekrex und Schnaff.

»Endlich! Endlich!« riefen sie mir zu. »Wir warten hier auf Sie. Es sind die wichtigsten Dinge passiert, Hamrigula läßt Sie suchen; er braucht Sie!«

Ich sank auf einen Stuhl.

»Meine Freunde, ich muß Euch eine schreckliche Mitteilung machen, – Hamrigula ist ein elender Schuft!«

»Herr!« schrie Stimpekrex auf und hob die geballte Faust gegen mich. Dr. Nein fiel ihm in den Arm. Aber auch er fragte gereizt:

»Wie beweisen Sie diese Anklage gegen unseren Regenten?«

»Ich habe den Beweis in der Hand, daß alle die Schandartikel der ›Posaune‹, auch alle die Angriffe auf Hamrigula – dieser Hamrigula selbst geschrieben hat.«

»Das ist Wahnsinn!«

»Das ist ganz undenkbar!«

Sie schrien alle durcheinander.

»Meine Freunde, hört mich! Die Zeit ist kostbar. Hört mich an! Die Prinzessin ist im Schlosse abgesperrt.«

»Ja, weil sie unter einem verderblichen Einfluß des Erbprinzen steht und sehr krank ist!« rief Stimpekrex.

»Dr. Schnugu ist seit zwei Tagen verschwunden.«

»Der Regent hat bereits eine hohe Belohnung ausgesetzt für den, der eine Mitteilung über den Verbleib des Doktors macht. Es wird vermutet, er sei von Helfershelfern des Erbprinzen um die Ecke gebracht worden.«

»Das ist nicht wahr! Das verhält sich alles ganz anders! Seht diese zwei Schriftstücke! Kennt Ihr die Schrift?«

»Es ist Hamrigulas Schrift!«

»Ich habe die beiden Schriftstücke einer Krähe abgenommen, die Hamrigula als Boten an die ›Posaune‹ geschickt hat. Das eine ist ein neuer Schmähartikel, der sich gegen unser Land und gegen Hamrigula richtet und unmittelbar zum Kriege mit uns auffordert, das andere ist eine hohe Geldanweisung für den Redakteur der ›Posaune‹, der damit seinen Schurkenlohn erhält. Beide Schriftstücke sind von Hamrigula geschrieben.«

»Das ist unmöglich! Das ist Irrtum, Fälschung, Wahnsinn! Das kann nicht sein!«

»So leset, leset es selbst!«

Sie stürzten sich auf die Dokumente, während ich mir zitternd ein Glas Wasser eingoß.

Eine schwere Pause, nur unterbrochen durch kurze Ausrufe der Lesenden. Dann wandte sich Stimpekrex an mich – totenbleich. Er schluckte ein paarmal; dann würgte er heraus:

»Herr, der Schuft – sind Sie! Sie haben die Schriftstücke gefälscht! Sie sind eine Kreatur des Erbprinzen!«

Das Wasserglas fiel mir aus der Hand. Einen Augenblick stand ich ihm in Todfeindschaft gegenüber; da stürzten die beiden anderen zwischen uns.

»Laßt ihn erst reden, haltet Frieden!« rief Dr. Nein. »Wie sollen wir das verstehen? Wie soll so etwas möglich sein? Reden Sie, Herr!«

Doch ich war sprachlos. Ich hörte nur, daß ein wüster Lärm um mich war, aber ich hatte kein Gefühl. Das Blut war mir erstarrt über der erfahrenen Beleidigung.

»Sie müssen einsehen, daß wir fassungslos sind, Sie müssen Herrn von Stimpekrex seinen Patriotismus zugute halten! Wie kann sich der Prinz selbst so ehrlos beschimpfen? Wie kann er noch Geld dafür zahlen?«

Da fand ich mich wieder.

»Ich wünsche, daß Sie sich niedersetzen, Herr Dr. Nein, und Sie, Herr Schnaff, und daß mich keiner unterbricht«, sagte ich in befehlendem Ton. »Ich bin Ihr Vorgesetzter, und außerdem sind wir in meiner Wohnung, in der ich der Herr bin. Ihnen, Herr von Stimpekrex, weise ich die Tür! Ihnen werde ich keinen Aufschluß geben.«

»Wie Sie wollen«, sagte er zitternd. »Ich mache Sie aber darauf aufmerksam, daß ich es für meine Pflicht halte, den Regenten meines Vaterlandes von Ihren Machenschaften zu unterrichten.«

»Tun Sie das! Die Reue wird Ihre Strafe sein, wenn sie einsehen werden, daß Sie sich zum Genossen eines Verbrechers gemacht haben, daß Sie das Vaterland, das Sie so lieben, haben ins Verderben führen helfen. Nun gehen Sie!«

Er ging nicht. Ein heftiges Zittern befiel seinen Körper, Totenblässe bedeckte seine Wangen, und plötzlich fing er laut an zu schluchzen.

Das schlug mir ins Herz wie eine Flamme. Er war doch ein edler Mann! Sein Vaterland, sein Herrscherhaus liebte er in so glühender Leidenschaft, daß er gegen jeden die Hand erhob, der ein Wort dagegen sprach – auch gegen den Freund.

Ich ging zu ihm.

»Wollen Sie gar kein Vertrauen zu mir haben?«

Er schluchzte heftiger und war gänzlich fassungslos.

Da faßte ich ihn um die Schultern und drückte ihn auf einen Stuhl.

Dann schritt ich zweimal durchs Zimmer und fing endlich an zu reden.

»Ich bin ja selbst wie in einem Labyrinth, ich muß mir ja selber alles erst zu erklären suchen; ich habe ja selbst laut und gellend aufgelacht, als ich die Krähe gefangen und den Brief gelesen hatte. Vielleicht ist es so, wie ich jetzt sage; vielleicht ist es auch anders. Wer soll in so schwerer Erregung ganz klar sehen?

Hamrigula strebte nach der Krone und nach der Hand Goldinas. Das hat er mir selbst gesagt, und ich hielt sein Streben für berechtigt. Aber nun sah sich der Prinz durch das Erscheinen Juventos am Hofe in allen seinen Aussichten bedroht. Es ist klar, daß anfangs der Hof und das ganze Volk die Vereinigung Juventos mit Goldina und damit wieder die Vereinigung der beiden getrennten Bruderländer wünschten. Das suchte der maßlos ehrgeizige Hamrigula um jeden Preis zu verhindern. Ja, um jeden Preis! Die ›Zeitung‹ wurde bei uns gegründet. Das brachte ihn auf einen ihm günstigen Gedanken. Er gründete mit seinem Gelde im Nachbarlande ein Gegenorgan, die ›Posaune‹. Anfangs mußte sich das Blatt in unserem Lande beliebt und interessant machen. Dann begann Hamrigulas Werk. Ein Artikel nach dem anderen erschien, in dem unser Land, unser Hof, unser Volk in der gehässigsten Weise angegriffen wurden. Die Folgen, die daraus entstehen mußten, hatte Hamrigula klug berechnet. Es mußte eine Spannung entstehen zwischen unserem Lande und dem Nachbarlande, unser Volk mußte erbittert werden gegen die Hakulatotuländer, und die Stellung des Erbprinzen bei uns wurde dadurch erschüttert. Ja, die Erbitterung wuchs, als neben den Angriffen auf alles Heridiasusoturanische dem Erbprinzen in dem Organ seines Landes eine widerwärtige Schmeichelei nach der anderen gespendet und seine Thronkandidatur in der aufdringlichsten Weise betrieben wurde; zuletzt mußte es so erscheinen, als ob der Erbprinz Juvento diese Artikel selbst beeinflusse. Und da hatte er in unserem Lande verspielt!«

»Das ist möglich! Wahrhaftig, das ist möglich!« rief Dr. Nein.

Stimpekrex starrte mich mit großen Augen an.

Ich fuhr fort: »Daß Hamrigula sich in der ›Posaune‹ absichtlich beschimpfen, verhöhnen, entehren ließ, war ebenso klug von ihm berechnet. Denn durch diese Beschimpfungen ist er bei uns zulande populär geworden. Das Volk nahm Partei für den so maßlos und heftig, so ersichtlich ungerecht angegriffenen Prinzen seines Herrscherhauses; das Volk, das immer zu gleicher Zeit selbst beschimpft wurde, identifizierte sich mit dem Prinzen, und wenn es nun zum Kriege kommt, dann wird das Schlachtgeschrei der Unseren sein: ›Hamrigula und die Rache!‹ Der mächtige Nebenbuhler ist unmöglich geworden im Lande, die Krone ist Hamrigula gewiß; seine klugen Berechnungen haben das richtige Resultat ergeben.«

»Es ist so, Chef, es ist so!« rief Dr. Nein. »Ich hab' die Wandlung in meiner Gesinnung für den Prinzen selbst erfahren. Ich habe ihn gehaßt, immer gehaßt, aber dann, als ihn dieses fremde Schandblatt so ungerecht schmähte, da fing ich an, ihm gut zu werden, Partei für ihn zu nehmen, und so hat es das ganze Land getan. Es ist die gräßlichste Sache, die mir passiert ist.«

Herr von Stimpekrex kam auf mich zu. Mit heiserer Stimme sagte er:

»Ich bitte Sie um Verzeihung! Ich war so aufgeregt, daß ich nicht wußte, was ich tat. Ich glaube auch jetzt noch, daß Sie sich täuschen, aber ich weiß, daß Sie ein Ehrenmann sind. Ich bitte sie herzlichst um Verzeihung!«

Ich reichte ihm die Hand.

»Mein Freund, Ihre große Vaterlandsliebe und Königstreue machen alles gut. Aber gerade in dieser schweren Zeit müssen die wahren Patrioten zusammenhalten. Ich selbst zweifle an der schweren Schuld des Prinzen nicht. Ich halte die Beweisstücke für unwiderleglich.«

Und ich erzählte in aller Eile das Abenteuer mit dem Fuchse und der Krähe etwas genauer.

»Es dringt eine Menge Soldaten ins Haus!« rief Schnaff, der am Fenster stand. »Was soll das heißen? Vielleicht sollen wir verhaftet werden. Da muß ich fort. Leben Sie wohl, meine Freunde! Ich krieche am Blitzableiter hinab. Einer muß frei bleiben. Ich bringe alles ans Licht. Sorgen Sie sich nicht, daß ich den Hals breche, ich war nicht umsonst Schieferdecker und Kunstreiter. Ich bringe alles ans Licht! Leben Sie wohl!«

Er verschwand eilig nach einem Hinterzimmer. Im nächsten Augenblicke trat – Prinz Hamrigula zu uns ins Zimmer. Draußen auf dem Flur standen Soldaten.

Der Prinz maß mich mit einem hochmütigen, eisigen Blicke.

»Warum haben Sie meinem Befehle nicht gehorcht? Warum haben Sie so gewissenlos Ihre Pflicht versäumt?«

Ich blickte ihn mit offener Verachtung an. Ohne meine Anrede zu gebrauchen, erwiderte ich:

»Ich habe meine Pflicht dadurch getan, daß ich Ihnen nicht gehorchte!«

»Mann!«

Aber er mäßigte sich und lächelte höhnisch.

»Das muß ich zugeben: wenn Sie auch sonst nichts leisten, in der Frechheit leisten Sie viel! Dafür werden Sie nun auch Ihren ganz besonderen Lohn erhalten. Was das Extrablatt der ›Zeitung‹ anbelangt, so habe ich den Text selbst geschrieben und in Ihrer Abwesenheit den Artikel mit den Namen der vier Redakteure unterzeichnet!«

»Das ist eine Fälschung!« schrie ich.

»Das ist eine bodenlose Gemeinheit!« rief Dr. Nein, außer sich vor Wut.

Der Prinz lächelte kalt.

»Ich habe eine Abschrift des Artikels, der übrigens schon gedruckt ist, hier. Es kommt darauf an, ob Sie ihn nachträglich unterzeichnen wollen. Danach wird sich nämlich Ihr Schicksal richten. Erscheinen wird der Artikel mit Ihren Unterschriften auf jeden Fall.«

Da verlor ich die Fassung.

»Ich sage Ihnen, daß Sie ein Lump sind!«

Der Prinz riß seinen Degen heraus.

»Halt! Mit welchem Recht greifen Sie mich an, Sie, der Sie das Vaterland verraten haben? Sie sind entlarvt; ich habe die Briefe abgefangen, die Sie mit der Krähe an die ›Posaune‹ schicken!«

Ein jäher, kurzer Schrei, sein Gesicht verzerrte sich, der Degen fiel aus seiner Hand, geisterbleich stand er da. Ein entsetztes, unverständliches Lallen kam ihm vom Munde.

Da tönte ein weher, schriller Schrei durch das Zimmer. Stimpekrex stürzte wie ein Wahnsinniger auf den Prinzen und umklammerte seinen Hals.

»Es ist also wahr – wahr – o, du elender, elender, elender Schurke – und ich hab' geglaubt, geliebt, vertraut –«

Ein schwacher Hilfeschrei des Prinzen, die Tür sprang auf, Soldaten stürzten herein.

»Nehmt den Rebellen!«

Stimpekrex wurde ergriffen. Ich sprang ans Fenster und riß es auf.

Auf die Gasse wollte ich die Wahrheit hinausschreien.

Da traf mich ein schwerer Schlag gegen den Kopf.

Und ich wußte von da an nichts mehr.

Kerkernacht

Als ich erwachte, stand Dr. Schnugu neben mir. Ich besann mich mühsam, glaubte eine Fiebervision zu haben und schloß die Augen wieder.

Mir war so schwer im Kopf.

Nach einiger Zeit hörte ich Dr. Nein flüstern. Dann fühlte ich, daß jemand leise meine Hand küßte. Ich hob die Augenlider ein wenig und sah Stimpekrex stehen. Er jauchzte laut, als er mich die Augen öffnen sah, und da erblickte ich auch wieder den Dr. Schnugu. Der sah mich freundlich an und sagte leise:

»Seien Sie ganz ruhig, lieber Freund, es wird alles gut.«

»Wie – wie bin ich zu Ihnen gekommen?« fragte ich.

Da beugte sich Dr. Nein über mein Lager.

»Wir sind hier alle miteinander –«

»Halten Sie das Maul!« zischte ihn der Walddoktor an. Dann wandte er sich an mich.

»Seien Sie ganz ruhig! Regen Sie sich gar nicht auf! Sie sehen, daß alle Ihre guten Freunde bei Ihnen sind.«

Ich lächelte und schloß die Augen wieder. Ein Halbschlummer umfing mich. Es war ganz still um mich. Aber nach einiger Zeit hörte ich, daß Dr. Nein und Dr. Schnugu leise miteinander zankten.

»Ich fürchte, die kalten Umschläge schaden ihm«, sagte Dr. Nein. »Das viele Wasser ist immer bedenklich.«

»Kümmern Sie sich um sich!« antwortete der Arzt. »Davon verstehen sie keine Spur und sollen mir also nicht immer hineinreden. Wenn Sie sich mehr ans Wasser gehalten hätten in Ihrem Leben, dann würden Sie nicht leberkrank sein und außerdem einen viel gewascheneren Mund haben.«

»Ist das ein grober Kerl! Und mit so einem Manne hat man das Vergnügen, zusammen eingesperrt zu sein!«

Da kam ich vollends zur Besinnung. Ich setzte mich auf.

»Sind wir denn eingesperrt?«

»Da habt Ihr's! Nun hat er ihn aufgelärmt! Seien Sie doch ruhig, lieber Freund, bleiben Sie doch liegen!«

»Nein, ich bin bei mir! Ich fühle mich ganz wohl! Ich will wissen, wo ich bin!«

»Natürlich will er wissen, wo er ist«, polterte Dr. Nein los. »Lieber Herr Chef, wir sind hier in einer ganz hundselenden Spelunke eingesperrt. Und das Allerschlimmste ist, mit diesem Dr. Schnugu zusammen, mit dem sich kein Mensch vertragen kann.«

»Hamrigula hat uns verhaften lassen?«

»Ja, und Sie haben einen Kolbenschlag bekommen und waren deshalb so lange bewußtlos.«

Stimpekrex eilte an mein Lager.

»Wollen Sie mir verzeihen, wollen Sie mir ganz verzeihen?« sagte er und kniete an meinem Bette nieder. Ich sah ihn freundlich an.

»Es ist Ihnen ein lieber Glaube zusammengebrochen, mein Freund! Der Glaube an die unbedingte Zuverlässigkeit und Treue aller Großen.«

Er preßte seine Stirn auf mein Bett, und ich streichelte ihm den Kopf.

»Wie kommen aber Sie hierher, lieber Herr Doktor Schnugu?«

Das Gesicht des alten Arztes wurde rot bei der Frage. Er setzte sich neben mein Bett auf einen Stuhl.

»Ich wollte jetzt noch nicht mit Ihnen darüber sprechen.«

»O, tun Sie's doch! Ich fühle mich ganz kräftig. Ich weiß alles wieder ganz genau, was geschehen ist.«

Der Doktor zitterte vor Erregung.

»Hamrigula hat auch mich einsperren lassen.«

»Hamrigula! O, ich dachte es mir! Aber warum tat er's, warum wagte er das?«

»Goldina ließ mich ins Schloß rufen, um dort im Laboratorium die Scherben des heiligen Pokals und das Wasser der goldenen Kanne zu untersuchen.«

»Goldina wünschte die Untersuchung? Nicht der Prinz?«

»Goldina! Der Prinz wußte gar nichts davon, bis er zufällig dazu kam, oder vielmehr nicht zufällig, sondern weil er beständig um die Prinzessin herumspionirt. Ich stellte fest, daß das Wasser, das noch in der goldenen Kanne war, ganz rein, der Pokal an sich aber vergiftet war.«

»O, der Prinz hat gerade das Umgekehrte behauptet.«

»Er hat mein Urteil gefälscht«, schrie der alte Mann auf, »hat es verdreht, um einen Unschuldigen zu bezichtigen, beruft sich auf mich! Und ich sitze hier, hier in dieser Höhle, muß dulden, daß in meinem

Namen ein ungeheures Verbrechen geschieht, und kann nicht hinaus, kann nicht allen Leuten ins Ohr schreien: Lüge! Lüge! Lüge!«

Er bedeckte sein Gesicht mit beiden Händen.

»Es war eben nicht klug von Ihnen, die Analyse im Schlosse zu machen«, wagte Dr. Nein einzuwenden.

Aber da kam er schlecht an.

Der alte Arzt sprang auf.

»Mann! Was geht denn das Sie an? Red' ich denn überhaupt mit Ihnen? Was haben Sie sich denn hineinzumischen? Warum haben Sie sich denn fangen lassen, Sie Hans Alleswisser?«

Dr. Nein gab sich Mühe, einen ruhig vornehmen Ton anzuschlagen.

»Herr Doktor, wenn es die augenblickliche Lage gestattete, würde ich Sie nach diesen Beleidigungen verlassen, Sie gewissermaßen stehen lassen.«

Dr. Schnugu grunzte.

»Wenn es die augenblickliche Lage gestattete! Wenn es die augenblickliche Lage gestattete, d.h. wenn nicht die Türen und Fenster verschlossen wären, würde ich Sie hinauswerfen.«

»Da wir nun aber doch zusammen sein müssen«, sagte ich besänftigend, »so ist es doch besser, wenn sich die Herren vertragen.«

»Unmöglich!« schrie Dr. Nein.

»Ausgeschlossen!« knurrte Dr. Schnugu.

Dann kam eine große Stille. Keiner wußte etwas zu sagen, Stimpekrex lehnte an einer Mauer und stierte vor sich hin. Er hatte wohl schlimme Herzenskämpfe zu bestehen. Er, der das Vaterland liebte, der mit fanatischer Treue an seinem Herrscherhause hing, war im Namen dieses Vaterlandes, von einem Mitgliede dieses Herrscherhauses gefangen genommen worden.

Wie ein gemeiner Rebell!

Und seine Zukunft lag öde und vernichtet vor ihm. Wie schnell war alles gekommen! Vor einer Woche noch hatte das Leben so sonnig vor ihm gelegen. Da hatte er mir glückselig erzählt, Elkaguntascha, das kleine Fräulein, das ich im Eichhörnchennest kennen gelernt hatte, habe ihm nun ihr Herz und ihre Hand ganz geschenkt und ich müsse zu seiner Verlobungsfeier kommen, die schon nach sechs Tagen sein sollte.

Heute war wohl dieser sechste Tag. Und er, der sich an seinem Regenten tätlich vergriffen hatte, lehnte an der schwarzen Kerkerwand in Not und Schande.

Ringsum war Finsternis, graue Sorge, wilder gefangener Zorn, vielleicht dräuende Todesnot.

Ich hatte mich auf mein Lager zurückgelegt. Jetzt erst achtete ich auf meine Umgebung. Ich lag auf Moos und Stroh und hatte eine wollene Decke auf den Beinen.

Wir waren offenbar in einer runden Erdhöhle, die ganz ohne Fenster war. Nur zwei Türen sah ich. Die eine hatte ein Fensterchen, das aber ganz dunkel war und nicht ins Freie zu führen schien.

Eine graue Dämmerung umfing uns. In einem Winkel brannte eine Öllampe. Ich schloß die Augen und versuchte nachzudenken über alles, was ich in den letzten Tagen erlebt hatte.

»Das düstere Geheimnis des Königsmordes quält mich unaufhörlich«, sagte ich leise.

»Den König hat Hamrigula vergiftet«, sagte Dr. Nein rauh. »Da ist kein Zweifel daran! Wer solcher Schuftereien fähig ist, wie der, dem kommt es auch auf einen Mord nicht an, wenn es die Erreichung des Zieles gilt.«

Dr. Schnugu und Stimpekrex schwiegen; sie hatten auf die furchtbare Anklage des Parlamentariers nichts zu erwidern.

»Der König hielt zu Juvento«, fuhr Dr. Nein fort. »Auf die Dauer ließ sich das Verhetzungsmanöver mit der ›Posaune‹ ohne Gefahr nicht fortsetzen; Hamrigula mußte also bald ans Ziel kommen. Der Krieg mußte ausbrechen, er, Hamrigula, mußte der Anführer sein in diesem Kriege, um sich Sieg und Krone zu gewinnen, und so mußte der alte Friedenskönig, der diesen Plänen im Wege stand, sterben. Nun hat er alles, was er will: Der König ist tot, Juvento ist der Feind, er, Hamrigula, der Führer, ja eigentlich schon der König des Landes.«

»Auch für mich ist kein Zweifel an Hamrigulas Schuld«, sagte Dr. Schnugu. »Die Tatsache, daß er die Aufklärung des Sachverhaltes verhindert, daß er mein Urteil gefälscht, daß er mich, den unbequemen Zeugen, beiseite gebracht hat, beweist seine Schuld klar und deutlich. Er hat den Pokal vergiftet, er, oder sein Helfershelfer, irgend ein bestochener Schuft unter den Wächtern oder Dienern des verbotenen Berges, wie er aber im voraus wissen konnte, daß der König den heiligen Pokal holen lassen, daß er aus ihm trinken würde, das kann ich nicht begreifen. Konnte er denn das im voraus berechnen?«

Ich dachte eine Weile nach und sagte dann:

»Unmöglich war auch diese Berechnung nicht. Kurze Zeit vorher hatte uns der König den heiligen Pokal gezeigt, hatte uns die Wunderkraft erklärt, daß er in hoher Not erstorbene Freundschaft erneuen könne. Damals entstand Hamrigulas Plan. Schaffe die Not, laß den König trinken und sterben! Das war der Gedanke, der wie ein Blitz fiel im Dunstkreis dieser schwülen Seele, in der Klugheit und Bosheit sich ewig berühren wie gewitterschwere Wolken.«

»Richtig!« rief Dr. Nein. »Hamrigula ließ den Artikel über den Pokal in der ›Posaune‹ erscheinen, der die leicht erregbaren Völker unmittelbar zum Bruderkriege aufreizte, und es war eines gegen hundert anzunehmen, daß der König den rettenden Pokal, um den sich der ganze Streit drehte, kommen lassen würde, um in der hohen Not des drohenden Bruderkrieges mit dem fremden Königssohne Freundschaft zu trinken. Es wäre Hamrigula auch ein leichtes gewesen, dem König diesen Gedanken geschickt nahezulegen, wenn er nicht selbst darauf verfallen wäre. Er war der Regisseur dieses ganzen Dramas, in dem der König als Opfer fiel.«

»Das ist wohl im ganzen richtig gedacht«, sagte Dr. Schnugu kopfschüttelnd, »aber eines konnte Hamrigula unmöglich im voraus berechnen: die Rolle, die der Erbprinz dabei spielen würde.«

Dr. Nein lachte spöttisch.

»Mit wem sollte denn der König Freundschaft trinken, wenn nicht mit dem einzigen Vertreter des verfeindeten Nachbarlandes, der anwesend war? Es ist selbstverständlich, daß Juvento dabei beteiligt sein mußte. Das, dächte ich, könnte ein jeder begreifen.«

»Aber es war nicht selbstverständlich von vornherein, daß er sich das Wasser würde von Juvento einfüllen lassen«, antwortete Dr. Schnugu gereizt, »das konnte er sich von einem Priester, einem Diener oder sonst jemand eingießen lassen, und die Weisheit, dächte ich, könnte erst recht jeder begreifen.«

»Herr Dr. Schnugu«, sagte ich, »Sie haben ganz recht! Daß sich der König das Wasser würde vom Erbprinzen eingießen lassen, konnte Hamrigula im voraus nicht wissen. Aber darauf kam es ihm auch gar nicht an. Das war ein nebensächlicher, ihm höchst günstiger Zufall, den er natürlich nachträglich ausgenutzt hat. Notwendig war das aber nicht. Auch wenn sich der König den Pokal von einem Priester füllen ließ, geschah dasselbe: Der König starb, die schon erregte Volkswut steigerte sich zur Siedehitze, die Schandtat wurde durch Hamrigula auf diese oder jene Weise dem wegen des Pokals neidischen Nachbarvolk in die Schuhe geschoben, speziell dem Erbprinzen, dieser ohnehin schon verhaßt gemachte Mann mußte fort, es entstanden Tumult, Unordnung, Krieg, das führerlose Land mußte Hamrigula an seine Spitze stellen, kurz und gut, der Prinz erreichte sein Ziel ebensogut wie jetzt.«

Dr. Schnugu sagte nichts mehr.

»Endlich scheint er's kapiert zu haben«, sagte Dr. Nein, indem er sich platt auf den Fußboden setzte und eine Zigarre anzündete.

»Kerl!«, schrie Dr. Schnugu, »wie können Sie sich unterstehen hier zu rauchen? Hier, wo ohnehin die Luft so schlecht ist, und wo wir einen Kranken haben!«

»Stört es Sie, wenn ich rauche, Herr Chef?« fragte Dr. Nein in aller Seelenruhe. »Ich hab' zufällig noch ein halbes Dutzend eingesteckt. Ganz gutes Kraut! Stück vier Gulden!«

»Rauchen Sie nur, lieber Freund! Mir macht das gar nichts. Es ist mir ganz angenehm.«

»Haben Sie gehört, Herr Medikus? Ich weiß besser als Sie, was für einen Kranken gut ist! In einer solchen Pesthöhle, wo es nach Mäusen, Ratten, Wasserjauche und allem Möglichen duftet, ist eine Zigarre zu vier Gulden eine Wohltat, ist ein Raucher ein Desinfektor!«

Und er legte sich lang auf den Boden und blies den weißen Rauch über sich.

Es wurde ganz still. Stimpekrex hatte die ganze Zeit an der Mauer gelehnt und vor sich hingestarrt. Jetzt begann er auch zu reden. Mit trauriger Stimme sprach er zu mir:

»Ich habe Sie in dieses Land geführt, in das Sie eintraten mit dem Glauben und reinen Vertrauen eines Kindes. Nun haben Sie einen Grad der Verworfenheit bei uns gefunden, die Ihnen gewiß ganz fremd ist.«

Ich schüttelte den Kopf.

»Ich kam nicht als Kind zu Ihnen. Nicht mein erstes Märchen ist es, das ich bei Ihnen erlebe; es ist mein letztes. Auch die Menschen haben in ihrer Geschichte so manchen Parricida gehabt, öfters in ihrer Königsgeschichte, unzähligemal in ihrer privaten Geschichte. Sie spinnen Intrigen wie dieser Prinz, und auch bei uns sind die Klügsten die Schlimmsten. Und vergessen Sie nicht, wer der elende Helfershelfer dieses Prinzen war! Ein Mensch! Hamrigula sündigte um eine schimmernde Krone, jener Mensch um schmutziges Geld.«

»Kennen Sie den Redakteur der ›Posaune‹?!«

»Ja, ich habe vor wenigen Wochen seinen wahren Namen erfahren. Ich kannte ihn schon droben. Dort war er auch Redakteur. Dort übte er sich unter dem Deckmantel idealer Überzeugung in bürgerlichen, politischen und religiösen Verhetzungen seiner Mitmenschen. Hamrigula war schlau genug, um zu wissen, wo er den geeigneten Schuft für seine Zwecke finden konnte. Und ich sage Ihnen, es mußte nicht gerade dieser sein; er hatte die Auswahl!« –

Das dunkle Fenster an der einen Tür knarrte, und ein Kopf erschien von draußen im Dunstkreis unserer kleinen Öllampe.

»Lillebolle!« schrie ich und sprang von meinem Lager auf.

»Ja, natürlich, Lillebolle«, sagte Dr. Nein, »das haben wir ja ganz vergessen, Ihnen zu sagen, Lillebolle ist unser liebenswürdiger Kerkermeister. Wir befinden uns nämlich hier in einem Privatgemache des Wirtes der ›Kühlen Eule‹, direkt unter dem Lokal.«

»Ist das möglich? Lillebolle, ist das möglich, daß du uns gefangen hältst?«

Der Zwerg grinste, sagte aber kein Wort.

»Sehen Sie, Herr Chef, wie er grinst? Wie er sein blödsinniges Maul verzieht und seine stumpfsinnigen Nasenlöcher aufreißt? Er ist ein zehntausendmal scheusäligeres Subjekt als sein Geldgeber, der Prinz Hamrigula. Hör mal, Lillebolle, du katz-, hundeelender Schuft! Du verkrüppelter Zwerg von Ehrlichkeit und Ausgeburt aller Giftmischer und Weinhändler! Hör mich an! Wenn du eine Ahnung davon hättest, was Schamgefühl ist, wie könntest du dann durch diese verruchte Fensterluke deine Galgenvisage hereinhängen? Im Angesicht von uns! Wo ich deinen Wein getrunken habe, ich, der doctor philosophiae, der Parlamentarier, der Parteiführer, der Volkstribun, deinen gottverlassenen, elenden, verbotenen, saueren Wein! Ich war dein jahrhundertelanger Kunde. Nicht bloß meine Gesundheit habe ich riskiert, auch meinen guten Ruf, meine Stellung, meine Freiheit! Alles bloß, um dich staatsverbrecherischen Schleichhändler nicht verhungern zu lassen. Zum Danke dafür sperrst du mich ein, mich und diesen Dr. Schnugu und diesen vornehmen Herrn von Stimpekrex und diesen großen

Dichter und Staatsmann Dr. Barragu, der schon bei Lebzeiten unsterblich geworden ist, weil er uns die Alkoholfreiheit gebracht hat.«

Da verzog der Zwerg seinen breiten Mund und stieß ein spitzes Gelächter aus.

»Und er lacht noch?!«

Eine Wasserflasche sauste nach der Fensterluke. Sie fuhr hinaus ins Dunkle, denn der Zwerg war blitzschnell verschwunden – um gleich darauf wieder vergnüglich lächelnd zu erscheinen.

Dr. Nein schäumte und taumelte nach der Tür. Schnugu hielt ihn zurück.

»Halt! Sie sind gar nicht imstande, unsere Sache zu führen; dazu sind Sie viel zu grob, Sie parlamentarischer Sprachbandit!«

»Zu grob – ich? Was sind Sie denn? Sie Quacksalber! Sie Rattendoktor und Mäuseprofessor!«

Ein wütender Zank zwischen den beiden Doktoren brach aus zum spitzbübischen Vergnügen Lillebolles, der bald ein gackerndes Gelächter, bald ein amüsiertes, nadelscharfes Quietschen ausstieß und Grimassen einer scheußlich anzusehenden Vergnüglichkeit schnitt.

Zum Schluß warf er Dr. Schnugu einen Brief und Dr. Nein einen Schlüssel an den Kopf und war blitzschnell verschwunden, wobei er das Fenster von draußen schloß.

Die beiden Kampfhähne ließen ab von einander, Dr. Nein hielt sich den Kopf, hob aber alsbald den Schlüssel auf und probierte ihn an der Tür, dahinter Lillebolle verschwunden war. Der Schlüssel paßte nicht.

»Die Kanaille will uns foppen«, sagte er und warf den Schlüssel in eine Ecke.

Dr. Schnugu hatte inzwischen den an ihn adressierten Brief geöffnet und las ihn beim Schein der Öllampe. Ein tiefes Schweigen griff Platz, wir sahen gespannt nach dem Walddoktor. Als er fertig war, ging ein unendlich verachtungsvolles Lächeln über sein verrunzeltes Gesicht.

»Auch das tut er dem alten Doktor noch an – auch das noch! – Meine Herren, Sie können binnen wenigen Stunden frei sein, wenn Sie wollen. Der Prinz schreibt an mich. Es liege ihm gar nichts an unserem Tode, sagt er, vielmehr wünsche er zum Besten des Vaterlandes (so schreibt er wirklich!) unsere Unterstützung. Er wisse wohl, einen wie großen Einfluß wir auf das Volk ausüben könnten. Er habe auch Vertrauen zu uns. Um uns das zu beweisen, schlägt er uns folgenden Vergleich vor: Ich soll das ausgestreute Urteil bezüglich der

Vergiftung des Wassers in der goldenen Kanne schriftlich bestätigen, Sie sich schriftlich als Verfasser des verbreiteten Extrablattes bekennen. Außerdem sollen wir uns ehrenwörtlich verpflichten, nie etwas zu Ungunsten des Prinzen zu unternehmen. Dann wird er uns sofort freilassen, und es bleibt uns bloß noch die Pflicht, eine Fabel zu erfinden, wie wir von Beauftragten des Erbprinzen gefangen und durch die Fürsorge Hamrigulas wieder freigekommen sind, was dann für uns folgt, ist Freiheit und hohe Ehre im neuen Reiche. Im Falle unserer Weigerung ist uns der Tod sicher. Vierundzwanzig Stunden sind uns zur Überlegung gegönnt, dann blüht uns die Freiheit oder das Ende.«

Tiefe Stille.

»Also müssen wir sterben!« sagte ich nach einer Weile. »Keiner von uns wird ein Leben der Schande und des Verbrechens dem Tode vorziehen. Es bleibt uns kein Ausweg.«

»Nein, keiner«, sagte Dr. Nein. »Außerdem würde der Prinz uns auf keinen Fall freilassen. Das wäre viel zu gefährlich für ihn. Es ist ihm nur um die Dokumente zu tun. Wir müssen uns auf das Ende gefaßt machen.«

Stimpekrex lehnte sich mit dem Kopf gegen die Mauer, ich lag ganz still auf meinem Bette; der alte Walddoktor hielt meine Hand. Eine schwere, schwere Stille. Das Todesurteil war uns gesprochen worden. Dr. Nein begann endlich mit seltsam veränderter Stimme:

»Mich reut jetzt etwas. Am Sonntag vor drei Wochen habe ich einen Mann über die Treppe meines Hauses hinuntergeworfen, den ich höflich hätte dabehalten sollen; denn dieser Mann war ein Lebensversicherungsagent.«

Das war nicht im Scherz gesagt; nein, in jenem Humor, durch den die Tränen leuchten.

Dr. Nein hatte eine Frau und fünf Kinder.

Es quiekte hinter der Tür. Lillebolle. Dr. Nein sprang auf.

»Lillebolle! Hör mich mal jetzt in Vernunft an! Du hast gehorcht, du weißt, daß es uns an den Kragen geht. Nimm mir nicht übel, daß ich dich gekränkt habe. Ich meinte es stets aufrichtig zu dir. Also tu mir den Gefallen und schicke nach der Invalidenstraße Nr. 96. Dort wohnt der Agent Mischkurwian, den bitte her! Ich will mich versichern. Dr. Schnugu ist da, der kann mich untersuchen und bestätigen, daß ich kerngesund bin. Mischkurwian tut's, er versichert mich. Und er kann's auch, denn seine Gesellschaft ist steinreich, und meine Leute sind arm.«

Ein rasselndes Gelächter erfolgte. Da trat auch Dr. Schnugu an die Tür.

»Lillebolle, ich muß mit dir reden! Obwohl mir's schwer fällt! Ich muß dir sagen, daß es deine Pflicht ist, uns frei zu lassen! Als du auf die Welt kamst, habe ich deiner Mutter und dir das Leben gerettet. Ihr wäret verloren gewesen ohne mich – beide! Es war eine schwere Stunde. Deine Mutter war jung; sie wollte leben; du warst ein krankes Geschöpf, aber leben wolltest du auch. Und ich half dir zum Leben. Deine Mutter war schön, du warst nicht schön. Aber deine Mutter hat doch gelacht in ihren Todesschmerzen, gelacht, weil sie ein Kind hatte. Da ist etwas, das ich für dich getan habe. Von dem andern will ich schweigen. Es ist das erstemal in meinem langen Leben, daß ich von jemand Dank verlange. Aber du darfst den Mann, dem du das Leben verdankst, nicht dem Tode verfallen lassen. Ich will leben – wir alle wollen leben, wir müssen leben! Wir müssen unseren ehrlichen Namen retten, ehe wir sterben! Laß uns heraus! Fliehe! Versteck dich, wenn du den Prinzen fürchtest! Seine Stunde wird bald schlagen. Und hoffe nicht auf Lohn von ihm! Er wird dich betrügen und verderben! Lillebolle, hörst du mich?«

Ein Schluchzen heulte kurz auf, dann war es still draußen, und es kam kein Zeichen mehr auf alle Anrufe.

Aber ein Lächeln lag auf des Walddoktors liebem Gesicht. Wenn ein häßliches Gesicht plötzlich schön wird, das ist ein rührendes Wunder. Und Dr. Schnugus verrunzeltes Gesicht wurde schön, innig schön, wenn er lächelte, wenn ein Sonnenstrahl aus seinem lieben Herzen seine rauhen Züge erklärte.

»Seien Sie getrost, mein Freund, ich habe noch Hoffnung.«

So sagte er zu mir und legte mir die Hand auf den Scheitel.

»Ich weiß ja, wie schwer das Sterben für die Jugend ist; ich weiß, daß alles junge Blut schaudert, wenn es an die kalte Grube tritt. Immer! Auch wenn es die Ehre erfordert! Es ist wider alle Natur, daß junge Leute sterben wollen. Wie leidenschaftlich, wie verzweifelt haben mich die jungen Kranken manchmal um Leben und Gesundheit gebeten. Und dann war ich immer glücklich, wenn ich ihnen sagen konnte: ›Seien Sie getrost; ich habe noch Hoffnung!‹«

»Sie vertrauen auf den Zwerg?«

»Ja, ich habe ihn nie für schlecht gehalten. Und sie haben auch gehört, daß er geweint hat.«

Dr. Nein hatte aufmerksam zugehört. Bei den letzten Worten erhellte sich sein Gesicht. Dann stand er auf und suchte den Schlüssel hervor, den er in die Ecke geschleudert hatte.

»Hurra, Herrschaften, der Schlüssel paßt in diese zweite Tür!«

Dr. Nein hatte in der Tat die zweite Tür, die in dem Erdloche war, geöffnet. Gespannt schauten wir hin.

»Lassen Sie mich kundschaften gehen; ich komme gleich wieder.«

Er nahm unsere Lampe und ging hinaus.

Nach kurzer Weile kam er zurück. Er strahlte über das ganze Gesicht.

»Haben Sie einen Ausgang gefunden?«

»Nein, Ausgang leider nicht! Es ist gerade so ein verschlossenes, elendes Nest wie dieses, aber –«

»Aber?«

»Aber zehn Weinfässer liegen drin. Gläser sind auch da und Hähne auch. An drei Fässern habe ich gerochen: Rüdesheimer, Burgunder, Tokayer!«

Und ob es gleich eine Enttäuschung war, die unverwüstliche Lebensfreude dieses Mannes tat mir wohl.

Nicht lange darauf brachte Dr. Nein drei Becher Weines, wir wollten zulangen, aber er wehrte ab. »Halt! Hände weg!« befahl er. »Diese drei Becher sind für mich! Wer kann wissen, ob der Wein nicht vergiftet ist. Prosit, ihr Leidensgenossen! (Er trank den ersten Becher.) – Der Rüdesheimer – der Rüdesheimer ist rein! – Ihr möget noch lange leben und vielen Ruhm gewinnen, ihr Männer der Weisheit! (Er trank den zweiten Becher.) Der Burgunder – der Burgunder ist klar wie Gold! – So möge euch Gott behüten, ihr lieben Freunde! (Er trank den dritten Becher.) Oh, ich gebe euch mein Wort, ihr Geliebten, auch in diesem Tokayer ist nicht ein Tröpflein Gift.«

Bald darauf brachte er neue Humpen. Auch Dr. Schnugu stellte er einen hin. Dabei sah er ihn wehmütig an.

»Also, alter Herr, übermorgen sind Sie tot! Was haben Sie nun davon, daß Sie sich immer mit mir herumzankten? Was haben Sie davon, daß Sie mir immer vorpredigten, vom Trinken bekäme ich eine verfaulte Leber? Ich bitte Sie, was sollte ich jetzt mit einer gesunden Leber anfangen? Trinken Sie, alter Herr, und schließen Sie Frieden mit mir! Aller Kampf und aller Gram sind am Ende eitel.«

Dr. Schnugu nickte, reichte ihm die Hand und trank.

Die Stunden schlichen dahin, die Zeit der Nacht kam. Nichts ereignete sich, das uns Hoffnung auf Befreiung gegeben hätte. Der Zwerg erschien nicht mehr. Speisen fanden wir reichlich im Nebenraume. Wir rührten sie kaum an. Auch der Wein wollte uns nicht mehr schmecken.

Es war nur ein einziges Lager da. Ich erhob mich und bot dem alten Walddoktor das Bett an. Er lehnte es entschieden ab. Auch die beiden anderen.

»Sie haben das Vorrecht!« sagte Dr. Nein mit einem letzten Aufglimmen seines grimmen Humors, »denn Sie sind Gast in diesem freundlichen Lande. Wir sind hier zu Hause! Und man gewöhnt sich derweil, mit dem blanken Rücken auf der Erde zu liegen.«

Er streckte sich lang aus.

»O, es liegt sich ganz gut! Bloß, daß ich den Agenten die Treppe hinuntergeworfen habe, das reut mich.«

Er fing leise an zu rechnen, während er sich unruhig hin und her wälzte, und einmal seufzte er auf:

»Es wird schwer gehen! Es wird sehr schwer für sie sein, durchzukommen.«

»Sie haben einen sehr netten, kleinen Jungen«, sagte Dr. Schnugu. »Nannten ihn nicht die Leute das kleine Dr. Neinchen?«

»Ja«, sagte Dr. Nein mit heiserer Stimme, und dann sprach er kein Wort mehr.

Es wurde nun ganz still. Dr. Schnugu und Stimpekrex hatten sich in eine Ecke gesetzt und hielten sich fest an den Händen. Oheim und Neffe! Sie hatten manchen lustigen Strauß miteinander gehabt, nun verbanden sie sich still zum großen, letzten Streit.

Ich starrte nach der dunklen Decke über mir. Es fiel mir ein, ich könne versuchen, zu schlafen. Aber ich hatte noch so viel Zeit, zu schlummern, und nur noch so wenig Zeit, zu wachen.

Die Lampe ging aus. Es war eine Qual, zuzusehen, wie das einzige, kleine Lichtlein in der Kerkernacht kleiner und kleiner wurde, wie es vergebens ein paarmal nach oben züngelte, lechzend nach Luft und Kraft, und müde dahinstarb.

Unausgesetzt schaute ich auf den roten, verglimmenden Punkt, mit der schweren Trauer, mit der man ein verlöschendes Leben beobachtet.

Jetzt erstarb es. Ein Qualm fiel mich an. Der Totengeruch des gestorbenen Lichtes!

Was ich gedacht habe in dieser furchtbaren Nacht, wie ich Rechnung gemacht habe mit meinem Gott, meiner Welt, wie ich Abschied nahm von der Braut, von den Eltern, von allem, was ich geliebt hatte, davon rede ich nicht. Diese intimen Güter meiner Seele gehören nur mir.

Verschollen, – gestorben! Verunglückt im Märchenland, verunglückt auf dieser letzten Fahrt, weil die alten, weltkundigen Augen einen Schuft entdeckt hatten!

Die Zeit rückte langsam, langsam weiter. Aber das ist das Gute, daß die Furcht leicht ermüdet. Man kann sich nicht lange heftig fürchten.

So weiß ich, daß mir auch in jener Kerkernacht die Phantasie nicht gelähmt war; ich konnte auch in jener schweren Sorge an den kleinen Geschehnissen um mich her nicht vorbei sehen.

Eine graue Erddämmerung herrschte in der fensterlosen Höhle auch trotz des erloschenen Lichtes.

Da sah ich zwei glitzernde Wassertropfen an der Wand heruntergleiten. Sie kamen herab wie zwei mächtige Wellen, bildeten je einen Flußlauf mit vielen Krümmungen, Stauungen, Stromschnellen, liefen ineinander wie zwei Zwillingsströme und mündeten gemeinsam in ein winziges Meer, das auf einer Mauerkante war. Und ich dachte an die Infusorienfischlein, die in den Flüssen schwammen, an die grausen Ungeheuer, die ihnen nachstellten, an das tausendgestaltige Leben, an den Kampf, der in dem kleinen Flußsystem war, und zuletzt war es mir, als ob ich die Brandung des kleinen Meeres auf der Mauerkante hörte, das an seine Klippen- und Felsenküste anschlug.

Dann kam eine Spinne an einem grauen Seile zu mir herabgeklettert. Sie hielt dicht vor meinem Gesicht und starrte mich an. Mit viertausend Augen! Diese Ziffer hatte ich einmal in der Schule gelernt. Die Spinnen sind in allen Kerkergeschichten die Gesellschafter der Gefangenen. Aber es sind keine tröstlichen Gesellschafter! Mit ihren starren, öden Sphinxaugen erwecken sie der Seele neue Angst. Und es ist auch nichts Merkwürdiges um ihre viertausend Augen. Der Mensch hat viel mehr. An jedem Tage x-tausend Augen mal zwei. Ich scheuchte die Spinne, und sie klomm nach der Decke zurück.

Die Freunde rührten sich nicht. Aber ich glaubte nicht, daß einer schlief. Einsam war ein jeder bei stillen Gedanken.

Die Schatten – die Schatten!

Was sagen die Physiker? Der Schatten ist der verdunkelte Raum hinter einem beleuchteten, undurchsichtigen Gegenstand. Ich habe ganz andere Schatten gesehen, Schatten, die selbständig hin- und herwandelten, sich zusammenduckten, sich riesengroß emporreckten und ihre unheimlichen Formen beständig veränderten, Schatten mit schwarzen, verrenkten Gliedern, die mich bedrohten und in wilden Gebärden verhöhnten, – Riesen, Hexen, Katzen, Galgengelichter.

Kerkergespenst!

Die Todesangst packte mich, als ich das schwarze Gesindel tanzen sah, und eine Frage ging mir heiß durch die Seele und durchglühte den jungen Leib:

»Warum freuen sie sich so? Warum höhnen sie so? Wird das Ende so qualvoll sein?«

Ich preßte das Gesicht auf meine Lagerstatt und versuchte, die Angst abzuschütteln. Ich sprach selbst zu mir in meinem Herzen ... lange ... eindringlich ... vernünftig.

Als ich die Augen wieder öffnete, waren die Schatten fort, die Höhle wieder einförmig grau.

Nun wollte ich schlafen.

Ein alter, frommer Kinderreim klang mir wohltätig durch die Seele:

»Müde bin ich, geh zur Ruh,
Schließe beide Äuglein zu;
Vater, laß die Augen dein
Über meinem Bette sein!«

Da fing ein großes Strahlen an in einer weißen Welt. Es war ein Glanz und ein Leuchten um mich, und mein Fuß ging wie auf schimmernden, weichen Wolken.

Neben mir ging Angelika. Wir führten uns an den Händen und sprachen kein Wort.

Wohin gingen wir? Wohin?

Meine Räuber-Romantik

Ich fahre auf. Über mir ertönt ein kurzer Lärm. Dann ist es wieder still.

Jetzt nähern sich Schritte.

Das Schloß der Tür knarrt, quietscht.

Die Tür springt auf. Männer kommen herein. Die Häscher? Die Schergen?

Wir springen alle vier auf und vereinigen uns in eine Ecke.

»Wo seid Ihr? Wo? Her!« ruft eine unterdrückte Stimme, wir geben keine Antwort.

Da bringt ein Mann eine Laterne unter dem Mantel hervor und hebt sie hoch.

Ein Student! Ein alter Student mit einem verpflasterten Gesicht!

»Wer sind Sie? Was wollen Sie?« fragt Dr. Schnugu.

»Ich will Sie herausholen aus diesem Loche, Herr Doktor, Sie und die anderen«, sagt der Student. »Ich bin Brumbu, der konzessionierte Staatsräuber.«

Ein Freudenschrei von allen Lippen.

»Pst, Herrschaften, keinen Skandal! Das darf man nicht, wenn man ausbricht! Es laufen überall Wachen herum. Hier in der ›Eule‹ habe ich auch erst fünf Mann ein wenig knebeln und festbinden müssen, weil sie mich nicht zu Ihnen herablassen wollten. Und nun seid gescheit, ihr weisen Herren, laßt euch verkleiden und die Bärte abschneiden, denn sonst ist es unmöglich, daß wir euch durchbringen.«

Wir umdrängten Brumbu und seine Gefährten und drückten ihnen mit warmen Dankesworten die Hände. Ganz außer sich vor Freude war Dr. Nein. Er eilte ins Nebenzimmer, brachte eine Menge Humpen und sagte:

»Trinkt, Kinder, trinkt wenigstens einen einzigen Schluck!«

Und er selbst hob einen Humpen hoch und rief jubelnd:

»Auf dein Wohl, du liebes Leben! Auf dein Wohl, du kleines, goldenes Dr. Neinchen!«

Viele Laternen brannten auf, und nun wurden wir von den Räubern im Gefängnis rasiert. Als wir so eingeseift im Kreise saßen, mußten wir alle vier trotz unserer Aufregung lachen, und ich glaube auch wirklich, daß das die närrischeste Situation meines Lebens war.

Dann folgte eine tolle Maskerade. Die Räuber waren alle in Studentenanzügen, auch Stimpekrex bekam einen solchen. Dr. Schnugu erhielt den Habit eines Mönches, Dr. Nein einen sehr modernen Engländeranzug nebst einem blauen Kneifer und ich – die elegante Robe einer Dame. Brumbu, der die größte Eile befahl, leistete mir selbst Kammerzofendienste. Was er dabei sprach, ist wert, mitgeteilt zu werden.

»Also zuerst diesen dunkelgrauen Rock! Er hat sehr schöne, breite Volants. Warten Sie, der Gurt will nicht zu! – Verdammt, ziehen Sie doch ein bißchen den Bauch ein, Sie haben ja eine greuliche Taillenweite! So jetzt schließt er! – Nun die Bluse! Schottisch! Sehen Sie mal! Vorn und hinten gezogen, an der Seite zu schließen. Chic! So, jetzt rein! Halt, halt, verkehrt! So rum! Mensch, stellen Sie sich doch nicht gar so taprig! Stecken Sie sich einstweilen diese Brosche vor, während ich die Haken zumache. – Donner – ist das eine Hundearbeit! Sie sind zu knochig, zu massig! So, jetzt wird's gehen! Zeigen Sie mal! – Passabel! – Nu mal kehrt! – Der verdammte Gürtel! – Na, ist egal, Sie nehmen diese Mantille um. Und jetzt den Theaterschal! – Es ist gut, daß Sie so lange Haare haben, wir werden eine Locke auf die Stirn machen. Entschuldigen Sie, ich muß die Locke ein bißchen mit Spucke ankleben, sie bleibt sonst nicht! So, jetzt sieht es sehr gut aus. Ausgezeichnete Locke! Herrliche Locke! – Nun die Handschuhe! Echte Dänen! Könnten aber auch 'ne Nummer größer sein! Und nun den Fächer und den Pompadour! – Falsch, Mensch, den Fächer in die rechte Hand! – Haben wir gut gemacht! – Jetzt sind Sie ein ganz nettes Frauenzimmer! Nu machen Sie aber auch eine recht anmutige Figur, und gehen Sie recht leicht und schwebend!«

Dr. Nein brach beim Anblick seines verwandelten Chefs in große Heiterkeit aus; Brumbu aber mahnte zu sofortigem Aufbruch. Er hielt eine kleine Ansprache.

»Es ist nicht anders möglich; wir müssen durch einen Teil der Stadt. Zunächst über den Rosenplatz, dann die Rubinstraße hinunter, dann links über die Forellenbrücke, dann durch das kleine Buchrückengäßchen in den Garten der Villa ›Verlorener Friede‹. Im ›Verlorenen Frieden‹ über die Mauerplanken, hinaus in den Wald und dann gleich links hinunter zur Fähre am Fluß. Dreihundert Schritt rechts von der Fähre unter den Erlen liegen unsere Boote. Wenn Sie irgendwie aus der Rolle fallen, sind Sie verloren, denn die ganze Stadt wird von Streifwachen Hamrigulas durchzogen. Dr. Schnugu geht zuerst, dreihundert Schritt hinterher geht Dr. Nein mit seiner Dame. Zuletzt kommen wir Studenten. Vorwärts marsch, und Glückauf!«

Die Tür öffnete sich, wir gingen hinaus in die Freiheit.

Links von der Treppe, die wir hinaufstiegen, tönte aus einem Gemache ein Stöhnen.

»Die Leute Hamrigulas«, sagte Brumbu.

Ein schrecklicher Anblick bot sich uns oben im Hausflur. Lillebolle, der Zwerg, war mit ausgespreizten Armen und Beinen an einen Holzblock angebunden. Wir protestierten heftig gegen eine solch unnütze Quälerei. Aber Brumbu sagte: »Es muß so sein!« und Lillebolle stieß sein leises, gackerndes Gelächter aus.

Erst später erfuhren wir, wie treu der brave Zwerg an uns gehandelt hatte. Scheinbar hatte er sich dem Prinzen zu Diensten gestellt, hatte an Brumbu einen verlässigen Boten geschickt, daß er uns befreie, und sich selbst nur in diese qualvolle Lage bringen lassen, um seinem Auftraggeber unverdächtig zu erscheinen, da er sich auf keinen Fall von seiner »Kühlen Eule« trennen mochte.

An der Tür lugte Brumbu hinaus auf die stille Straße. Keine Seele! Es war Nachtzeit.

Da ließ er Schnugu hinaus, wie Noe aus der Arche den Raben, und der alte Doktor zog in seinem Mönchsornat langsam und gesenkten Kopfes die Straße hinunter.

»Nun Sie!«

»Ich bitte, liebe Frau!« sagte Dr. Nein und bot mir galant den Arm. Mit heftigem Herzklopfen trat ich hinaus und gab mir alle Mühe, einen recht leichten, schwebenden Gang anzunehmen, wie Brumbu befohlen hatte.

Mein Begleiter war aber nicht zufrieden mit mir.

»Erlauben Sie, Sie wippen ja wie eine überschnappte Bachstelze«, sagte er. Da ging ich in meinem gewöhnlichen Tritt.

Nach kurzer Zeit hörten wir einen wüsten Gesang hinter uns:

»Gaudemus igitur, Juvenus dum sumus«.

Ich mußte anfangs lachen, wurde aber dann sehr besorgt, da Brumbu mit seinen Pseudo-Studenten den lateinischen Text schauerlich verunstaltete.

Aber es ging gut. Ehe wir auf den Rosenplatz kamen, bog eine Streifwache gerade in eine Seitengasse ein. Der Platz war fast leer.

Vom Rosenplatz sieht man die hochragende Königsburg. Dort war die Geliebte! Ich hoffte, daß sie dort noch war. O, welches Schicksal hatte sie? Ein heißer, stiller Gruß, ein Segenswunsch stieg hinauf zu den ragenden Zinnen. Dann weiter – weiter!

Nun kamen wir in die Rubinstraße. Auch sie war wenig belebt. Plötzlich stockte unser Fuß. An einer Mauer leuchtete ein großes, rotes Plakat:

»Das Extrablatt der ›Zeitung‹ gefälscht!«

Erregt traten wir hinzu. Ich fing halblaut an zu lesen:

»Schnaff, der Lokal-Redakteur der ›Zeitung‹, das letzte und geringste Mitglied der Redaktion, aber jetzt der einzige Redakteur, der noch frei ist, tut unter seiner eigenen Verantwortlichkeit und unter feierlichem Schwur für die Wahrheit seiner Worte den Einwohnern der Hauptstadt und des Landes kund:

Das Extrablatt der ›Zeitung‹ ist von Hamrigula gefälscht: keiner der unterzeichneten Redakteure hat eine Zeile davon geschrieben. Wichtige, unwiderlegliche Urkunden, die der hochehrenwerte Chef unserer ›Zeitung‹, Herr Dr. Barragu, in seinen Besitz gebracht hat, beweisen, daß Hamrigula die Schandartikel der ›Posaune‹ selber geschrieben –«

»Da ist ja auch ein so niederträchtiges Plakat!«

Ich fuhr erschrocken herum. Zwei Wachtleute steuerten auf uns zu.

»Weg da! Es ist verboten, diese Lügenplakate zu lesen!«

Und der eine Beamte riß den Anschlag herab von der Mauer, während mich der andere, der mich wohl hatte lesen hören, mißtrauisch betrachtete.

»Erlauben Sie gütigst«, sagte Dr. Nein scharf, »es wird ehrenwerten Bürgern wohl erlaubt sein, die öffentlichen Anschläge zu lesen.«

»Das ist ein verbotener Anschlag.«

»Das können wir doch nicht wissen!«

»Was ist das überhaupt für eine Frau?« platzte der andere heraus.

»Was hat sie für eine rauhe Stimme, und wie sieht sie so komisch aus?« sagte der erste.

»Sie beleidigen meine Frau!« knirschte Dr. Nein. »Geht das die Polizei etwas an, wie meine Frau aussieht? Ist es nicht genug, wenn sie mir gefällt? Ich merke mir Ihre Nummern, meine Herren: 75 und 137! Komm, Emma!«

Ich hatte mit niederschlagenen Augen dagestanden und ergriff jetzt entrüstet den Arm meines »Gemahls«.

»Sprich jetzt nicht!« sagte er fürsorglich zu mir. »Es zieht hier, und du bist ohnehin schon heiser.«

Wir gingen, und die beiden Polizeileute folgten uns. Es war eine furchtbar peinliche Lage. Ich fühlte förmlich, im Rücken, wie mich die Wächter musterten, und erwartete jede Sekunde unsere Verhaftung. Auch Dr. Nein fürchtete das Schlimmste. Es fiel mir jetzt zu meinem Schrecken ein, daß ich meine Männerstiefel anbehalten hatte. Grob und unzierlich kamen sie unter den Volants des etwas kurzen Kleides zum Vorschein. Auch vermutete ich, daß ich als Dame zu groß und eckig aussehen müsse, und daß mich überhaupt Meister Brumbu ein wenig vogelscheuchenmäßig ausstaffiert hätte.

In dieser höchst gefährlichen Lage hörten wir plötzlich die Stimme Brumbus hinter uns:

»Zwei Nachtwächter – hurra!«

»Hurra! Hurra! Zwei Augen des Gesetzes!«

»Hinter einer Dame her! Auf zur Attacke! Ganzes Regiment – Gänsemarsch!«

»Studenten!« sagte der eine Polizeimann unwirsch und erschrocken. Und er zog seinen Kollegen eiligst nach einer Nebengasse, wo sie verschwanden.

Wir waren gerettet. Gerettet durch die Genialität des konzessionierten Staatsräubers.

Durch das schmale Buchrückengäßchen liefen wir ziemlich schnell. Der melancholische Garten des »verlorenen Friedens« nahm uns auf, wir kletterten über die Mauer, was für mich als Dame nicht ohne Schwierigkeiten war und sich besonders der Schönheit meiner Volants schädlich erwies, und gelangten in den Märchenwald.

Und nach wenigen Minuten waren wir an den Booten am Flusse.

Als wir vom Ufer abstießen, rieb sich Dr. Nein die Hände. Er sagte, er freue sich nun doch, daß er sein Leben nicht versichert, sondern den Agenten lieber die Treppe hinuntergeworfen habe. Nun hoffe er, für seine Kinder noch durch ungezählte Tausende von Jahren selbst sorgen zu können.

Ich aber hielt unausgesetzt den Blick nach der goldenen Stadt gerichtet, die aus majestätischer Höhe mit ihren silbernen Mauern und rotgoldenen Kuppeln zu uns herabschaute. Und sah immer nach dem Königsschloß.

Mein süßes Schneewittchen, wenn ich auch dich erst in Sicherheit wüßte!

Ich teilte Brumbu meinen Kummer mit.

»Es läßt sich nichts machen«, sagte er, »denn ins Schloß kann ich nicht, und da ist sie sicher noch. Früher hatte ich ja meine Verbindungen im Schlosse, aber jetzt sind lauter neue, unzuverlässige Leute dort. Und dann mit Weibern, das ist immer eine schwierige Sache.«

Als er meine Niedergeschlagenheit sah, versuchte er mich zu trösten.

»Eigentlich sollten Sie ja jetzt kein so dummes Essiggesicht machen, sondern sich freuen, daß Sie raus sind aus dem Loche. Das andere wird sich schon finden. Sie wird halt mit der kleinen Prinzessin zusammen eingesperrt sein. Und Hamrigula zieht doch heute schon in den Krieg!«

»In den Krieg? Also ist der Krieg erklärt?«

»Ja selbstverständlich! Die meisten Regimenter sind schon nach der Grenze. Heute oder morgen oder übermorgen geht's los.«

»Das ist furchtbar! Das ist furchtbar!«

»Sehr furchtbar! Da schlachten sie Tausende ab an einem Tage, und wenn ich mal einem einzigen ein bißchen die Knochen zerschlage, da schreit gleich alles, ich müsse abgesetzt werden, weil ich meine Amtsgewalt mißbrauche.«

»Gestatten Sie«, mischte sich Dr. Nein in die Unterhaltung, »ich bin Ihnen persönlich zu großem Dank verbunden, ich achte Sie persönlich ungeheuer hoch, ich werde Ihnen persönlich mein Leben lang dankbar ergeben sein, aber alles nur persönlich, mein Lieber! Als Parlamentarier muß ich sagen, daß Sie in der Tat abgesetzt werden müßten.«

»Was sagen Sie?« fuhr Brumbu wütend auf. »Sie sind wohl nicht gescheit?«

»Als Parlamentarier sage ich, daß die Räuberei von Amts- und Staats wegen auf jeden Fall ein ganz haarsträubender –«

Er konnte nicht vollenden, denn Brumbu hatte ihn erfaßt und hinaus ins Wasser geworfen.

Ich erschrak; aber der tapfere Parlamentarier tauchte bald wieder auf, prustete und schrie hierüber, während er Wasser trat:

»Ein ganz haarsträubender Blödsinn ist, sage ich! Ein ganz alter, mottiger, verfilzter Zopf, der endlich abgeschnitten werden muß! Ich werde bestimmt in der nächsten Session auf Ihre Absetzung dringen. Persönlich bin ich Ihnen aber sehr ergeben!«

Sprach's und schwamm nach einem der uns folgenden Boote.

»Schwimmen Sie wohl!« rief ich ihm lachend nach.

Dieser kleine Zwischenfall erheiterte mich. Aber die Sorge fiel mich bald wieder an.

»Brumbu, was wird nun aus uns? Ich meine, wenn der Krieg ausbricht, können wir doch nicht tatenlos zusehen. Wir müssen doch tun, was in unseren Kräften steht, dem Übel zu steuern.«

Und ich erzählte ihm alles, was ich von Hamrigula wußte. Er hörte mir andächtig zu und drückte oft in kräftigen Worten seine Meinung über den Prinzen aus.

Zuletzt aber sagte er:

»Sie können gar nichts tun! Wollen Sie nach der Stadt zurück? Sie sind nicht zwei Stunden lang frei, und dann ist es alle mit Ihnen.«

»Aber Schnaff, unser braver Schnaff hat doch auch seine Pflicht getan! Er hat doch versucht, das irregeführte Volk aufzuklären.«

Hier mischte sich Dr. Schnugu ein, der bis dahin schweigend dagesessen hatte.

»Erreicht hat Schnaff mit seinen gutgemeinten Plakaten nichts. Kaum, daß er hin und wieder einen kleinen Zweifel erweckt haben wird. Der Prinz hat sicher auch diese Plakate als eine Machenschaft seiner berühmten Helfer des Erbprinzen ausgegeben und dadurch den Volksunwillen noch geschürt. Und doch muß etwas geschehen, es muß! Hätte ich mich von Euch nicht verstümmeln, mir meinen Bart nicht abschneiden lassen, ich würde hingehen auf den Markt von Marilkaporta und –«

»Und Sie würden niemand dort treffen«, fiel Brumbu ein. »Es ist Standrecht!«

»Standrecht – ah, das wagt er? Bei uns! In unserer heiligen freien Stadt? Standrecht! Die Volksansammlungen sind verboten?«

»Ja! Wer eine öffentliche Rede hält, wird erschossen. Einer ist schon hin!«

»Wer?«

»Der älteste Wächter vom verbotenen Berge. Er ist auf den Markt gekommen, hat etwas gegen den Prinzen gesagt und ist von einer Wache erschossen worden. Die anderen Wächter der Schätze sind eingesperrt. An der Tür steht Militär.«

»Das ist nicht wahr!« schrie Schnugu. »Das läßt sich unser Volk nicht gefallen.«

»Es ist wahr! Hamrigula hat kunstvoll bewiesen, auch die Wächter seien vom Erbprinzen bestochen.«

»Das glaubt keiner!«

»Das glauben alle! In Kriegszeiten glauben die klügsten Leute die dümmsten Geschichten.«

Gegen diese Weisheit ließ sich nichts einwenden.

»Den ältesten Wächter! Einen der geehrtesten Männer des Landes! Den, der wohl etwas geahnt hat von dem Verbrechen, und den sein Gewissen in den Tod trieb! Unser Volk ist toll geworden in seiner Erregung!«

Die Mönchskutte zitterte leise. So erregt war der alte Mann, der darin steckte.

Traurig fuhren wir den Märchenfluß hinab. Das Wasser funkelte in herrlichen Farben, die Ufer glänzten von schimmerndem Gestein. Buntfarbige Sommervögel sangen zwischen den Granatblüten und den goldfarbenen Früchten der Bäume. Die kleinen Wasserkobolde trieben wie immer ihr Spiel mit silbernen Fischen und kleinen Fröschen. Stille, geheimnisvolle Wälder grüßten herüber. Auf den blauen Bergen glänzten Türme und Schlösser. Verträumte Hirtenhäuslein lagen auf den Weiden, wir aber gaben kaum acht auf all diese Herrlichkeit.

Auch als der Gesundheitssee auftauchte, wurde das Interesse kaum reger. Und doch war es der wundersamste See des Landes, durch den wir auf unserem Boote fuhren. Durch viele kleine Inseln war der See in einzelne Teile geteilt. Auf den Inseln standen weiße Tempel, aus deren Kuppeln drang bunter Rauch. Mitten aus jedem Teil des Sees sprangen donnernd riesengewaltige Fontänen bis zum Himmel empor. Wundersame, springende Brunnen! Denn ihr Wasser springt zwar zur Höhe, aber es kommt nicht zurück. In den Himmel dringt es ein. Dort wird es kunstvoll gesammelt und in tausendfach verzweigten Röhren nach den Heilquellen der Menschen geleitet. In den weißen Inseltempeln aber werden die Salze gemischt, die Säfte gekocht, die einem jeden Teile des Sees seine ureigne Heilkraft geben.

Ich fuhr nicht stumpf an diesen Wundern vorbei, o nein! Überwältigt starrte ich den aufwärts rauschenden bunten Wassersäulen nach, in deren farbigen, donnernden Wogen Gesundheit und Heil aus der Tiefe zur Höhe sprang.

Für unseren Kummer, unsere Leiden hatte aber doch der Gesundheitssee keinen Trank. –

Wir fuhren nun wohl an sechs Stunden lang. Unsere Fahrzeuge waren Motorboote bester Konstruktion. Sie glitten ruhig, schnell, elegant dahin. Ich machte eine lobende Bemerkung.

»O«, sagte Brumbu, »sie sind ganz neu. Es sind höchstens zwei Monate her, daß ich sie gestohlen habe.«

»Sie – haben sie gestohlen?« stotterte ich.

Brumbu sah mich gekränkt an.

»Natürlich! Was sonst? Glauben Sie, ich werde mich so blamieren, mir was zu kaufen? Wenn sich ein Räuber ein Boot kaufte, das wäre noch schlimmer, als wenn sich ein Jäger einen Hasen kaufte oder wenn sich ein Feldherr Gefangene kaufte oder wenn sich eine Frau einen Mann kaufte. Nein, mein Lieber, alles eigene Arbeit! Alles mit diesen zehn Fingern ehrlich zusammengestohlen.«

Ich muß sagen, daß ich mich in den Moralbegriffen dieses Mannes nicht ganz zurechtfand.

Brumbu lächelte verächtlich.

»Dr. Nein ist ein Esel«, sagte er mit Überzeugung, »er ist zu dumm, um Schafe zu hüten und ist doch ein Parlamentarier. Sie können sich leicht vorstellen, was für Unordnung werden würde, wenn die Staatsräuberei aufhörte.«

Ich sagte, so ganz klar könne ich mir das doch nicht vorstellen; er möchte es mir erklären.

»Nun, sehen Sie, Räuber müssen sein, nicht wahr? Erstens der Poesie wegen! Über mich sind schon 141 Theaterstücke, 67 Opern und über 1000 Romane gemacht. Die Gedichte kann ich nicht zählen, aber sie sind sehr schön, obwohl sie meist von Damen sind. Seit ich ein Auge verloren habe, läßt ja die Dichtkunst freilich stark nach; aber früher war es enorm. Da schickte ich jedes Jahr in den Wohltätigkeits-Damen-Bazar nach Marilkaporta eine Locke von mir, die ich immer mit einer Schere sehr kunstvoll brannte, und da konnten von meiner Locke gegen tausend arme Kinder bekleidet werden. Das ist doch eine Wohltat, mein Herr! Das wäre die eine Seite! Zweitens wirkt ein Räuber vorbildlich. Denn warum bedichten ihn die Weiber, warum versetzen sie ihren Schmuck, um seine Locke zu kaufen? Weil er das hat, was ihre Männer nicht haben – Courage! Gut, mögen sich die Schlafmützen an ihm ein Beispiel nehmen, mögen sie auch mutig, geschickt, feurig sein! Drittens, die volkswirtschaftliche Seite! In jedes Haus gehört eine Katze, hinter jeden Spiegel eine Rute, in jeden Teich ein Hecht. Wo das nicht ist, wird die ganze Geschichte faul, dumm, schläfrig, frech. Schließt Eure Bude zu abends, seht Euch um, wenn Ihr im dunkeln Walde geht, haltet Eure Sachen zusammen, haltet die Augen offen, und seid stets bereit, einem Angreifer einen Knüppel auf den Schädel zu hauen, da werdet Ihr ein tüchtigeres Volk sein, als wenn Ihr so hinlullt im dummen Frieden Eurer Gesetze. Aber, mein Herr, die Sache muß Hand und Fuß haben. Schaffen Sie die Staatsräuber ab, was wird werden? Jeder wird ein bißchen in der Räuberei herumpfuschen, und was Anständiges wird keiner leisten. Ich bin absolut gegen die Gewerbefreiheit. Sie zieht bloß die Stümper groß und bringt die ganze Kunst herunter.«

Brumbu schwieg. Ich sah diesen Mann erstaunt an und erkannte, daß sich alles auf der Welt beweisen oder doch erklären lasse. Brumbu spuckte aus.

»Dr. Nein ist in der Tat ein ganz riesiger Esel! Sonst würde er nicht solchen Unsinn faseln. Er wagt's auch nicht, einen so blödsinnigen Antrag zu stellen. Er würde nie wiedergewählt, wenn er's täte.«

In der achten Stunde unserer Fahrt erreichten wir einen Tiefpaß. Rechts und links stiegen steile, wüste Berge auf. Wir landeten und trafen mit unseren Begleitern wieder zusammen.

In einem kleinen Gehölz wurden Maultiere für uns bereitgehalten, die uns ins Gebirge hinauftrugen.

»Ich habe zwei offizielle Räuberhöhlen und zwei private«, erklärte Brumbu. »Die offiziellen Höhlen sind sonst neutraler Boden, auf dem mir kein Mensch etwas anhaben darf. Aber in diesen unordentlichen Zeiten ist ja sogar ein Räuber vor der Regierung nicht mehr sicher. Also ist es gut, daß ich meine privaten Höhlen habe, die kein Unbefugter weiß.«

Nun stiegen wir die steilen Räubersteige hinan.

Räubersteige! Wer niemals auf ihnen ging, war niemals jung. Denn Jugend hat Ziegenblut, hat eine kletterlustige Phantasie und liebt die weichen Wiesenwege weniger, als die ruhigen Milchkühe und die braven Ackerpferde sie lieben. Kindlich Volk hat Hunger nach Furcht, weil sein Leben zu sicher ist, liebt die Geheimnisse, weil ihm alles noch Geheimnis ist, braucht Heldenmaße, riesenhafte Dimensionen und sucht sie außerhalb seiner Schulvorbilder, die ihm klein erscheinen, weil es ihre Größe nicht begreift. Deshalb hatten die Alten Riesen und wir haben Strategen, deshalb liest das naive Volk den »Schinderhannes« lieber als den »Faust«. Und deshalb ist zu alleinigem Trost Ungeschmack so oft – Jugend.

Ich aber mit meiner Kinderseele und mit meiner alten Seele, ich mit meiner Mischseele mußte in inneren Zwiespalt kommen auf diesen Wegen. Ich konnte alle Schauer der Einsamkeit, der Furcht, der versteckten Geheimnisse empfinden und gleich hinterher über meine Empfindungen reflektieren. Mich überkam das Gruseln an steilen Abhängen und dunklen Schluchten, und ich konnte doch feststellen, daß das Gebirge aus Porphyr bestand. Ich fühlte oft einen Schauder beim Anblick Brumbus und seiner bunten Schar, die uns Willenlose ins Ungewisse führten, und ich hatte doch Lust, sie auszufragen, über sie zu spotten oder mir Notizen über sie zu machen.

Das sind die Räubersteige des letzten Märchens. Und zu diesen inneren Erlebnissen paßte ein äußeres Ereignis.

Wir hatten uns an einer Berglehne gelagert, ein Feuer angezündet und brieten ein paar Stücke Wild, die unterwegs erbeutet worden waren. Wir rauchten natürlich alle aus kurzen Pfeifen, auch ich, obwohl das zu meiner schottischen Bluse, die ich immer noch trug, nicht paßte, und wir mußten alle aus derselben Flasche trinken.

Da brachte eine aufgestellte Wache einen Gefangenen herbei. Er war ein kleines, altes Männlein mit einer Brille. Er trug ein Paket unter dem Arm.

Sofort trat das »Berggericht« zusammen, Brumbu, der Räuberchef, mit sechs ausgewählten Beisitzern. Der Hauptmann hielt dem Gefangenen in strengen Worten vor, daß es eine Frechheit von ihm sei, sich auf diesem verbotenen Gebiet herumzutreiben, und daß er also zur Strafe seine sämtlichen Habseligkeiten auszuliefern habe, widrigenfalls seiner ein grauenvolles Schicksal harre.

Daraufhin legte das Männlein äußerst behutsam sein Paket zur Seite, zog eine Kapsel aus der Tasche, trat an Brumbu heran und sagte:

»Ach, entschuldigen Sie, wenn Sie hier zu Hause sind, können Sie mir vielleicht sagen, was das für eine Pflanze ist, die ich hier in der Kapsel habe?«

Brumbu machte ein sehr verdutztes Gesicht.

»Ich bin nämlich Botaniker«, fuhr das Männlein fort, »und habe da eine Pflanze entdeckt, die in keine einzige der 24 Klassen des Linnéschen Systems paßt. Sie können sich davon leicht überzeugen, wenn Sie einen Blick durch meine Lupe werfen wollen.«

Der Botaniker drückte dem Räuberchef sein Vergrößerungsglas in die Hand, der es verwundert betrachtete und dazu ein hilflos dummes Gesicht machte.

»Ja, verstehen Sie«, sagte der Botaniker wieder, »das einzige Exemplar im ganzen Gebirge! Ein Mirakulum, ein Mirakulum! Ein ganz außerordentlicher Fall! Es ist ein Fund für die Wissenschaft, ein Fund, sage ich –«

Dr. Nein, Dr. Schnugu und ich drängten uns heran. Brumbu atmete auf.

»Ich sehe nicht gut«, sagte er zu dem Botaniker und gab ihm die Lupe zurück, »aber wenden Sie sich an diese da! Das sind die drei klügsten Leute der Welt.«

Der Botaniker wandte sich zuerst an Dr. Nein. Dieser lachte verlegen.

»Ja, mein Bester, Botanik so – so! Aber geben Sie mal das Ding her! – Blau – hm! Blau! Sehr blau! Warten Sie mal: Ein Veilchen ist's nicht, eine Kornblume ist's auch nicht, also kann's nur eine Glockenblume sein! Campanula rotundifolia!«

»Herr!« schrie der Botaniker kirschrot vor Wut und nahm Dr. Nein entrüstet die Kapsel ab. »Sie sind – Sie sind ein Esel!«

Darauf wollte Dr. Nein über den Gelehrten herfallen, aber Brumbu hinderte ihn und sagte:

»Ruhig, der Mann hat recht!«

Nun nahm Dr. Schnugu die Kapsel, betrachtete die darin liegende Pflanze lange durch das Vergrößerungsglas und gab sie endlich an mich.

»Ja, es ist ein Mirakel«, sagte er. »Die Pflanze läßt sich nicht einordnen! Ich kenne sie nicht.«

»Und das Fräulein wird sie erst recht nicht kennen«, sagte der Gelehrte nervös. »Weiber können nie was in Botanik.«

»Aber das ist ein ganz absonderliches Weib!« behauptete Dr. Schnugu. »Lassen Sie ihr die Kapsel!«

In der Kapsel lag eine Blume von wunderbarem Farbenglanz. Ich sog den Glanz ein mit meinen Augen, und meine Seele suchte in ihren Erinnerungsschätzen nach einem Vergleich für diese Farbenstimmung. Ferne Bilder stiegen vor mir auf.

Einen Nonnenchor sah ich einmal einen Berg hinaufsteigen. Der Abend war nicht weit. Ein tiefer, schwermütiger Friede lag über der Welt. Vom Berge her tönte ein leises, silbernes Läuten, und der Wind flüsterte über mir in alten Bäumen. Die Nonnen gingen alle gesenkten Hauptes an mir vorbei. Nur einer konnte ich in die Augen sehen, und ihre Augen hatten die Farbe dieser Blume. –

Und einmal, als ich noch ein Kind war und viel in den Bergen herumlief, kam ich zu einem Brunnen, den ein altes, verwittertes Gemäuer einschloß. Die Leute erzählten, er sei sieben Meilen tief, und in schweren Kriegszeiten hätten die Menschen ihre Schätze in den Brunnen geworfen. Das Wasser könne keiner sehen; es sei zu tief, das Gemäuer sei morsch, und wer hinunterschauen wolle, sei verloren. Ich aber schaute doch hinunter, und einmal, als der Himmel ganz hell war, sah ich das Wasser. Es hatte die Farbe dieser Blume.

Dann ein anderes Mal, als ich schon ein Mann war und nach langer Krankheit und vieler Qual einsam spazieren ging, kam ich auf einen Hügel. Es lag viel blühendes, lebendiges Land zu meinen Füßen, eine große, bunte Stadt mit hohen Schulhäusern, mit langen Fabrikreihen, mit vielen belebten Straßen, drüber hinaus Dörfer mit fruchtbaren Feldern, drüber hinaus der belebte Fluß, das ragende Gebirge. Aber ich sah das alles nicht, das starke, wahre Leben da unten tat meinen Augen weh; ich sah darüber hinweg, sah eine einzige Farbenlinie, dort, wo am verdämmernden Horizont der Himmel die Erde berührt – und diese Linie hatte die Farbe dieser Blume.

Ja, diese Farbe ist noch im Leben und doch schon jenseits des Lebens, sie ist noch mit menschlichem Auge zu schauen, aber wer sie findet, für den ist es ein Schauen, ein Hinträumen, kein scharfes Sehen mehr.

Ich beugte mich tiefer über das Mirakel. Ein süßer, weltfremder Duft fing meine Sinne, ein Duft, in dem die Sehnsucht mit dem Frieden rang, ein Duft, stark genug, diese Augen zu schließen und andere zu öffnen, – Wundergärten zu erschließen, das Leben zu vergessen. Da richtete ich mich auf.

»Lassen Sie mir diese Blume! Ich kenne sie!«

»Sie kennen sie?«

»Ja, es ist die blaue Blume der Romantik.«

Ein Griff, – die Kapsel war mir entrissen.

Rauh nahm der Gelehrte dem Dichter die Blume aus der Hand.

»Können Sie mir den botanischen Namen sagen?« fragte er lauernd.

»Nein, das kann ich nicht!« sagte ich mit mattem Lächeln.

»Dann kann mich das alles nichts nützen«, entgegnete er abfällig. »Die blaue Blume der Romantik – mit solchen lokalen Benennungen läßt sich nichts anfangen.«

Und er klappte die Kapsel zu, raffte seine anderen Pflanzen zusammen und ging davon.

Niemand hinderte ihn, die blaue Blume der Romantik in seiner Kapsel davonzutragen, niemand, – nicht einmal die Räuber.

* *
*

Durch ein Gewirr von schmalen Pfaden, durch viele maskierte Durchgänge, teilweise durch unterirdische Wanderungen und in halsbrecherischen Kletterpartien waren wir endlich an die geheime Höhle gelangt, die im verlorensten Teile des völlig unwegsamen Gebirges lag.

Die Höhle war von großer Ausdehnung und bot ein Chaos von geraubten Gegenständen aller Art. Gold- und Silbersachen, Geschmeide, Seidenstoffe, kostbare Geräte und Waffen, Teppiche, Uhren, Kunstgegenstände, aber auch Wäschestücke, alte, abgeschabte Anzüge, landwirtschaftliche Geräte, Handwerkszeuge, Musikinstrumente, Schuhe und Stiefel, Lampen, selbst Kinderspielzeug – das alles lag, lehnte, stand, hing, quetschte durch-, über- und untereinander.

Brumbu seufzte.

»Glauben Sie mir, wenn ich einmal Inventur mache, das ist eine Hundearbeit«, sagte er zu mir.

»Machen Sie manchmal Inventur?«

»Hier selten! Aber in den offiziellen Höhlen muß ich in jedem Jahr Inventur machen. Es ist wegen der Steuer.«

»Zahlen Sie denn Steuer?«

»Ja, natürlich, was glauben Sie denn? Gewerbe-, Einkommen- und Vermögenssteuer! Kommunallasten gebe ich nicht, weil ich meist unbestimmten Aufenthaltes bin. Aber der Staat! O, ich sage Ihnen, ich muß jedes Jahr reklamieren, denn die Herren am grünen Tische schätzen mich immer zu hoch ein. Und sie haben keine Ahnung von meinen Spesen und der schwierigen Geschäftslage.«

Es ist gar nicht uninteressant, einmal in einer Räuberhöhle zu hausen. An viele der geraubten Gegenstände knüpften sich aufregende Geschichten, die ich aber nicht wiedergebe, weil ich annehme, daß Brumbu in seiner Eitelkeit vieles übertrieb und zu seinem Vorteil ausschmückte. Denn er war ungeheuer eitel. Bei vielen seiner Abenteuer hatte er sogar von einem seiner Leute photographische Momentaufnahmen machen lassen; auch besaß er eine Autographensammlung berühmter Gefangener, in die ich wohl oder übel meinen Namen eintragen mußte.

Bei der Besichtigung des »Inventars« hatte Dr. Schnugu zu seiner großen Freude die alte Tabakspfeife wieder entdeckt, die ihm Brumbu bei der Konsultation einst geraubt hatte. Der alte Walddoktor saß nun meist draußen zwischen den Felsen, rauchte und starrte in die Ferne. Ich saß bei ihm, ebenso schweigsam und in Gedanken verloren wie er, während Dr. Nein in der Höhle Studien machte, einen Artikel über die Abschaffung der Staatsräuberei skizzierte und beständig Händel mit Brumbu hatte. Ganz einsam, von uns allen abgesondert, war Stimpekrex. Er litt unbeschreiblich in jenen Tagen.

Zwischen den Felsen war eine bedrückende Stille. Stumpf und öde lag das Gebirge. Mit starren Armen dehnte es sich tot gegen den braunen, unbewegten Himmel; hin und wieder kaum ein paar grüne Halme; selten ein Vogel, der sich daher verirrte, vor der Einsamkeit erschrak und kreischend zurückflog ins Tal.

Aber dieser lautlose, tote Friede quälte uns nicht so sehr wie die stumpfe Ruhe, zu der wir selbst verurteilt waren in jenen Tagen, da das ganze Land von den heftigsten Kämpfen durchtobt war.

Dazu kam bei mir die Sorge um die Geliebte und auch um Goldina, das Kind des toten Königs. So zersann ich mir bei Tage und in der Nacht den Kopf, was ich Vernünftiges zu tun vermöchte, das irgendwie der guten Sache von Nutzen sein konnte.

Ich fand nichts; auch Dr. Schnugu wußte keinen Rat. Wir waren beide bereit, jedes Opfer zu bringen, wenn wir nur gewußt hätten, wozu es dienen sollte.

So waren wir in der Tat in einer grausamen Gefangenschaft. Am fünften Tage unseres Aufenthalts in der Höhle brachte einer der Leute Brumbus aus dem Tale die Nachricht, die erste Schlacht sei gefallen, die Herididasufoturanier seien vollständig geschlagen, und die Hakulatotuländer seien auf dem Wege nach Marilkaporta. Die Bestürzung im Lande sei furchtbar. Hamrigula habe die wilde Flucht seines Heeres nicht aufhalten können. Nun stehe er mit seiner Schar nahe beim verbotenen Berge vor der heiligen Stadt. Dort wollten die Herididasufoturanier den verzweifeltsten Widerstand leisten.

Eine fiebernde Erregung ergriff uns. Das eigene Volk geschlagen, der Feind vor dem Tor der heiligen Stadt! Und doch war das der Weg, das Land vor noch schwererem Unglück zu bewahren, es zu erlösen aus der Hand dieses Verräters.

Die Frage beschäftigte uns, wie eine so vollständige Niederlage, eine so haltlose Flucht möglich gewesen sei. Der Bote gab uns einigen Anhalt.

Die Herididasufoturanier waren ohne die rechte Begeisterung in den Krieg gezogen. Männer waren unter ihnen aufgestanden, die an das Friedenstestament des toten Königs erinnert hatten; andere, die sich offen aufgelehnt hatten gegen die Gewaltherrschaft Hamrigulas. So konnte der Prinz nur durch eiserne Strenge die Ordnung in seinem Sinne aufrecht erhalten. Auf dem Lande und in den kleinen Städten gärte es, in Marilkaporta herrschte tote Stille. Immerhin hatte der Prinz noch einen großen Anhang. Er suchte ihn zu erhalten und zu vergrößern, indem er immer wieder die Lügenmären über den Erbprinzen neu auffrischte.

»Nehmt Rache an Juvento, dem Mörder unseres toten Königs!«

Und das Volk glaubte es, und die armen, irregeleiteten Patrioten strömten ihm zu.

Der Bote brachte auch die neueste Nummer der »Posaune« mit. Das Blatt enthielt wieder die gemeinsten Beleidigungen unseres Volkes, des Prinzen Hamrigula und des toten Königs. Auf der dritten Seite der »Posaune« stand folgende Notiz:

»Wie bekannt, sind die vier Redakteure der ›Zeitung‹ in unsere Gewalt gebracht worden, auch Dr. Schnugu, der das verbrecherische

Urteil über den Königsmord abgegeben hat. Die Redakteure sind vor ein Kriegsgericht gestellt, abgeurteilt und vorgestern erschossen worden. Dr. Schnugu wurde gehängt. Durch solch unrühmlichen, aber wohlverdienten Tod haben die Herididasufoturanier ein paar der ›Edelsten ihrer Nation‹ verloren. Sie werden sich aber zu trösten wissen, denn solcher Galgenvögel, wie Dr. Schnugu, haben sie noch sehr viel im Lande.«

»Hurra!« schrie Dr. Nein, »wir sind tot! Mausetot! Erschossen und begraben! Und Sie, edler Dr. Schnugu, hängen an einem Galgen, und die Hakulatotuländer spielen Zappelmann mit Ihnen.«

Wir konnten diese Fröhlichkeit nicht teilen. Abermals wurden unsere Namen mißbraucht, um den Haß des Volkes zu schüren; nun konnten wir unmöglich länger schweigen; nun war selbst ein nutzloser Tod besser als dieses Schweigen.

Draußen in den Felsen hielt ich mit den Getreuen eine Beratung. Auch Brumbu hatte dabei Sitz und Stimme.

Wir berieten nicht lange und gingen unmittelbar an die Ausführung unserer Beschlüsse. Am Nachmittag saß ich in Brumbus kleinem »Kontor« und schrieb mit fliegender Hand Blatt um Blatt. Eine Darstellung des Lügengewebes, in das das Volk verstrickt war. Die Entlarvung Hamrigulas. Wenn ich lebte, sollte mir dieser Artikel eine Waffe sein, wenn ich sterben mußte, war er mein Testament.

Nach zwei Stunden war ich fertig. Brumbu hatte inzwischen aus seinem Chaos eine Anzahl Anzüge herausgesucht, aus denen wir uns je einen auswählten: ich, der Redakteur, einen blauen, Schnugu, der Arzt, einen schwarzen, Dr. Nein, der Parlamentarier, einen gescheckten. Stimpekrex, der Hofmann, hätte einen grünen wählen müssen, verschmähte aber die Farbe und kleidete sich blau wie ich.

Dann öffnete Brumbu zwei Kisten, die von oben bis unten mit künstlichen Bärten gefüllt waren. Einer der Räuber, der früher Theatercoiffeur gewesen war, übte seine Künste; nicht lange, so hatten wir jeder einen passenden Bart angeklebt und sahen nun genau so aus wie früher.

So traten wir vier nebeneinander und hielten gemeinsam eine Tafel hoch, auf der zu lesen stand:

»Wir leben! Hamrigula hat uns gefangen gehalten, Wir sind ihm entflohen. Unsere Urteile über den Königsmord sind von Hamrigula gefälscht. Hamrigula selbst ist der Mörder des Königs. Macht Frieden mit Juvento!«

In dieser Aufstellung wurden wir photographiert. Brumbu hatte zu diesem Zweck aus seinen Vorräten ungefähr zwölf photographische Apparate herausgesucht. Infolge der hochentwickelten Technik waren die ausgezeichneten Bilder in wenigen Minuten fertig.

Es war gegen Abend, als wir uns anschickten, die Höhle zu verlassen. Zuvor hielten wir noch ein Mahl. Um ein brodelndes Feuer lagen wir, das flackerte und knisterte eine geheimnisvolle Musik und bestrahlte mit rotem Schein die bunten phantastischen Gewänder der Räuber. Der Hauptmann hatte großen Staat angelegt; seine Kleider waren von der kostbarsten Seide, der Griff seines Dolches war ein einziger großer, blaugrüner Diamant. Musternd glitt sein Blick über die Schar.

»Wir werden jetzt ausziehen, um einen Einbruch zu verüben«, sagte er mit feierlicher Würde. »Aber den Gästen kann ich die Beteiligung nicht gestatten. Dazu gehört eine große Kunstfertigkeit, die ihnen mangelt. Nur Dr. Barragu werde ich mitnehmen, weil er unbedingt notwendig ist. Die anderen werden im Walde warten, bis wir von dem Einbruch zurückkehren.«

»Die andern werden sich schön bedanken«, sagte Dr. Nein; »sie werden nicht warten, weil das viel zu langweilig wäre, sondern lieber bei dem Einbruch mitmachen.«

Die Räuber starrten erschrocken Dr. Nein an, der es wagte, ihrem Hauptmann zu widersprechen. Es kam zu einer heftigen Aussprache zwischen den beiden, in welcher sich der Parlamentarier dem Räuberchef an Grobheit weit überlegen erwies. Endlich mußte die Debatte ohne Resultat abgebrochen werden, da es Zeit zum Aufbruch wurde.

Brumbu hielt einen Abschiedstoast.

Er freue sich, sagte er, daß er uns habe in seiner Häuslichkeit aufnehmen können. Nun gingen wir vier, Dr. Schnugu, Dr. Nein, Stimpekrex und ich einer gefahrvollen Zukunft entgegen. Sollten wir (was er für höchst wahrscheinlich halte) in den nächsten Tagen unseren Tod finden, so wolle er uns - mit Ausnahme von Dr. Nein - ein ehrenvolles Andenken bewahren.

Ich dankte Herrn Brumbu in einem kurzen Gegentoast, und dann brachen wir auf. Der Räuberchef mit seinen besten Leuten begleitete uns. Er gab stundenlange, mühsame Kletterpartien, dann bestiegen wir Pferde und trabten rasch dahin. In einem Walde hielten wir an.

Drüben auf einer Wiese lagen mehrere große Gebäude, ein bißchen weiter ins Tal hinab erstreckte sich eine Stadt. Tiefe Nacht. Einsam und still lagen die Häuser auf der Wiese. Brumbu zeigte auf das eine der Gebäude und sagte:

»Also das ist das Haus, das ich meine! Ich gehe kundschaften. Wenn der Ruf des Käuzchens erschallt, kommt Dr. Barragu mit meinen Leuten über die Wiese gekrochen. Gekrochen, sag ich! Und alle anderen bleiben hier – alle!«

Denjenigen, die noch nie an einem Einbruch beteiligt gewesen sind, kann ich verraten, daß es eine aufregende Sache ist. Wer schwache Nerven oder gar einen Herzfehler hat, dem rate ich entschieden ab, bei solchen Dingen mitzumachen, selbst wenn das Einbrechen einmal Modesport werden sollte, was ja leicht möglich ist.

Ich muß sagen, daß mir sehr elend zu Mute war, als ich so in dem Walde wartete. Endlich erscholl der Ruf des Käuzchens, der ja in allen Räubergeschichten erschallt. Brumbus Leute warfen sich auf den Bauch und schlängelten sich über die Wiese, und ich warf mich auch auf den Bauch und gab mir Mühe, mich ihnen kunstgerecht nachzuschlängeln.

Als wir zur Hälfte drüben waren, hörte ich eine leise Stimme hinter mir:

»Ich bin auch da!«

Dr. Nein!

»Aber Sie sollen doch gar nicht mitkommen!«

»Unsinn! Ich werd' mir gerade von dem alten Spitzbuben was befehlen lassen.«

»Sie sind doch aber so gegen das Räuberwesen.«

»Bloß als Parlamentarier! Als Privatperson macht es mir Spaß. Sogar mächtigen Spaß! Verdammt, – jetzt hab' ich mir in die linke Hand einen Dorn eingetreten! Das Kriechen ist eine faule Sache!«

Wir krochen dicht an das Haus heran. Brumbu hatte indes ein zu ebener Erde gelegenes Fenster geöffnet und war bereits eingestiegen. Er winkte mir. Eine ganz eigentümliche Übelkeit überkam mich, aber ich nahm mich zusammen und stieg ein. Wir waren in einer hübsch eingerichteten Stube. Nacheinander stiegen die Räuber durchs Fenster.

»Sind alle herein?« flüsterte Brumbu. Da sah er Dr. Nein. »Zum Donnerwetter, was will denn der Kerl hier? Wollen Sie machen, daß Sie rauskommen?«

»Sie haben mich gar nichts rauszuschmeißen, Sie alter Halunke«, knirschte Dr. Nein. »Ich habe ebensoviel Recht hier einzubrechen wie Sie.«

Da verlor der Räuber seine Fassung.

»Soviel Recht wie ich?! Haben Sie eine Konzession?« schrie er. »Einen Gewerbeschein? Ein Wilder sind Sie, ein Schwärzer, ein Raubräuber!«

Das ließ sich der Doktor nicht gefallen, ein wütender Streit brach aus, es kam zu Tätlichkeiten, ein Tischchen mit Porzellan fiel um, ich wandte mich nach dem Fenster –

Da sprang die Tür auf, und fünf bewaffnete Männer drangen in die Stube.

»Waffen hoch!« kommandierte Brumbu. Die Räuber erhoben die Waffen.

»Was wollt Ihr?« rief der Älteste von den fünf Männern, bleich vor Schreck, als er die Menge der Eindringlinge sah.

»Dr. Barragu, treten Sie vor und sagen Sie dem Manne, was wir von ihm wollen!« befahl Brumbu.

Ich muß sagen, daß ich mich in einer großen Verlegenheit befand. Ich machte vor dem alten Herrn eine tiefe Verneigung und stammelte:

»Ach, bitte entschuldigen Sie nur gütigst, verehrter Herr, – daß wir – daß wir so frei gewesen sind, – – Sie können mir glauben, daß es mir außerordentlich fatal ist, zu solch ungewohnter Stunde und auf diesem Wege in Ihre traute Häuslichkeit –«

»Das ist Quatsch!« unterbrach mich Brumbu und trat selbst vor. »Also hören Sie, Freundchen, dieser Herr hat einige Bogen Papier in der Tasche, die Sie schleunigst in Ihrer Buchdruckerei etliche tausendmal abdrucken werden. Ich mache Sie darauf aufmerksam, daß wir große Eile haben und daß die ganze Geschichte sich schnell, exakt, ohne allen Lärm und völlig kostenlos für uns abwickeln muß; sonst würde die Sache für Sie gefährlich werden.«

* *
 *

In den nächsten Stunden saß ich mit meinen Gefährten in einer Buchdruckerei, die an das Wohnhaus, in das wir eingestiegen waren, angebaut war. Der alte Herr war der Besitzer, die anderen vier Männer waren seine Gehilfen. Eifrig arbeiteten alle an den Setzertischen und an den Maschinen. Sie hatten außer dem Manuskript, das ich am Nachmittag abgefaßt hatte, auch die Photographie von Schnugu, Nein, Stimpekrex und mir zu vervielfältigen.

Es war ein recht eigentümlicher Anblick, diese Leute nächtlicherweile so eifrig arbeiten zu sehen, während die Räuber an den Wänden lehnten und sie nicht aus den Augen ließen.

»Ich war schon einmal hier«, sagte Brumbu in der Zwischenzeit leise zu mir. »Der Mann hat für mich schon einmal zwangsweise ein Bändchen Gedichte drucken müssen. Ein junger Dichter hatte sich an mich gewandt. Er konnte für seine Dichtungen durchaus keinen Verleger finden, denn alle behaupteten, die Gedichte seien sehr schlecht. Da wandte er sich vertrauensvoll an mich. Mir gefielen die Gedichte, und als ich sie hatte zwangsweise drucken lassen und ein kleines Vorwort dazu gemacht hatte, haben sie 317 Auflagen gehabt!«

Morgens gegen vier Uhr waren die Broschüren fertig; auf der Titelseite war unser Bild. Der Druckereichef, der alles gelesen hatte, war in schwerster Aufregung über den Inhalt und kam mir mit der größten Höflichkeit entgegen. Ich entschuldigte mich nun noch einmal bei ihm, aber er sagte, er sei glücklich, helfen zu können an einer patriotischen Tat.

Behutsam und liebenswürdig entließ er Dr. Nein und mich durch die Haustür. Brumbu erklärte eine solche Art des Ausgangs für ehrenrührig oder doch für höchst ungewöhnlich und kletterte mit seinen Gefährten wieder durchs Fenster. Jeder von uns trug ein Paket der Broschüren.

Im Walde trafen wir mit Dr. Schnugu und Stimpekrex wieder zusammen. Wir nahmen dort von Brumbu und seiner Schar kurzen, aber herzlichen Abschied. Die Räuber zogen aus nach allen Teilen des Landes. Überall sollten die Flugblätter verteilt werden. An einzelstehenden Bäumen, an Wegzeigern, Brückengeländern, Straßenecken, auf den Haustürschwellen, auf den Marktplätzen, an den Brunnen, überall sollten die Herididasufoturianier das Flugblatt finden.

Wahrheit! Die Wahrheit mußte das Volk wissen, dann mochte es sich entscheiden.

Und wir vier gingen dorthin, wohin uns das Herz zog – nach Marilkaporta.

Junger König

Wir wanderten tagelang. Manchmal nahm uns ein Bauer mit auf seinem Wäglein, manchmal fuhr uns ein Fischer eine Strecke stromaufwärts. Überall verteilten wir unsere Flugblätter, schickten auch Hunderte davon an bekannte Adressen in der Hauptstadt. Als wir näher an die Stadt kamen, merkten wir bereits, daß die Leute von unserer Botschaft heimlich redeten; die Wahrheit war schon durchgesickert.

So zogen wir heim, vielleicht heim in den Tod. Doch wir waren voll Mutes und unwandelbaren Entschlusses.

In einer Morgenstunde war es, als wir von einer Anhöhe aus die heilige Stadt vor uns sahen. O, wie anders erschien sie mir heut als an jenem Neujahrstag, da ich selig wie ein Kind die Hände nach ihr ausstreckte und keinen anderen Wunsch hatte, als spielen zu dürfen auf ihren Straßen mit bunten Kieseln!

Nun hatte ich neben vielem Glück und reicher Schönheit das Leid dort gefunden; nun waren Kummer, Not und Tod auch dort an mich herangetreten. Im letzten Märchen mußte der Märchenkönig sterben. Wir vier Kameraden lagerten uns müde ins grüne Gras und schauten schweigend den gekrümmten Weg entlang, der ins Tal hinunterführte und jenseits hinaufstieg zur heiligen Stadt.

Da hörten wir Rosseshufe aufschlagen. Den Bergrücken entlang kam ein Reiter in sausendem Galopp. Ein Mönch! Die braune Kapuze bedeckte seinen Kopf, die Kutte flatterte im Winde. Er mußte an uns vorüber, da wir dicht am Wege saßen.

Jetzt war er da. Ein Schrei, das Roß bäumte hoch auf, der Mönch sprang zur Erde, die Kapuze glitt ihm in den Nacken, goldene Locken fielen auf den braunen Habit –

»Juvento!«

Einen Augenblick starrten wir uns an, dann trat ein sonniges Lächeln auf seine Züge, er breitete seine Arme aus, wir sanken uns an die Brust und küßten uns mit heißen Tränen. Zwei, die für die Freundschaft bestimmt waren, hatten sich gefunden nach langer Irrung.

Dann saß er mit uns am blühenden Wegrand und hielt immerfort meine Hand. Er erzählte viel, aber alles kurz und hastig; seine Augen wanderten oft mit Ungeduld hinüber nach der heiligen Stadt.

Er hatte nicht teilgenommen an dem Bruderkriege, hatte das Friedenstestament des toten Königs heilig gehalten. Den Frieden hatte er gepredigt am Hofe seines Vaters, und als das nutzlos war, auf den Gassen und Plätzen des Volkes. Als der Krieg dennoch ausbrach, als eine starke Friedenspartei sich für ihn bildete, war er auf Betreiben seiner Regierung in Haft genommen und in einem entlegenen Schloß eingesperrt worden. Dort sollte er solange gefangen gehalten werden, bis die Sache seines Vaterlandes entschieden war.

Der goldlockige Scheitel senkte sich ihm, als er das erzählte, und seine großen Augen glänzten in Schmerz und Zorn.

»Gefangen wie ein gefährlicher Demagog! So müßig sitzen, während sich die Schicksale des Vaterlandes entschieden und des anderen Landes, das ich kaum weniger liebte! Keinen Anteil habe an der Gestaltung all dieser großen Dinge, keine Möglichkeit besitzen, für meine schweren Fehler Sühne zu leisten.«

»Ihre Fehler waren nicht so schwer, mein Prinz«, tröstete ich ihn; »keiner kam aus einem bösen Beweggrund; im letzten Grunde war alles nur verirrte Tugend.«

»Ich möchte Ihnen so gern glauben«, sagte er sanft, »eine solche Tröstung tut mir wohl nach diesen furchtbaren Tagen und Nächten einsamer Gewissensangst. Aber meine Schuld ist groß! Nur auf dem ruhigen Boden meines hochmütigen Schweigens konnte jener Bube seinen Giftsamen ausstreuen und seine Saat großziehen.«

»Weil Sie an das Vertrauen glaubten!«

»Aber von wem habe ich Vertrauen gefordert! Von Leuten, die mich gar nicht kannten, die gar kein Vertrauen zu mir haben konnten. Zum Beispiel von Ihnen! Sie haben meinetwegen viel gelitten, armer Freund.«

Das Blut stieg mir in die Wangen.

»Ich glaubte, daß Sie Angelika lieb hätten, und konnte Ihnen darum nicht lange zürnen.«

»Und ich sage Ihnen, daß ich nie an Ihre Braut auch nur einen Buchstaben geschrieben habe.«

Ich sah überrascht auf.

»Sehen Sie, es mußte Unfrieden und Mißtrauen zwischen Goldina und mich gesät werden, auch zwischen mich und Sie, der Sie ein wichtiger Mann im Lande geworden waren. Daher entstanden jene Briefe. Und ich schwieg dazu. Ihnen wollte ich mich entdecken. Wohl drei- oder viermal war ich nahe daran. Besonders damals als wir zum verbotenen Berg hinausritten. Ich brachte es doch nicht fertig. Ich dachte immer: die Unschuld muß etwas sein, das als klare, einfältige Selbstverständlichkeit vor aller Augen steht, nicht eine rätselhafte Sache, für die es eines komplizierten Beweises bedarf. Ich habe mich getäuscht.«

Mit großer Liebe sah ich ihn an.

»Weil Sie so hoch von der Unschuld dachten, sind Sie unschuldig!«

Er schüttelte den Kopf.

»Sie wissen nicht, was ich gelitten habe! Sie wissen nicht, was das heißt, einen Krieg auf dem Gewissen zu haben, was das heißt, es mit sich selbst abzumachen in stiller Nacht, daß Tausende schuldloser Leute in Kampf und Not gehen, daß Tausende in Qual und Angst auf dem Schlachtfelde verscheiden, daß soviel Witwen schreien, soviel Kinder jammern, daß soviel Tränenkrüglein im Lande überfließen. Soviel Qual, soviel Not und Tod im Lande – und mir tat kein Finger weh!«

Er schlug die Hände vors Gesicht und weinte bitterlich.

»Junger König, junger König!«

Ich konnte nichts sagen, als diese zwei Worte, die in ihrer Verbindung so viel Zwiespalt enthalten, so viel schweren Herzenskampf verbergen.

Er stand auf und schlug die Kapuze wieder über den Kopf.

»Ich muß fort!«

»Wohin wollen Sie?«

»Nach Marilkaporta.«

»Sie wollen zum Heere der Ihrigen, das dicht vor der Stadt steht?«

Er lächelte trübe.

»O nein, was würde mir das nützen? Mit großer Gefahr bin ich aus meinem Gewahrsam entflohen. Käme ich zu meinem Vater, so schickte er mich ins Gefängnis zurück. Ich will nach Marilkaporta – zu unsern Feinden.«

»Sie gehen in den Tod!«

Auch meine drei Gefährten schrien auf.

Er sich uns ernst an.

»Ja, vielleicht in den Tod! Aber glaubt mir, Ihr Freunde, ich sterbe gern vor der zweiten Schlacht. Ich kann sie nicht überleben, denn mein Herz ist nicht ruhig in diesem Kriege. Ich stehe beständig im Gericht vor mir selbst. Ich komme zu keinem Freispruch, und ohne

Freispruch kann ich nicht leben. Da will ich den höchsten Richter anrufen – Gott! Nicht die schuldlosen Völker sollen sich zerfleischen, nicht friedliche Leute, die für gar nichts verantwortlich sind, nein, die sollen den Preis zahlen mit Blut und Leben, die den Streit verursacht haben, Hamrigula und ich. Ich werde nach Marilkaporta gehen und mich zum Gotteskampfe stellen.«

Eine Pause entstand. Dann sagte ich in meiner Freunde Namen und in meinem eigenen Namen:

»Das ist recht! Wir werden mitgehen nach Marilkaporta!«

* * *

Wir kamen an dasselbe Tor, durch das ich zum erstenmal die heilige Stadt betreten hatte. Damals lehnte ein Kind daran und schaute mich an mit lieben Augen, so daß ich meinte, es sei wohl meine kleine Kinderseele, die mich da grüßte. Heute saß ein Mann vor dem Tor, der las in meinem Flugblatt und versteckte es scheu, als er uns gewahrte.

Die Straßen waren mit Menschen angefüllt. Kein Wunder – jenseits der Stadt, dort, wo der blaue Felsenberg auf dem die heilige Stadt erbaut ist, in ein weites Hochplateau übergeht, stand dicht vor den Mauern der Feind.

Die Leute schoben sich in breiten Zügen langsam die Straßen entlang. Im Strome völlig eingeschlossen kamen wir unerkannt bis an unseren Redaktionspalast. Ich drückte mich mit meinen Gefährten zu einer Seitentür, öffnete sie mit dem Schlüssel, den ich noch besaß, und wir traten ein.

Leise und vorsichtig schlichen wir die Treppen hinauf, da wir nicht wußten, ob das Haus besetzt sei; behutsam öffnete ich die Tür zu dem großen, prächtigen Beratungssaal. Und da mußte ich trotz aller schweren Erregung und schlimmen Bedrängnis wieder einmal laut lachen.

Auf dem prachtvollen Präsidentenstuhl saß einsam Herr Schnaff. Niemand war sonst im Saal. Aber Herr Schnaff saß so würdevoll und großartig, so überlegen lächelnd und fein beobachtend, so herausfordernd majestätisch auf dem Stuhl, als ob er eben einer großen, gewichtigen Versammlung präsidierte.

»Wir bitten ums Wort, Herr Präsident!«

Er erschrak fürchterlich, ließ mit einem lauten Aufschrei alle seine Würde fahren und war vor Bestürzung und vor Freude über unser Wiedersehen ganz außer sich.

»Was machen Sie doch hier, Herr Schnaff?«

Er sammelte sich mühsam und antwortete:

»O, seit ich den Anschlag an die Mauern gemacht habe, läßt mich Hamrigula suchen. Ein ungeheurer Preis ist auf meinen Kopf gesetzt. Da habe ich gedacht, ein so verfolgter Redakteur ist am sichersten auf seiner Redaktion. Da sucht ihn keiner. Fünf Tage lang habe ich aber doch in der Wandelhalle für die sentimentale Anregung gesteckt. Ich bin dort schwermütig geworden, Herr Chef, und von dem stimmungsvollen, eiskalten Grabeshauch, der über den Boden weht, habe ich das Reißen bekommen.«

Die Zeit drängte, wir mußten ernsthaft mit ihm reden. Viel wußte er nicht, da er sich solange versteckt gehalten hatte, aber er konnte uns bestätigen, daß fast das ganze Volk von dem Inhalt meines Flugblattes unterrichtet war.

»Hamrigula hat keinen schlimmeren Feind, als dieses Blatt«, sagte er. »Er hat es zwar für eine geschickte Fälschung ausgegeben, aber niemand will ihm mehr recht glauben. Nur die Kriegsnot hält die Leute noch zu ihm. Morgen und übermorgen wird die Schlacht erwartet.«

Der Erbprinz drängte zur Tat, als er das hörte. Als aber Herr Schnaff erfuhr, was wir vorhatten, machte er sich aus dem Staube.

»Einer muß frei bleiben; man kann nicht wissen, wozu es wieder gut ist«, sagte er wie damals vor unserer Verhaftung und verschwand.

Wir ließen den Mann, der kein Held, aber ein braver Kerl war, ziehen.

Nun galt es, eine gefährliche Tat zu wagen. Ein paar Minuten standen wir noch im Saale zu kurzer Besprechung. Dann öffnete ich die breite Tür zum Balkon, und ich trat hinaus mit Dr. Nein, Stimpekrex und Dr. Schnugu. Der Erbprinz blieb der Abmachung gemäß vorerst im Saale zurück.

Ein Flimmern entstand wieder vor meinen Augen, aber ich straffte meinen Willen, nahm alle Kraft zusammen und trat dicht an die Brüstung.

Ein paar Sekunden standen wir so; unter uns flutete das Volk.

Da – ein Schrei – ein zweiter – dritter –

»Da! Da oben! Auf dem Balkon! Seht! Sie sind es! Sie sind es! Sie sind es!«

Die Menge stockt, ein entsetzlicher Lärm bricht los, es tobt, brandet, rast da unten, tausend Hände zeigen auf uns; unsere Namen schlagen an unser Ohr in entsetzten Schreitönen, in gellenden Jubelrufen. So, wie wenn die Geister gestorbener Männer vor das Volk getreten wären, so starren uns die Leute an, so schreien sie vor uns, schreien in Furcht, Freude, Zweifel.

»Sie sind es! Sie sind es!«

»Sie sind nicht tot! Der Regent hat gelogen!«

»Sie sollen uns alles sagen!«

»Es lebe Dr. Nein! Es lebe Dr. Schnugu!«

»Hoch – hoch Dr. Barragu!«

»Ruhe! Ruhe! Reden!«

Es ist ja nicht möglich! Sie wollen uns alle hören, es tobt ein Kampf um die Stille – minutenlang. Da heben wir vier Männer je ein Exemplar des Flugblattes in die Höhe, zum Zeichen, daß wir uns zu seinem Inhalt bekennen.

»Ist es wahr? Ist es wahr?«

Die große, schwere Frage des Volkes an uns!

»Es ist wahr! Es ist wahr! Es ist wahr!«

Wir vier heben das Flugblatt hoch und rufen immer dasselbe Wort:

»Es ist wahr! Es ist wahr!«

Und: »Es ist wahr! Wehe, es ist wahr!« pflanzt sich's fort über den Platz, wie eine Riesenwoge schwimmt das Wort hinter die Gassen und Straßen. Da fangen viele, viele an zu weinen.

»Es ist wahr, daß wir betrogen, wahr, daß wir in Not und Schande sind!« So sagen ihre Tränen. Länger als eine Viertelstunde vergeht, ohne das wir etwas anderes als diese Worte sagen könnten. Aber es ist auch nicht mehr notwendig, das Volk weiß jetzt alles.

»Hamrigula kommt! Der Regent!«

Hoch zu Roß, begleitet von einer starken Wache, kommt der Prinz. Er weiß schon, daß wir da sind, ein Blick tödlichen Hasses trifft uns, er erhebt gebietend die Hand, um zu reden –

Da ein wilder, tausendfältiger Schrei, – dem Prinzen sinkt die Hand –

Juvento ist an die Brüstung des Balkons getreten.

Totenstille!

Kaum ein vereinzeltes, erschrecktes Lallen, ein leises Wimmern wie vor einem Rachegeist, der in die Erscheinung trat.

Und eine Stimme von furchtbarem Ernst schallt über den Platz:

»Hamrigula, ich klage dich an vor allem Volk des Königsmordes und des Völkermordes! Ich klage dich an aller Falschheit und Treulosigkeit und fordere dich heraus zum Gotteskampf!«

»Verräter! Lügner!« keucht der Prinz auf. »Lügner! – Nehmt sie – nehmt sie gefangen – bringt sie mir her –«

Nicht einer rührt sich.

»Hamrigula, wenn du den Gotteskampf nicht annimmst, bekennst du dich schuldig des Königsmordes!«

»Dringt ins Haus – nehmt sie – nehmt sie fest –«

Schweigen. Furchtbares Schweigen.

»So hört ihr mich, Bürger, ihr Kinder meines geliebten, toten Oheims! Keine Feindschaft ist zwischen euch und mir. Frieden will ich, Frieden! Ihr sollt nicht bluten und sterben, ihr schuldlosen Brüder. Ich werde sterben oder Hamrigula, und Gott wird richten, der die Wahrheit kennt. Wenn Hamrigula schuldlos ist, soll er mit mir kämpfen.«

»Er soll kämpfen! Er soll kämpfen!«

Wie ein furchtbarer Volksbefehl braust es über den Platz. Hamrigula hebt sich im Bügel.

»Ihr Soldaten, ich befehle euch, nehmt diese da gefangen!«

»Nein! Nein! Kämpfen! Gotteskampf! Gotteskampf! Er ist schuldig! Schuldig! O Schande!«

Ein Gebrüll der Wut, der Empörung, der Verzweiflung. Ein wahnwitzig erregtes, schreiendes, ein weinendes, verzweifelndes Volk.

»Schande! Schande! Schande!«

Die Bürger dringen nach unserem Hause, uns zu schützen, andere wenden sich gegen den Prinzen. Da richtet er sich in dieser höchsten Not, da alles unter ihm zusammen bricht, noch einmal hoch auf:

»Halt! Ich werde kämpfen! Ich werde siegen! Ich werde ihn erschlagen!«

* *
*

Volk! Volk ringsum! Sie zittern alle, und ich sehe, daß alte Männer sich mit welken Händen die weißen Haare zerwühlen.

Sie sind alle in furchtbarer Angst vor der drohenden Schande.

Die Königsglocke schlägt. Nun hat draußen der Kampf begonnen. Ich lehne an der Brücke und starre das düstere Felsentor, hinter dem die Schiffe der Toten ankern.

»Toter König, sie kämpfen um deine Krone!«

Und alsbald wird mir eine Antwort auf diesen stillen Gedanken. Eine Kunde bricht sich Bahn durch die Reihen der Krieger und Bürger:

»Hamrigula ist in den verbotenen Berg gedrungen und hat sich die heilige Krone aufs Haupt gesetzt. In der Zauberkraft der Krone ficht er gegen den barhäuptigen Gegner.«

O, dieses Wehegeschrei, diese furchtbare Klage des Volkes über diese neue Schmach!

»Der Erbprinz wird fallen; die Krone wirkt Wunder!«

Sie stocken alle, sie wissen nichts zu sagen. Keiner auch kann sich rühren in der dichten Menge.

»Der Erbprinz wird fallen!«

Mit brennenden Augen schaue ich nach dem Felsentor.

Da – sehe ich etwas sich bewegen – dort – dort drinnen im blauen Nebeltor.

Ich möchte schreien – aber meine Stimme ist tot –

Meine Augen sind irre. Sind sie irre?

Nein, sie sehen es wirklich – wirklich – dort!

Jetzt sieht es auch das Volk, jetzt schreit es so laut.

Auf einer Totengondel kommt aus dem Felsentore der alte König gefahren. Stromauf, stromauf lenkt er, durch die Brücke hindurch, stromauf in den Fluß des Lebens.

Das grüne Wasser schaukelt den Kahn des Toten. Jetzt wendet die Gondel, jetzt schaut der König mit weiten, starren Augen sein Volk an.

Schaut es an wie das Gewissen, das aus dem Totenreich ins Leben tritt.

Alles Volk sinkt auf die Kniee. Es war ein großes, heiliges Schweigen, und nur die schweren Atemzüge gehen wie der bebende Wind im stillen Wald.

Ein weißes Strahlen geht aus von dem König, der unbeweglich in seiner Gondel sitzt und die großen Augen nach dem einen Wege gerichtet hält, als ob er warte.

Ein schriller Schrei ertönte draußen vor der Mauer und pflanzte sich fort durch die Reihen der Soldaten.

»Wehe, er flieht!«

Ein Roß kommt donnernd angestürmt. Hamrigula sitzt darauf. Sein Gesicht ist geisterbleich. Wut rinnt ihm über die Wange. Die goldene Krone glänzt auf seinem Haupt, aber der Reif ist ihm zu weit. Tiefeingesunken sitzt die Krone dicht über seinen lodernden Augen.

Die Brücke kommt. Das Roß bäumt auf. Ein Blick fliegt hinab auf den Strom. Der König und der Prinz starren sich eine furchtbare Sekunde lang in die Augen.

Ein wahnsinniges grauenhaftes Aufgurgeln! Der Prinz stürzt in weitem Bogen hinunter ins Wasser. Im Fallen fliegt ihm die Krone vom Kopfe. Sie fällt dem toten König in die Hände.

Der Körper des Prinzen ragt halb aus dem Wasser. Schreiend, lallend, mit ausgestreckten Armen, mit glühenden Augen blickt er auf den Strom des Lebens. Der nimmt mit starker Welle den Verzweifelnden und reißt ihn nach dem Felsentore – den Lebenden unter die Toten, den Schreienden unter die Stillen. Und der König, der wie das richtende Gewissen thront, sieht zu.

* * *

Droben kommt wieder ein Reiter gesprengt – Juvento. Seine blonden Haare flattern, Siegesseligkeit strahlt aus seinen Augen.

Aber auch sein Roß bäumt sich auf, auch sein Auge erstarrt, als er den König sieht.

Er springt vom Pferde und schaut zitternd hinunter auf den Fluß.

Da gleitet die Gondel an den Rand des Stromes – und der Blick des Königs richtet sich gebietend auf den Jüngling.

Juvento zieht seine Schuhe aus und geht barfüßig, mit gesenktem Haupte hinab an den Fluß.

Demütig kniet er am Ufer nieder. Und als er die Krone in des Königs Händen sieht, versteht er dessen Willen.

Scheu nimmt er die Krone, küßt sie und hält sie in den Händen ehrfürchtig an seiner Brust.

»Wenn es der Wille des Volkes ist, werde ich sie in Ehren tragen!« sagte er mit zitternder Stimme.

Da stößt die Gondel vom Ufer ab und fährt schnell nach dem dunkeln Tore zurück.

Des letzten Märchens Ende

Da feierte der junge Königssohn Hochzeit mit der schönen Königstochter.

An diesem Tage war für Angelika und mich die Zeit gekommen, das Märchenland zu verlassen.

Ein neuer König – eine neue Zeit! Wohl eine glückliche Zeit! Aber wir zwei Fremdlinge waren nur zu Gaste und mußten nun wieder heim in unser Leben. So stand es geschrieben im Gesetzbuch des Märchenlandes und auch im Gesetz der eigenen Brust.

Sage nicht viel vom Abschiednehmen, mein kleines Buch! Siehe, es tut weh – dem Kinde und dem Manne.

In lichtem Glücke sind die Wochen vergangen, seit der frohen Stunde, da ich nach Gefahr und Not die Geliebte wiederfand, vergönnt ist es mir gewesen, dem Lande, das mir so viel gastliche Liebe erwies, die Wunden heilen zu helfen, die ihm geschlagen waren; vergönnt, dem reuigen, unglücklichen Volke tröstliche Worte zu sagen; vergönnt, die Versöhnung und völlige Einigung der beiden Völker mitzuerleben.

Und alle, die ich geliebt hatte, waren glücklich. Sage nur Liebes vom Abschiednehmen, mein kleines Buch! Wie der junge König im strahlenden Herrscherkleide neben Goldina, seiner lieblichen Braut, stand, das sage! Draußen vor dem Palaste wogte schon in stürmischer Festtagsfreude das glückliche Volk. Aber meine Braut und ich waren mit dem jungen Königspaar ganz allein im hohen Saal. Sie küßten uns beide auf Stirn und Augen.

Und der junge König sprach:

»Eure Namen bleiben verzeichnet unter den Namen der Kinder unseres Landes. All unserer Güter seid ihr Erben, solange eure Liebe unserem Land und Volke bleibt. Das Märchenland ist treu jenen, die ihm Treue halten. Wir sind nicht geschieden von einander. Das dünne Krümlein Erde, das uns trennt, hat tausend Öffnungen und Wegemündungen. Schickt nur eurer Sehnsucht Boten, wenn euch bange ist nach uns. Wir werden zu euch sprechen, wenn ihr einsam am Tische sitzt und in das knisternde Lampenlicht träumt, wir werden neben euch sitzen im stillen, verschwiegenen Tal, und unsere Sängerlein werden euch Lieder spielen, wenn ihr mit geschlossenen Augen im hohen Grase liegt. Im Dämmerschein, wenn das Kaminfeuer leuchtet, werden unsere Geister auf eurer Diele tanzen. In duftigen Frühlingsnächten, wenn der Mondschein auf euern Wiesen liegt und ihr hinausträumt in das Silberlicht, werdet ihr uns Feste feiern sehen. Wir werden euch Freuden und Reichtümer schenken, die keines Menschen Mühe noch Klugheit erwirbt, selbst wenn ihr alt werdet, werden wir nicht vergessen, in euren Augen alle Tage junge Lichter zu entzünden. Behaltet uns nur lieb! Behaltet nur eure Herzen jung und warm!«

So sprach der König.

Eine Stunde später sah ich das Königspaar auf goldenem Thron sitzen, mitten auf dem Marktplatz von Marilkaporta. Eine zweifache Krone schmückte ihre jungen Häupter, und die Vertreter beider Länder knieten huldigend vor ihnen. Das große Einigungswerk war vollbracht. Juventos Vater hatte dem Sohne die eigene Krone zu der im Gotteskampf errungenen geschenkt. Nun war wieder ein Land, ein Volk, ein König.

So waren die, die in der Schlacht gefallen waren, nicht umsonst gestorben.

O, das geschmückte, glückliche Volk! Rosenpracht und Märchenherrlichkeit, Schönheit und Wohlklang an allen Enden! In Licht und Verklärung stand das junge Paar und hörte das brausende Lied der Treue, das ihm die Völker sangen.

»Mit diesem lichten Bilde im Herzen wollen wir scheiden«, sagte ich zu der Geliebten.

Und ich nahm sie an der Hand und verließ mit ihr die heilige Stadt.

* *
*

Wir standen auf einem hohen Berge, demselben Berge, von dem wir im Frühling unsere kurze Reise nach dem Menschenlande angetreten hatten.

Allein wir zwei.

»Kannst du sie noch sehen?« fragte Angelika.

Ich nickte.

Den Bergweg hinunter stiegen vier Männer: Dr. Nein, Stimpekrex, Dr. Schnugu und Schnaff, und drüben auf einem halsbrecherischen Felsenpfade kletterte Brumbu, der Räuber.

Alle kaum noch erkennbar.

Hier oben bei uns waren sie gewesen, hatten uns zum Abschied begleitet.

Stimpekrex war glücklich. Noch wenige Wochen, und er würde seine Braut Elkaguntascha heimführen. Das Scheiden wurde ihm aber doch schwer.

»Ich wünschte, daß mir wieder einmal ein Auftrag würde, Sie zu uns herabzuholen«, sagte er bewegt.

»Und ich wünschte, daß das Gesetz, nach dem jeder, auch der allerverdienstlichste Ausländer nach einem Jahr bei uns zum Lande hinauskomplimentiert wird, der Teufel hole. Es ist unter den vielen blödsinnigen Gesetzen, die wir haben, das blödsinnigste.«

Der Mann, der also zornig redete, war Dr. Nein.

»Verehrter Herr Doktor«, sagte ich, »Sie werden als mein Nachfolger die ›Zeitung‹ sehr gut leiten.«

»Nein, das werde ich nicht, sondern ich werde meine Sache so jämmerlich machen (absichtlich oder unabsichtlich, ist meine Sache!), also ich werde die ›Zeitung‹ so hundsmiserabel redigieren, so in Grund und Boden hineinredigieren, daß Sie bestimmt zur Hilfe gerufen werden müssen. Noch mehr! Ich werde ein neues Gesetz machen, daß Sie einfach wieder herunter müssen, zwangsweise herunter müssen, ich werde dies Gesetz machen, und wenn ich das ganze Parlament in den Verfolgungswahnsinn hineinreden müßte.«

Herr Schnaff war in viel gehobenerer Stimmung. Da der ehrlose Redakteur der »Posaune« spurlos verschwunden war, hatte Herr Schnaff die Chefredakteurstelle dieses Blattes erhalten. Er kam auch jetzt wieder darauf zu sprechen und sagte am Schluß:

»Ich hoffe, daß ich meine Sache machen werde! Mein Programm ist kurz, aber gut: Anständige Sensation.«

Darauf fing Dr. Nein an zu schimpfen. Er schimpfte auf Herrn Schnaff und die »Posaune« im allgemeinen und auf die »anständige Sensation« im besonderen, er schimpfte über die Gesetze, über den schlechten Weg, über das Wetter, über sich selbst. Er war in einer unseligen Laune.

Auch Brumbu, der Räuberchef, war melancholisch. Er machte schnell noch einige photographische Aufnahmen von mir und vermaß sich, mir je einen Abzug zu versprechen. Er wollte mir die Bilder selbst »hinaufbringen«. Nächstes Frühjahr, wenn der Maikäferaustrieb sei, wolle er sich den Hirten anschließen. Dann habe er Zeit.

»Denn«, sagte er, »ich habe die Räuberei satt. Nächsten 1. April erreiche ich die Höchstpension, und da schnapp ich. Bin ich dann a.D., dann kann ich machen, was ich will, und kann Sie besuchen. Ich bin dann nicht mehr verpflichtet, Ihnen was zu stehlen, und das wird Ihnen ja auch angenehm sein.«

Dem alten Walddoktor Schnugu ging mein Abschied wohl am meisten nahe.

»Wenn Sie ans Märchenland zurückdenken«, sagte er, »dann rechnen Sie mich zu den Toten.«

Ich widersprach ihm liebevoll, aber er sagte:

»Meine Zeit ist aus! Bald werden die Leute über den alten Dr. Eisenbart lachen. Eine neue Zeit, eine neue Kunst! Hoffen wir, eine bessere Zeit, eine bessere Kunst! Möchten aber immer neben den Elfen auch die Füchse, neben den Königskindern auch die armen Waldschrate ihr Heil finden.«

»Kannst du sie noch sehen?« fragte Angelika abermals.

Und wieder schaute ich den Weg hinab, wo die Freunde gingen.

»Noch zwei – noch einen – jetzt keinen mehr! Nun sind wir allein!«

Wir sahen uns an, und die Augen gingen uns über. Wir streckten die Arme aus, den Freunden nach und schlugen dann die Hände vors Gesicht, wir weinten beide bitterlich.

Als wir aufschauten, sank eine sonnenhell strahlende Gondel vom Himmel herab.

»Es ist Zeit. Angelika! Komm!«

Noch ein Blick über das geliebte, wunderbare Land, dann stiegen wir in die Gondel.

Als sie langsam zur Höhe fuhr, fingen die Glocken im Lande an zu läuten, die silbernen Glocken, und am Himmel über der goldenen Stadt erschien eine flammende Schrift:

»Seid gesegnet! Bleibt jung! Bleibt unser!«

Nach dieser Schrift schauten wir voll Andacht und heiligen Entschlusses während dieser letzten Augenblicke im Märchenland.

Die Nacht lag auf der Erde, ein rauher Wind fuhr übers Feld, weiß glänzte der Schnee.

Wir standen auf dem kleinen Mühlenberg bei meinem Heimatsdorf.

Die Mühle regte ihre Riesenarme gespenstisch in der schwarzen Luft und ächzte und stöhnte wie ein Sklave in harter Fron.

»Brot! Brot! Brot! Brot!« So schrie sie über die leeren Felder, und der Leib zitterte ihr in der maßlosen Anstrengung.

Ein Wagen knarrte die Landstraße herauf, die über den Mühlenberg hinüber zur Stadt führt. Wie ein wandelndes, schreckliches Ungeheuer kam er näher durch die Nacht.

Ein Mann saß darin, der schrie den Kutscher an:

»Fahr zu, Johann, hau auf die Pferde ein! Wir müssen den Doktor bringen, sonst stirbt mir die Frau! Meine Frau, die erst dreißig Jahr ist.«

Hunger und Tod, leere Felder und kalter Wind!

Da froren wir armen Zwerglein bis tief ins Herz, das Heimweh packte uns nach der goldenen Stadt, und wir weinten.

Die Geliebte faßte mich am Arm.

»Wir sind fremd geworden in diesem Lande, wir finden uns nicht mehr zurecht in dieser rauhen Wirklichkeit.«

Aber siehe, da fingen die Sterne über uns an goldener zu strahlen, und drüben über den blauen Berg lugte schelmisch der Mond und lachte uns an, als wollte er sagen:

»Morgen scheint die Sonne! Was steht ihr so scheu, was fürchtet ihr euch, ihr törichten Kinder, da ihr doch nach Hause kommt?«

O, wer nach langer Zeit nach Hause kommt, der ist immer scheu, und das Herz ist ihm still, und er kann nicht jubeln. Und wir waren so weit fort.

»Sie werden uns nicht verstehen«, sagte Angelika; »wir werden ihnen nicht sagen können, wo wir waren.«

Ich tröstete sie.

»Die Besten werden uns verstehen! Ihre Namen sind ja auch eingeschrieben im goldenen Buch von Marilkaporta.«

Eine Glocke schlug. Ein jäher Schreck faßte mich an.

»Schließ die Augen. Geliebte! Schließ schnell die Augen!«

Mit geschlossenen Augen hörten wir die Glocke das Neujahr schlagen.

Langsam – eins – zwei – drei – vier – – –

Bei jedem Schlage fühlte ich, wie ich wuchs, wuchs, wie ich wieder ein Mensch wurde.

»Elf – Zwölf! –«

Ich öffnete die Augen.

Ein Schrei – ein zweiter!

Zwei großgewachsene Menschen standen sich gegenüber.

Ich sah eine schlanke, liebliche Mädchengestalt.

Eine Fremde!

Ich sah an mir hinunter, betastete scheu meine gewaltigen Glieder. Ein Riese war ich geworden. Ich trug wieder die alten Kleider.

Aber auch Angelika war eine andere, eine ganz andere! Auch sie kannte mich nicht.

Zitternd standen wir uns gegenüber.

»Zeige mir deine Augen!« rief ich.

Erbebend trat sie näher.

Zwei süße, dunkle Augensterne wandten sich mir zu, eine reine Kinderseele grüßte mich aus diesen Augen, eine liebe, wohlbekannte Seele.

»Du bist es, Geliebte!«

Und ich schloß sie in meine Arme.

Hand in Hand stiegen wir ins Dorf hinab. Manchmal schauten wir uns scheu von der Seite an, und dann schmiegten wir uns dichter aneinander.

Die sich im Märchenlande trafen und liebten, die lieben sich auch im Leben.

In der Kerkernacht, in der ich meinen Tod erwartete, hatte ich einen Traum. Es fing um mich ein großes Strahlen an in einer weißen Welt. Es war ein Glanz und ein Leuchten um mich, und mein Fuß ging wie auf weichen Wolken. Neben mir schritt Angelika. Wir führten uns an den Händen und sprachen kein Wort.

Wohin gehen wir – wohin? So fragte ich damals.

Jetzt war des Traumes Erfüllung da, und ich wußte, wohin wir gingen.

Durch eine mondhelle, sternglänzende Neujahrsnacht gingen wir über eine beschneite Aue hin zu meinem kleinen Vaterhause.

»Wacht auf, Vater und Mutter, wacht auf, eure Kinder sind da!«
Und sie öffneten die Tür, und wir waren alle glücklich.

Das ist des letzten Märchens Ende.
Der es erzählt hat, dem ist der Mund noch warm.
Und euch allen bleibe das Herz warm!
Lebt wohl!

- Ende -

Erzählungen aus dem Biedermeier

Biedermeier - das klingt in heutigen Ohren nach langweiligem Spießertum, nach geschmacklosen rosa Teetässchen in Wohnzimmern, die aussehen wie Puppenstuben und in denen es irgendwie nach »Omma« riecht.

Zu Recht. Aber nicht nur.

Biedermeier ist auch die Zeit einer zarten Literatur der Flucht ins Idyll, des Rückzuges ins private Glück und der Tugenden. Die Menschen im Europa nach Napoleon hatten die Nase voll von großen neuen Ideen, das aufstrebende Bürgertum forderte und entwickelte eine eigene Kunst und Kultur für sich, die unabhängig von feudaler Großmannssucht bestehen sollte.

Georg Büchner Lenz **Karl Gutzkow** Wally, die Zweiflerin **Annette von Droste-Hülshoff** Die Judenbuche **Friedrich Hebbel** Matteo **Jeremias Gotthelf** Elsi, die seltsame Magd **Georg Weerth** Fragment eines Romans **Franz Grillparzer** Der arme Spielmann **Eduard Mörike** Mozart auf der Reise nach Prag **Berthold Auerbach** Der Viereckig oder die amerikanische Kiste

ISBN 978-3-8430-1884-5, 444 Seiten, 29,80 €

Erzählungen aus dem Biedermeier II

Annette von Droste-Hülshoff Ledwina **Franz Grillparzer** Das Kloster bei Sendomir **Friedrich Hebbel** Schnock **Eduard Mörike** Der Schatz **Georg Weerth** Leben und Taten des berühmten Ritters Schnapphahnski **Jeremias Gotthelf** Das Erdbeerimareili **Berthold Auerbach** Lucifer

ISBN 978-3-8430-1885-2, 440 Seiten, 29,80 €

Erzählungen aus dem Biedermeier III

Eduard Mörike Lucie Gelmeroth **Annette von Droste-Hülshoff** Westfälische Schilderungen **Annette von Droste-Hülshoff** Bei uns zulande auf dem Lande **Berthold Auerbach** Brosi und Moni **Jeremias Gotthelf** Die schwarze Spinne **Friedrich Hebbel** Anna **Friedrich Hebbel** Die Kuh **Jeremias Gotthelf** Barthli der Korber **Berthold Auerbach** Barfüßele

ISBN 978-3-8430-1886-9, 452 Seiten, 29,80 €